PRISIONERA DE LA NOCHE

Y SPA JOHANSSON, J
Johansson, J. R.
Prisionera de la noche

- **Título original:** *Cut Me Free*
- **Dirección editorial:** Marcela Luza
- **Edición:** Leonel Teti con Cecilia Biagioli
- **Coordinadora de arte:** Marianela Acuña
- **Armado y diseño:** Verónica Codina
- **Fotografía y arte de tapa:** *Andrew Arnold*

- © 2015 J. R. Johansson
- © 2016 V&R Editoras

www.vreditoras.com

Publicada en virtud de un acuerdo con Farrar, Straus and Giroux, LLC, a través de Sandra Bruna Agencia Literaria SL. Todos los derechos reservados.

Prohibidos, dentro de los límites establecidos por la ley, la reproducción total o parcial de esta obra, el almacenamiento o transmisión por medios electrónicos o mecánicos, las fotocopias o cualquier otra forma de cesión de la misma, sin previa autorización escrita de las editoras.

ARGENTINA:
San Martín 969 piso 10 (C1004AAS)
Buenos Aires
Tel./Fax: (54-11) 5352-9444
y rotativas
e-mail: editorial@vreditoras.com

MÉXICO:
Dakota 274, Colonia Nápoles CP 03810,
Del. Benito Juárez, Ciudad de México
Tel./Fax: (5255) 5220-6620/6621
01800-543-4995
e-mail: editoras@vergararriba.com.mx

ISBN: 978-987-747-198-4

Impreso en México, noviembre de 2016
Litográfica Ingramex, S.A. de C.V.

Johansson, J.R.
Prisionera de la noche / J.R. Johansson. - 1a ed. - Ciudad Autónoma de Buenos Aires: V&R, 2016.
440 p.; 21 x 15 cm.

Traducción de: Graciela Romero.
ISBN 978-987-747-198-4

1. Literatura Juvenil Estadounidense. I. Romero, Graciela, trad. II. Título.
CDD 813.9283

J. R. JOHANSSON

PRISIONERA DE LA NOCHE

Traducción: Graciela Romero

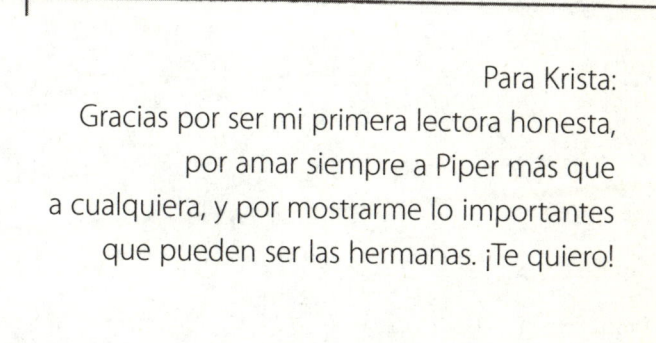

Para Krista:
Gracias por ser mi primera lectora honesta,
por amar siempre a Piper más que
a cualquiera, y por mostrarme lo importantes
que pueden ser las hermanas. ¡Te quiero!

1

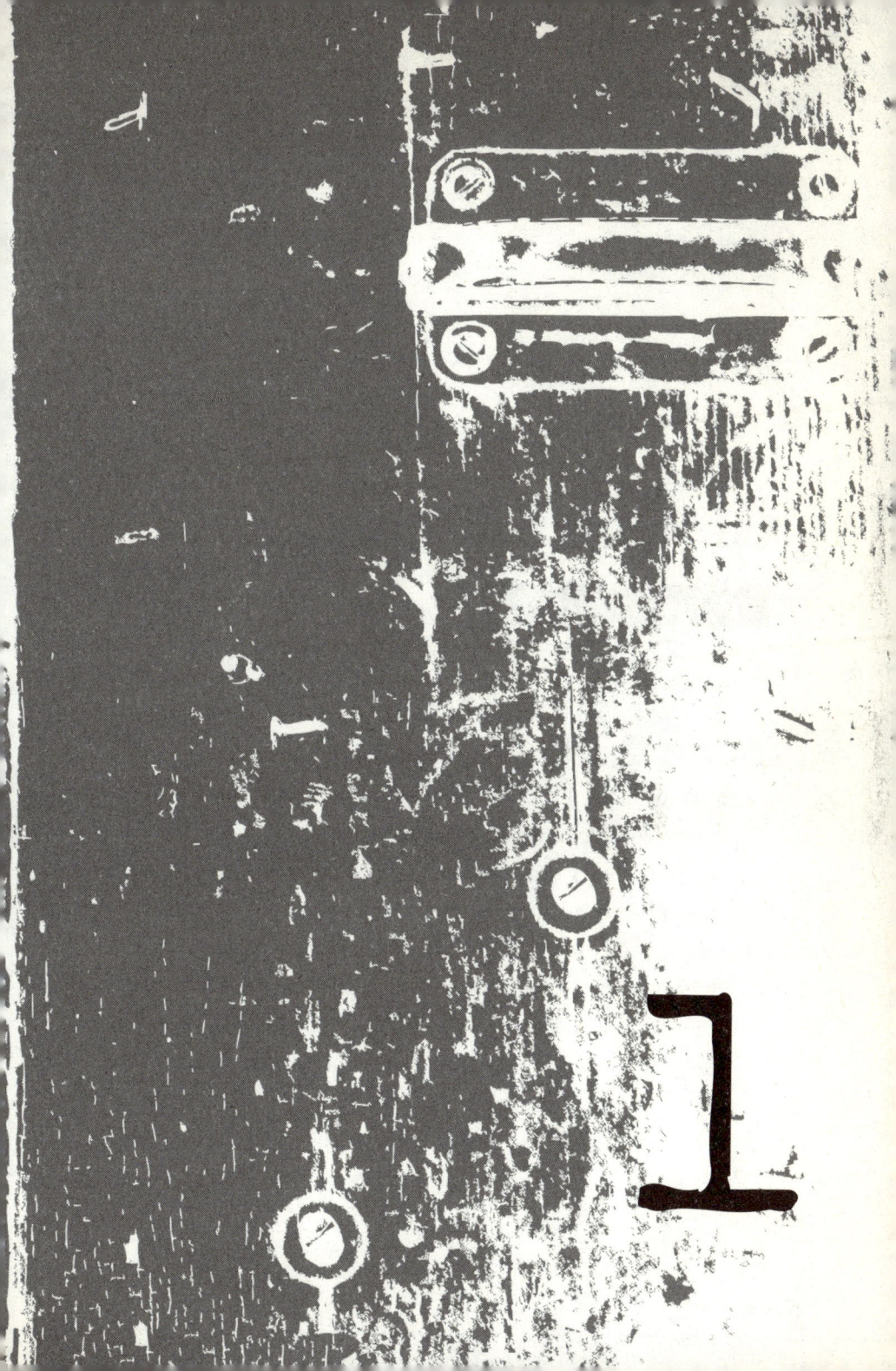

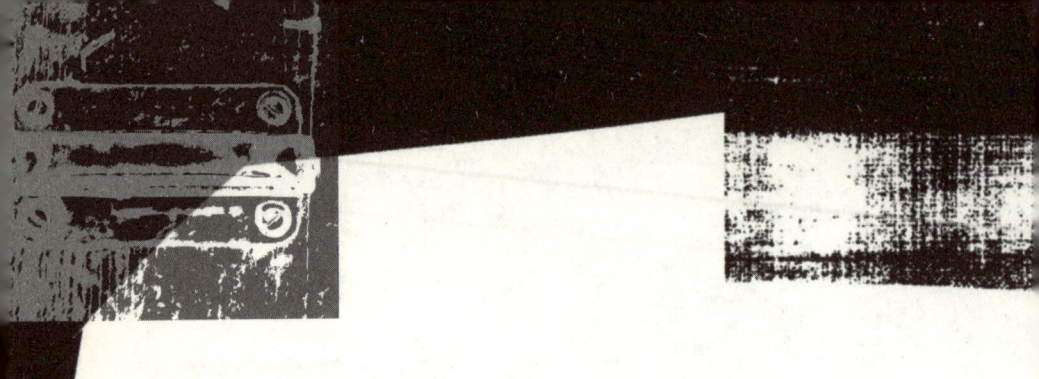

La ciudad me acoge. Brillantes rectángulos tan altos que apenas puedo descifrar dónde terminan y dónde comienza el cielo. Me envuelven en sombras. Me esconden. Me sostienen. En este preciso momento, me siento segura aquí y no recuerdo la última vez que me sentí segura en algún lugar. El sol se pone sobre un horizonte oculto, pero no vuelvo al hotel. Nadie me espera ahí.

Los sonidos y aromas de este lugar son como un mundo distinto. Huele a gente, a tanta gente. Estoy acostumbrada al olor del vacío, pero sería extraño en un lugar tan lleno. No, está más que lleno. Está bullendo de vida. El aroma del Rittenhouse Square llena el aire que me rodea, es verde y abundante. Estoy rodeada de millones de alientos que salen al mismo tiempo, rodeada de vida. Lo mejor que los Padres hicieron por mí en la vida fue caer sin causarme muchos problemas. Al menos, solo tuve que escapar una vez. No estoy segura de que estén muertos, pero sin duda lo intenté. Y realmente no puedo pensar en eso ahora.

Más bien, necesito vivir. Solo he conocido muerte y dolor; empaparme de la vida se siente bien.

Cerrando los ojos, extiendo mis brazos y el calor de la ciudad fluye a mi alrededor, fluye a través de mí. No hay más dolor. No hay más dedos que se entierran en mi piel, ansiosos de romperme otro hueso o de causar otro magullón en mi piel pálida. No hay más ojos ni palabras crueles que revuelven mi mundo. Ahora están muriendo. Ahora están muertos.

Y no me arrepiento de lo que hice.

Abro los ojos y observo la estatua al otro lado de la banca en la que estoy sentada. Representa una batalla: un combate salvaje, con vidas en juego. Un enorme león aplasta con su pata a una serpiente en la victoria final de una lucha a muerte. De alguna manera, me identifico más con estos animales que con las personas que me rodean en el parque. Lucho por dejar de pensar en mi propia batalla, pues aún recuerdo cada momento de la pelea por mi vida, pero nunca he sido capaz de celebrar el triunfo.

Levantando mi muñeca, veo la hora en mi reloj. Es uno digital que encontré en la sección de niños de una tienda departamental. Aún no entiendo muy bien las manecillas giratorias de su mecanismo más confuso. Y los de adultos me quedaban flojos sobre mis muñecas demasiado delgadas. No hay muchas personas en esta sección del Rittenhouse Square, y todas ya estaban aquí cuando llegué hace quince minutos. Se ha retrasado. Solo cinco minutos, pero son cinco largos minutos. No tengo que estar en ninguna parte, pero no importa. Él es mi cuarto intento. El primero no se presentó. Con el segundo, me fui en cuanto permitió que sus ojos fueran demasiado curiosos. El tercero no parecía lo bastante inteligente para poner mi futuro en sus manos. Si voy a contratar a este tal Cameron Angelo, necesito asegurarme de que hará lo que le pida cuando se lo pida. Necesito estar segura de que sabe lo que hace.

Si esto no funciona, pasaré al siguiente nombre que mi dinero pueda comprar en un bar sombrío o en un callejón oscuro. Los servicios ilegales son fáciles de conseguir, especialmente en una ciudad grande como Filadelfia. Si puedes encontrar los lugares correctos en donde buscar y estás de acuerdo con pagar por la información, puedes conseguir lo que quieras. Los libros que Nana solía darme a escondidas por la noche fueron más educativos de lo que imaginé. Los que me dejó conservar me enseñaron más: *Flores en el ático*, *Oliver Twist* y *Secuestrado*. Ella había estado planeando mi escape por mucho tiempo, pero ninguna de las dos pensamos que lo haría sola.

Compartíamos una cita favorita. El papel que la contenía estaba tan amarillento y arrugado como las manos de

Nana, pero aun así me hubiera gustado traerlo conmigo. Lo arrancó de un libro de poetas ingleses, viejo y raído. Solo eran dos líneas de un poema, pero Nana decía que debían darme esperanza:

"Aunque mi alma pueda estar en penumbras, se levantará en perfecta luz; he amado demasiado las estrellas para temerle a la noche".

Repito las palabras entre dientes tres veces, con mi corazón que se aferra a la cita con más fuerza que mi miedo. No hay nada que necesite más en este momento que esperanza. Aparto el doloroso vacío que sustituye a mis entrañas cuando pienso en Nana o en Sam y me pongo de pie. Pasando mi maleta a la otra mano, la aprieto hasta que mis dedos dejan de temblar. No pude dejarla en el hotel, tiene doscientas treinta mil razones para no hacerlo. Solo diez mil menos de las que tenía cuando empaqué. No está mal para más de un año sola pero, de cualquier manera, vivir a escondidas no va exactamente bien con la extravagancia. Aun ahora, se siente raro arrastrar mi maleta detrás de mí cuando sé lo que contiene. Puedo sentir a todos mirándola, mirándome.

Una chica joven pasa junto a mí tomada de la mano de un hombre y un escalofrío me recorre, como un viento ártico que comienza en mis pies y sube soplando por los serpenteantes túneles de mis venas. Tan claro como la ciudad que me rodea, veo su dolor. La niña baja su manga rosa, pero no es lo suficientemente larga para cubrir los magullones que hay debajo. Su mano está envuelta en la de él, pero está blanda, no se aferra en busca de apoyo. Está presa, entrampada.

Millones de recuerdos de Sam bombardean mi cerebro, y mi mano libre busca en mi bolsillo el perno de metal negro que siempre llevo conmigo. Froto mi pulgar por su superficie desgastada mientras lucho por mantener las imágenes sepultadas. El pasado que desearía poder enterrar para siempre sale reptando de la oscuridad para atormentarme de nuevo: Sam y yo encogiéndonos de miedo en la esquina oscura del ático, el aliento caliente del Padre sobre mi rostro mientras me pega a la pared, la Madre que ignora mis súplicas de que deje a Sam y me lleve a mí mientras lo arrastra por las escaleras y golpea la puerta, seguido por las lágrimas en el rostro de Sam y en el mío cuando él vuelve con nuevos magullones y heridas que no pude evitar. Lo veía dormir cada noche y temía a la semana siguiente, al día siguiente, a la hora siguiente, cuando todo volvería a comenzar.

Me obligo a respirar en silenciosa agonía. Los recuerdos son demasiado dolorosos para tocarlos. Los esquivo y me atrinchero en una esquina de mi memoria, intentando fingir que esa niña no está sufriendo igual que mi hermano.

El hombre que está con ella me recuerda al Padre, pero el parecido no es exterior. Es como si irradiara la misma oscuridad. Me concentro en los detalles, haciendo que retroceda el dolor de la emoción confusa con el firme blanco y negro de la lógica. No se parecen en nada. Este hombre es más joven, de unos cuarenta, y su cabello es oscuro. El Padre tenía cabello rubio, como Sam y yo, y su paranoia lo hacía mantenerse delgado y en forma. Este hombre es un gordo asqueroso.

Él deja de rascarse el hombro, y la niña hace un gesto de miedo cuando él levanta el brazo. El sucio cabello oscuro de ella cae sobre su cara, como solía hacerlo el de Sam. Ella se está escondiendo y nadie más la ve. Se está muriendo y nadie más lo nota. Combato una oleada de náusea e intento seguir respirando.

Los veo alejarse. La pequeña voz de Sam suplica en mi cabeza, me dice que la salve.

Nadie más la salvará, solo tú.

Me arrastran como un imán, los sigo y combato la desesperada necesidad de hacer lo que no pude por Sam. Detener a este hombre antes de que sea demasiado tarde. Sé que tengo que ignorarlo. No puedo involucrarme. Debo fingir que no la vi, pero Sam no me deja.

Te necesita.

Los sigo hacia el límite del parque, manteniendo mi distancia, solo observando.

Lo único que puedo hacer es observar, al menos, por ahora.

–Te rindes demasiado fácil –dice una voz profunda y tibia desde detrás de mí, y me giro para ver. Mis manos se levantan de golpe en la posición defensiva que conozco tan bien.

—Oye, cálmate —da dos pasos atrás y me contempla hasta que bajo los brazos a mis costados—. Lo siento. Solo es que no quería que te fueras. Eres... —le echa un vistazo a su teléfono— Piper, ¿verdad?

—Sí —me giro hacia un lado, manteniéndolo a la vista, pero dirijo mi mirada hacia la espalda de la niña que se escabulle. El sentimiento de culpa por sentir que la estoy perdiendo es casi tan fuerte como el de tranquilidad, porque se ha marchado. Ya no es mi responsabilidad.

Nadie más la salvará.

Evito estremecerme e ignoro las palabras de Sam. Me concentro en inhalar tan solo una vez, suelto el perno y saco la mano del bolsillo, enfoco mi atención en el chico que está frente a mí. No me tomó más que unos cuantos días después de que me escapé aprender que prestar atención a los detalles me mantiene viva, tanto dentro del ático como fuera de él. Esta situación no es diferente.

Cameron es alto y tiene hombros anchos y cabello de color café a la altura de la barbilla. Piel aceitunada, la nariz ligeramente más ancha de lo que debería. Sus jeans y su camiseta roja de manga corta le quedan bien, pero no parecen nuevos. Es seguro, preparado y tranquilo.

Su postura me dice que puede hacer más que arreglárselas en una pelea, pero esa no es la ayuda que necesito. Lo que preciso es un genio, un hechicero criminal.

Los ojos avellana que me devuelven la mirada me están inspeccionando también. No puedo negar la inteligencia que hay en eso. Puede ser listo, pero es demasiado joven. No es lo que estoy buscando.

–Gracias por venir, Cameron, pero no va a funcionar –me doy vuelta y me alejo, las ruedas de mi maleta golpetean apresuradamente sobre cada grieta de la acera. *Clic, clic, clic, clic,* el acelerado pulso de una ciudad tan viva como la gente que la habita. Cada parte de Fili es diferente. Una sección es un barrio acogedor rodeado de árboles, la siguiente es un desbordado centro de negocios. Me hace sentir segura, como si la muerte no pudiera seguirme hasta aquí. Aunque muy en el fondo, no tengo duda de que *puede* hacerlo hasta cualquier lugar.

Un momento después, él está caminando junto a mí, con sus largas piernas que fácilmente alcanzan mis pasos rápidos.

–Llámame Cam.

–Bueno, Cam –no me tambaleo, aunque para mi bien, el nombre es demasiado cercano al de mi hermano–. Aun así, no va a funcionar.

Le echa una mirada a mi equipaje.

–Parece que te diste por vencida conmigo antes de conocernos. Es eso o eres la aeromoza más joven que he visto en mi vida. ¿Vas a tomar un vuelo o algo?

–No. Solo creo que tú y yo ya terminamos –me paso la maleta al otro lado, para poder quedar entre ella y él. Cualquier futuro que pueda construir depende de mantenerla a salvo.

—¿Puedo preguntar por qué?

—Eres demasiado joven.

Se ríe, pero se va deteniendo como un auto descompuesto cuando ve que hablo en serio. Entonces levanta una ceja.

—Cuando eres el mejor, la edad no importa. Además, tú, ¿cuántos años tienes? ¿Quince?

—Diecisiete —no admito que no estoy totalmente segura. Era muy difícil medir el tiempo en el ático. E incluso antes de que me encerraran ahí a los seis, una de nuestras vecinas, una anciana cuyo nombre quisiera recordar, fue la única persona que me deseó feliz cumpleaños. Es muy poco lo que puedo recordar del tiempo antes del Padre. No era bueno, pero era mejor. El dolor seguía ahí, solo era diferente. Cambiar el dolor del hambre por magullones y cicatrices no era mi idea de una mejora. Seis años con la Madre y sus adicciones, luego diez años con el Padre y las suyas.

—Entonces, estamos igual. No es suficiente razón.

Me detengo para ver a Cam a la cara. Un millón de instintos me dicen que siga caminando y lo ignore. Se rendirá en algún momento, pero algo en mí me pone reacia a irme.

—Porque llegaste tarde —le digo.

—Llegué antes que tú.

–No –una imagen de cada persona que estaba a mi lado en el parque cuando llegué pasa por mi cabeza–. No estabas.

–¿Puedo? –me dedica una gran sonrisa y luego se para con cuidado detrás de mí. Levantando un brazo, señala un pequeño espacio en uno de los setos al otro lado de la estatua. Sería casi imposible ver desde donde yo había estado esperando, pero, desde ese sitio, él podría ver toda la sección del parque. Suelto el aliento. Muy inteligente.

–Bien –me doy vuelta para quedar frente a él y, de inmediato, doy un paso atrás. El olor a jabón, a menta y a algo tibio y boscoso me sobrecoge... muy cerca, demasiado cerca.

–Entonces, ¿estoy recontratado? –se inclina hacia adelante y me muestra una amplia sonrisa.

–Para eso, tendrías que haber estado contratado en primer lugar.

–Entonces, ¿por qué nos reunimos?

Levantando la maleta, camino hacia un árbol cercano y me siento en el césped. Cuando él se sienta, de nuevo está demasiado cerca.

Me retuerzo por un momento antes de deslizarme un poco para alejarme de él. El tipo no tiene sentido del espacio personal.

–Esta es la entrevista –digo.

Baja la mirada hacia el espacio ahora ligeramente

más amplio entre nosotros, y me sorprende lo molesta que me siento cuando el extremo de su boca se tuerce.

—Bueno. Una entrevista entonces. ¿No deberías hacerme algunas preguntas?

—¿Cuánto cobras? —juego con una hoja junto a mi rodilla, la hoja es más larga de las que la rodean.

—Directo al dinero. No te andas con rodeos, ¿verdad?

—No —lo miro a los ojos—. Y si tú sí...

—Entiendo —levanta las manos y me ofrece una sonrisa tranquila—. Eres muy estricta y seria. Puedo con eso.

Su sarcasmo se escucha fuerte y claro. De algún modo, cree que tiene el control de esta situación, de esta conversación. No me gusta eso. Parece bastante amable, pero no sé qué hacer con *amable*. Lo único que *necesito* es alguien que haga el trabajo y luego me deje en paz. Lo acabo de conocer hace dos minutos y Cam ya no me parece ese tipo de chico.

—Esto no es un chiste para mí —quitándome el césped de las manos, comienzo a levantarme cuando él toma mi brazo. El pánico y la adrenalina corren por mi sistema y no puedo respirar. Ya no puedo verlo. Es una sombra, un remanente del Padre. Con un movimiento, tuerzo mi muñeca, la tomo y me suelto de su mano. No debería tocarme. No tiene idea de lo que soy capaz. De mi pecho salen jadeos. Veo cómo los ojos de Cam se abren mientras el miedo y la ira chocan dentro de mí, pero sus palabras los tranquilizan de inmediato.

–Bueno, calma y respira... –su voz trae claridad y aligera un poco mi pánico. Es fuerte y firme como la del Padre, una voz de hombre, pero sin la amenaza ni la malicia–. Entiendo. Quieres una nueva identidad. Eso lo puedo dar –el tono de Cam es bajo y tranquilo. Levanta la mano en señal de rendición y retrocede algunos centímetros. Su mirada sostiene la mía, y cualquier rastro de humor se ha ido–. Te daré un pasado diferente y puedes convertirlo en cualquier futuro que quieras. Te ayudaré a vivir sin ser advertida, a vivir invisible. Soy el mejor. Mi tarifa son siete mil y te garantizo que vale cada centavo.

Su seguridad me tranquiliza. Me reacomodo en el césped y contemplo el parque a mi alrededor. Como tantas veces desde que escapé, me siento como si alguien me estuviera viendo. Pero no es posible. Aun si hubiera sobrevivido, el Padre no podría haberme seguido... no, tengo que ignorar la sensación y enfocarme en lo que puedo controlar, en las decisiones que debo tomar... en Cam.

Tres fuentes diferentes me dijeron que era el más recomendable y el único. Que Cam era mi mejor opción. Solo he esperado todo este tiempo para contactarlo porque no me gusta tomar el camino obvio. Me hace sentir predecible y vulnerable. Pero supuestamente sus contactos y sus habilidades de *hackeo* no tienen comparación.

Tomando la muy larga hoja del suelo, la paso por el dorso de mi mano. Él estuvo aquí primero, observándome y esperando. Parece entender señales que ni siquiera me doy cuenta de que le he estado enviando. Comienzo a ver por qué, aun a su edad, es el primer nombre que me dieron. Sin verlo, le doy mi respuesta:

–Bien. Nos vemos aquí mañana a las diez. Comenzaremos con una nueva identidad, luego un departamento. Mi hotel apesta.

Está oscureciendo. La calle cercana se ilumina cuando todas las lámparas se encienden al mismo tiempo. La ciudad se prepara para combatir la noche que viene. La luz les da un extraño brillo a los ojos de Cam mientras me pongo de pie.

–Espera –dice.

–¿Qué? –bajo la mirada hacia él, ya impaciente por irme. No me gusta quedarme quieta por mucho tiempo. Quedarme quieta me recuerda al ático. No sorprende que tampoco sea una gran fan de los espacios pequeños.

Cam se aproxima hacia adelante y envuelve un largo brazo alrededor de su rodilla.

–Tengo preguntas para ti.

–No.

–¿No? ¿Qué quieres decir? –su expresión es de incredulidad, pero no voy a seguir ese camino. Cuanto más pronto entienda eso, mejor.

–El significado de la palabra *no*, ¿cambió recientemente? –mantengo mi voz tranquila mientras froto mis manos, el frío de la tarde está llegando rápido.

–¿No vas a responder ninguna de mis preguntas? Una entrevista va en dos direcciones, ¿sabes? –sus ojos son penetrantes–. No he decidido si estoy dispuesto a ayudarte.

La gente que lo recomendó había sugerido que algo como esto era una posibilidad. Aparentemente, en el último año, se había vuelto muy quisquilloso con el tipo de clientela que estaba dispuesto a aceptar.

–Dos preguntas –asiento e intento no mostrar lo profundamente herida que me hace sentir esta concesión–. Responderé si puedo.

–¿Tienes antecedentes? –su expresión es seria.

–No. Última pregunta –eso fue fácil. Es difícil tener antecedentes cuando nadie sabía que estábamos en el ático para empezar. Espero a que hable.

–¿Alguien te está buscando?

–No –niego con la cabeza y estudio la acera que rodea mis deportivos negros. La mayor parte del tiempo, estoy bastante segura de que no quedó nadie. Se me escapa un temblor, pero intento disimularlo encogiéndome de hombros.

–¿Y si necesito saber más?

–Si es sobre lo que pasó antes de conocerme hace cinco minutos, entonces no. Llamémosla *la regla de los cinco minutos*. Es inquebrantable –digo, bajando el mentón.

Cam se pone de pie de un salto tan rápido que retrocedo dos pasos y pongo mi maleta entre nosotros, como un escudo. Luego se congela, se queda completamente quieto hasta que relajo mi postura.

–Bien –dice. Con su espalda que da a la lámpara y su cara escondida en la sombra. No puedo ver su expresión, pero hay una dureza en su voz que me inquieta–. Lo discutiremos mañana.

Se gira sobre un pie y se va.

–No, no lo discutiremos –sé que no puede escucharme, pero respondo, más que nada, para tranquilizarme a mí misma.

2

Cam está sentado junto a la fuente en el Rittenhouse Square cuando llego al día siguiente. Solo llegué cinco minutos tarde, pero había planeado estar temprano. Fue más difícil de lo que esperaba comenzar a andar esta mañana. Alguien ha tocado música a todo volumen en mi hotel la mitad de la noche, y tuve pesadillas, una tras otra, de que el Padre se aparecía y me arrastraba de regreso al ático. Casi puedo sentir las marcas bajo mis ojos cuando parpadeo.

Bajo el sol de la mañana avanzada, el parque huele a césped tibio y a cloro de la fuente. Me recuerda a una piscina sucia fuera de un motel en la periferia de Cincinnati, donde estuve unos días para dormir en la completa inmovilidad de una habitación antes de subirme a otro autobús. Observaba a las familias nadando en esa piscina, pero no entendía el atractivo de estos lugares. Son como tinas químicas gigantes que tienes que compartir con otras personas. Además, la idea de sumergirme en el agua, cuya profundidad supera mi altura, suena como otro método de tortura.

Cam se inclina hacia adelante y sonríe cuando me ve. Su camisa blanca está desabotonada sobre una camiseta gris y, por alguna razón, me pone nerviosa. ¿Por qué debe verse tan relajado cuando cada uno de mis nervios se está friendo con el brillo que reflejan sus lentes oscuros?

–Y yo que pensé que ser puntual era importante para ti –se pone de pie y se baja los lentes hasta que puedo ver los remolinos en sus ojos avellana–. Te ves terrible.

–Gracias –digo entre dientes y, tímidamente, pongo mi maleta frente a mí. Como si eso ayudara a cubrir mi camiseta demasiado grande y mis jeans desgastados–. Qué lindo que lo menciones.

–Vamos –se acomoda los lentes, y entrecierro los ojos cuando el reflejo me ciega de nuevo. Se estira hacia el suelo y toma dos vasos humeantes que no había notado que estaban junto a él–, el café te ayudará.

Inspecciono su ofrenda por un momento. No quiero ofenderlo, pero evitar el riesgo es más importante.

–Tú primero.

Su ceja se baja y sus ojos se quedan en los míos mientras le da un trago al vaso y luego me lo pasa.

–Veo que no les temes a los gérmenes.

–Dan menos miedo que otras cosas que podrías haber puesto ahí –no se trata de Cam, y me molesta que lo haga sonar como si así fuera. La confianza es algo de lo que he aprendido a prescindir. Es mejor así, es más seguro para los dos. Veo el humo saliendo del vaso. Nunca he tomado café, pero tengo que acostumbrarme a probar cosas nuevas. El amargo líquido hirviendo cubre mi interior con calor y me esfuerzo por reprimir las ganas de escupir–. Gracias.

Cam se ríe.

–¿Está muy mal?

–Horrible –le doy otro trago y no puedo evitar hacer un gesto–. Supongo que es un gusto adquirido.

Una chica hermosa con largo cabello negro y pestañas a juego rodea la fuente y se para junto a Cam. Tiene más o menos su edad. ¿Quizás es su novia? Si esta es una novia, me voy. No tengo tiempo para distracciones bobas. Me saluda agitando la mano y yo levanto una ceja, esperando a que él me dé una explicación.

–Esta es mi socia, Lily.

–Una socia *no* era parte de nuestro trato.

–Querrás que lo sea –Lily me guiña.

–Nos va a ayudar a encontrar a la nueva *tú* –Cam le da otro trago a su café y sonríe.

XXX

Ha pasado una hora desde que llegamos y Lily no ha dejado de verme con los ojos entrecerrados todo el tiempo. Estamos en un callejón, en una barbería abandonada que, de algún modo, sigue teniendo agua, aunque el agua caliente parece ser demasiado pedir. Todo en la habitación está cubierto por una capa de polvo. El aire huele como si lo hubieran remojado en tinte para cabello y lo hubieran dejado hasta que se enmoheciera. Lo único que lo hace respirable es el hecho de que Lily se haya puesto demasiado perfume. Ciertas respiraciones se llenan de una considerable dosis de vainilla y especias. La nariz me hormiguea en un aturdimiento químico y me froto la punta con la mano. Cinco canastas de tijeras, brochas y peines están sobre la mesa cercana a nosotros como una extraña selección de elementos de tortura medieval.

Lily levanta sus tijeras, corta otra sección de cabello húmedo e intento sin suerte no hacer un gesto de dolor. Me sorprendería que quedara algo de cabello cuando termine. El suelo alrededor de la tosca silla de barbero donde estoy sentada está cubierto de largos mechones oscuros. Se ven tan ajenos, aunque sé que solían ser mi propio cabello dorado. He convencido a Lily de que me deje solo a mí lavarme el pelo, después de que ella lo haya teñido. Sigue siendo difícil quedarme inmóvil cuando está tocando partes mías, aun si no puedo sentirlo exactamente.

Escucho la voz de Cam suavemente desde otra habitación. Con quien sea que esté hablando, no suena contento. La única palabra que he podido descifrar con claridad es "no". Tras unos cuantos minutos más, escucho "ciao" y un bip electrónico antes de ver a Cam que cruza la puerta sosteniendo una sábana blanca y una bolsa grande de papel. Cuando sus ojos se encuentran con los míos, silba.

–Te ves bien de morena –asiente–. Ahora sí podría creer que tienes diecisiete.

Mi mano va hacia donde mi largo cabello rubio solía descansar sobre mis hombros, pero no hay nada ahí. Lily niega con la cabeza y gira mi silla, para que quede frente al espejo.

Por primera vez en meses, me impresiona demasiado recordar los ojos sin vida de Sam que se dirigían a los míos. Solo que el reflejo no soy yo, o al menos, no lo siento como mi yo. Mi cabello, que nunca había sido teñido y solo había sido cortado unas cuantas veces en mi vida, ya no está. En mi lugar se encuentra una chica que, ni en mil años, reconocería como mi yo. Parpadea con sus grandes ojos azules y eso es lo único que reconozco de ella.

Mi nuevo cabello es casi negro, y está cortado en una línea dispareja sobre mis hombros. Es seguro, atrevido. Esto es lo que quería: que la vieja yo desapareciera. Ya no veré el cabello rubio como el del Padre, que hacía parecer que él nunca quedaría realmente en el pasado.

No puedo ver todo lo que ya hice mal, solo las cosas que puedo elegir hacer bien de aquí en adelante.

–Es perfecto –digo.

Lily hace una pequeña reverencia.

–¿Qué puedo decir? Tengo una habilidad increíble.

Mete la mano en una bolsa blanca y saca un largo tubo plateado. No sé qué es pero, por la forma en que entrecierra los ojos y camina directo hacia mi cara, hace que me retuerza. Cuando se inclina para acercarse, puedo contar las manchas doradas en sus ojos color café. Contengo la respiración. Sé que intenta ayudarme, pero no recuerdo la última vez que me sentí tan incómoda.

Para cuando Lily abre el tubo, revela un cepillo de rímel y lo lleva hacia mi ojo, ya no puedo quedarme quieta más tiempo.

–¡Espera! No, no, detente –hace que mi cuerpo se vuelva flácido y se resbale por la silla, huyendo de ella a gatas. Mi corazón golpea dentro de mi pecho mientras intento ponerme de pie.

Lily da un salto hacia atrás, para evitar caerse sobre mí.

–¡Oye! ¿Qué haces? –me mira como si fuera la cosa más rara que hubiera visto en su vida.

He visto el rímel en comerciales de maquillaje. Está bien que otras personas quieran usarlo. Solo que no me agrada que se acerque a mi ojo como una especie de arma.

La voz de Cam sale desde detrás de Lily y me sobresalta. Casi me había olvidado de que estaba aquí.

—No te preocupes, Lily. No lo necesita.

—Pues, bueno —murmura Lily con el ceño fruncido mientras cierra el tubo y lo mete en su bolsa blanca. Para cuando deja esta en una de las canastas, de nuevo tiene una expresión neutral en su rostro, pero ahora hay algo de duda detrás de sus ojos.

Estoy acostumbrada a eso. Me ha pasado en autobuses por todo el país. Por más que lo intente, tarde o temprano, la gente reconoce que no soy tan normal como finjo ser.

En general, intento ya no estar para cuando descubren eso.

Vuelvo a sentarme y observo el espejo, para evitar ver el gesto que Cam y Lily están compartiendo detrás de mí. Aunque mi cabello era rubio antes de que Lily le pusiera las manos encima, mis cejas y pestañas siempre han sido oscuras. Y si puedo arreglármelas sin instrumentos punzocortantes cerca de mis ojos, quiero hacerlo así.

No puedo contener una pequeña sonrisa cuando me estiro para tocar una de las pequeñas púas de cabello en mi cuello. Tanto la sonrisa como el cabello son ajenos y maravillosos. Observo por el espejo sucio a Cam envolviendo una sábana sobre una división al fondo de la habitación y veo que se da vuelta hacia mí.

—Tengo dos opciones para ti —arrastra una silla. Lanzando una larga pierna sobre ella, se sienta—. ¿Te sientes más como una Suzanna o como una Charlotte?

—Ninguna. ¿Esas son mis únicas opciones? –digo, frunciendo el ceño.

—Sí.

—Creo que podría ser una buena Charlotte –Lily mete unas tijeras en un recipiente con un líquido azul y me mira por encima del hombro con los ojos entrecerrados–. Sí, definitivamente más que una Suzanna. Conocí a una Suzanna alguna vez. Era horrible.

—Entonces, será Charlotte –Cam se pone de pie, mete la mano en la bolsa y saca algunos papeles y una cámara.

—Bueno. ¿Tengo apellido? –estiro un dedo del pie hacia el suelo y me impulso hasta que mi silla gira hacia él.

—Sí, es, eh... –le da vuelta a la primera página y examina la segunda–. Thompson. Y buenas noticias, señorita Charlotte, ahora tienes dieciocho y la preparatoria terminada.

—*Charlotte Thompson* –mi nuevo nombre se siente como la mentira que es cuando lo digo en voz alta, pero lo superaré. Después de todo, Piper tampoco es un nombre oficial. Cuando me echaron al ático, al principio, me dio igual. Al menos ahí podía comer. A la Madre nunca le importó mucho si comía o no, siempre estaba demasiado enfocada en su siguiente dosis. Pero cuando estuvimos con el Padre, él quería que yo fuera más fuerte, para soportar lo que tenía preparado para mí. El Padre insistió en llamarme *Niña*. Me castigaban por decir mi nombre real y finalmente me obligué a olvidarlo, pero creo que podría haber empezado con A. Cuando Sam nació, simplemente lo llamaban *Niño*. Yo había elegido el nombre de *Sam* para mi hermano porque se sentía cálido y no teníamos suficiente calidez. Usábamos nuestros nombres secretos en la noche y entre susurros, solo cuando nadie más podía escuchar.

Comencé a llamarme *Piper* luego de leer una página arrancada de un libro de cuentos de hadas que teníamos en el ático. No teníamos la historia completa, así que había inventado una parte yo misma. La página decía que el Flautista de Hamelin se había enojado con unos padres y que tocaba su música, para llevarse a sus hijos. Fingí que los padres en la historia también eran malos, que el Flautista estaba salvando a los niños. Deseaba poder hacer eso por Sam. Quería llevármelo. Pero no lo hice, y ahora era demasiado tarde.

Los padres malos ganaban en mi historia, pero ese no era el final. Ya no están ganando.

Una ventaja de que fueran ermitaños paranoicos es que su casa estaba en medio de la nada. No tenían amigos ni vecinos ni nadie que fuera a buscarlos en mucho tiempo. Nadie más supo nunca que Sam y yo existíamos; salvo por Nana, que solo se enteró de nosotros cuando su cáncer se instaló y fue a vivir con los Padres antes de morir. Me he preguntado cómo hubiera sido la vida si hubiéramos vivido con Nana antes del ático. Ella nunca hubiera dejado que la Madre me llevara. Lo había dicho cientos de veces, y elegí creer que era verdad.

Un día cuando ambos Padres habían salido, yo había hecho tanto ruido que Nana nos había descubierto. Aún recuerdo la furia en las caras de los Padres cuando les dijo que había llamado a la policía, para reportar lo que ellos habían hecho. Fue la primera vez que probé la esperanza. La primera vez que alguien hizo que me preguntara si podíamos ser algo por lo que valía la pena luchar. Antes de que los oficiales llegaran, Sam y yo fuimos amordazados, atados y encerrados en el ático. Para más énfasis, el Padre golpeó a Sam tan fuerte que lo noqueó y dejó claro que Nana y Sam la pagarían aún más si yo hacía algún sonido. Estaba demasiado asustada para hacer algo más que llorar en silencio mientras escuchaba al Padre decirles que Nana se estaba muriendo de cáncer. Sacó un papel que declaraba que sus medicamentos podían provocar alucinaciones vívidas. La policía se rio con los Padres sobre lo loca que sonaba la historia y les dijo que vigilaran más a Nana.

Así lo hicieron.

De inmediato, todos los teléfonos en la casa desaparecieron, afuera se instalaron candados en cada puerta y ventana, y Sam y yo no volvimos a ver a Nana durante dos semanas. Cada noche me iba a dormir preocupándome sobre lo que los Padres le habían hecho, y la risa de los oficiales no dejaba de resonar en mi cabeza.

Pero ahora los Padres ya no están, Nana ya no está, Sam ya no está. E incluso yo estoy desapareciendo, reemplazada por alguien llamada *Charlotte*.

Siempre serás Piper.

Acomodando los papeles sobre la mesada, Cam se gira para verme y me lanza un teléfono. Solo lo atrapo por instinto.

–¿Qué es esto?

–Es un teléfono desechable –ante mi gesto de incomprensión, mete sus manos en sus bolsillos y continúa–: Un celular desechable de prepago. Para que pueda contactarte si lo necesito. No quieres un teléfono con plan, ni tampoco tener el mismo teléfono por mucho tiempo, al menos no por un rato, es muy fácil rastrearlos. Pero no cambies de teléfono sin avisarme.

–¿Y si yo necesito encontrarte? –abro el pequeño teléfono negro y luego lo vuelvo a cerrar. Inclino la cabeza hacia un lado–. ¿Tengo que seguir dejando mensajes con el cantinero? El Bar de Lenny era casi un basurero. Preferiría no volver si no tengo que hacerlo.

Cam se ríe.

–No. Ahora eres una cliente. Mi teléfono está ya guardado en tu lista de contactos.

–Ah –por alguna razón, esto me pone nerviosa. Bajo la mirada por si puede notarlo en mi cara–. Okay.

–Si tienes algún tipo de problema, contáctame a mí primero, no a la policía –continúa Cam, y Lily bosteza como si hubiera escuchado este discurso antes y no tuviera interés en escucharlo de nuevo–. Aun si piensas que estás siendo cuidadosa y reportas algo de forma anónima, de cualquier modo, tendrán tu número y tendrás que tirar el teléfono. De todas maneras, los policías normalmente pueden encontrarte si quieren. Y dudo que quieras que anden por ahí hurgando en tu vida o en tu pasado. Mantén la cabeza baja, no causes problemas y estarás bien.

Asiento con los ojos aún puestos en los pies de Lily. Mis experiencias con la policía no han sido exactamente placenteras. Contactarlos no es algo que pueda imaginarme haciendo.

Cam espera hasta que levanto la mirada hacia él antes de volver a hablar:

–Entonces, ¿crees que te puedas acostumbrar? Si haces bien esto, serás Charlotte para siempre.

Estiro la mano y toco las puntas de mi cabello casi seco. Cuando sale, mi voz se escucha pequeña en mis oídos, y desearía sonar más convencida.

–Sí, puedo ser Charlotte.

–Bien. Tengo que hacerte una pregunta.

–Lo siento. La regla de los cinco minutos, ¿recuerdas? –levanto mis manos como si me fuera imposible romperla, y su mandíbula se contrae. Lily está inclinada contra la mesada frente a mí, viéndonos como si fuera una especie de evento deportivo. Cuando giro para verla, se encoge de hombros, pero hay una dureza en su expresión que no estaba ahí antes. Metiendo la mano en mi bolsillo, aprieto mi perno con fuerza. Comencé a sacarlo de los barrotes sobre la ventana del ático el día que Sam nació. Me había tomado casi un mes empujar, jalar y golpearlo, para que se soltara, aunque fuese un poco. Un año, y más de unas cuantas cicatrices en mis manos después, finalmente saqué este primer tornillo. Es una de las únicas dos cosas que me traje cuando escapé. No había salido por la ventana en realidad, pero no importaba. El tornillo representó la primera vez que comencé a intentarlo. Me ayuda a recordar cosas que no puedo permitirme olvidar.

Me recuerda que no soy débil. Si pude escapar de los Padres, puedo con lo que sea.

La voz de Cam me trae de regreso al presente y levanto la mirada para enfocarme en él.

—Relájate, no se trata del pasado —Cam se acerca con expresión seria—. Se trata del futuro. La regla de los cinco minutos no es aplicable.

—Aun así podría no responderla, pero adelante —me recorro en la silla mientras mis dedos dejan de apretar automáticamente.

—¿Qué planeas hacer con Charlotte?

Lo observo. No es exactamente lo que esperaba.

—¿Eh?

—Tu nueva identidad —da un paso más—. Si eres precavida

y la cuidas, ya sabes, si no te metes en problemas, pagas tus cuentas, mantienes un perfil bajo, podría durar mucho más.

—Será lindo ser Charlotte —digo mirándolo a los ojos.

Lily debe haber decidido que nuestra conversación ya no es interesante, porque vuelve a sus cosas y comienza a guardarlas en paquetes y en canastas organizadas.

—Bien. Si arruinas esta identidad, no te daré una nueva —ahora Cam está frunciendo el ceño. Comienzo a preguntarme qué clase de persona cree que soy. La piel de mis brazos se eriza mientras reconozco que no podría responder esa pregunta, aunque lo intentara—. Solo trato con gente que respeta mi trabajo.

—Suena justo.

Cam me extiende una mano. Mientras la observo, él espera pacientemente a que yo la tome. El miedo hace que mi estómago se contraiga tanto por la idea de que él me toque como por saber que no merezco ser tocada. Mi respiración se agita y mis dedos aprietan el pequeño trozo de metal en mi bolsillo. Necesito todo mi control para no pasar corriendo junto a él y dirigirme hacia la puerta. Correr no puede ser la respuesta, ya no.

En lugar de eso, respiro con lentitud, me pongo de pie y lo rodeo negando con la cabeza.

—Realmente no quiero que nadie me toque. No es algo personal.

Lily se congela en la mitad de su proceso de empacar unos peines. Noto que sus ojos se ponen en blanco al escuchar mis palabras, pero a Cam no parece molestarle.

—No hay problema, creo que ya había pensado que te sentías así ayer —encogiéndose de hombros, me hace un gesto para que camine hacia la cortina—. Pero es hora de sonreír, para la cámara.

3

Subimos las escaleras hacia el cuarto departamento de la lista de Cam. A diferencia de los primeros dos, está en una calle bien iluminada, en una sección más segura del pueblo. A diferencia del tercero, no hay un gato muerto en la escalera de emergencias.

Cuando me quejé del asqueroso olor del pobre gato, Cam puso los ojos en blanco y dijo que era demasiado quisquillosa. Lily decidió que estaba harta de buscar departamentos y se fue a su casa. Lo besó en la mejilla antes de irse y luego se despidió de mí con un movimiento de mano cuando notó que los estaba viendo. Me alivia que se haya ido. Sé que se supone que ese tipo de cariño sea normal, incluso natural, pero aún no me he acostumbrado a verlo.

La encargada del edificio, Janice, abre el departamento

y se aparta. Tiene cincuenta y tantos, una chaqueta peluda y una cabeza aún más peluda. El departamento está en el tercero y último piso, en Lombard Street. Viene amueblado, lo cual es bueno, dado que todo lo que tengo cabría en el compartimento debajo del lavamanos. El espacio es más pequeño que el de las primeras dos viviendas que habíamos visitado, pero está limpio, y todos los departamentos son más grandes que el ático. Por la gran ventana puedo ver un parque infantil al otro lado del camino y varias terrazas en los techos cercanos. Hay un sofá de cuero color café ligeramente gastado de cara a la ventana, y un sillón color canela metido en la esquina. Dos paredes son de ladrillo rústico y, por alguna razón, hacen que sienta un calor en mi interior.

Tan abierto, no como el ático. Puedo respirar aquí. Puedo vivir ahí.

Cam se sienta a la mesa de roble, esperando y observando mientras yo camino por ahí. Janice suspira unas cuantas veces y, luego de que comienza a dar golpecitos con su pie, Cam se mueve hacia adelante.

–¿Nos podría dar un minuto para hablar?

–Claro –la sonrisa que le ofrece a Cam podría derretir la mantequilla–. Estaré en mi lugar. Avísenme cuando hayan terminado –me lanza una mirada inquisidora y cansada mientras sale, y yo pongo la expresión más dulce que puedo. Cam suelta unas risitas cuando la puerta se cierra.

–¿Qué? –lo veo mientras paso mi mano sobre un ladrillo que es ligeramente más oscuro que el resto.

–Es solo tu cara. Te ves como si algo te doliera –inclina su cabeza hacia la puerta.

Bajo la mano a mi costado y me doy vuelta, para quedar frente a él.

–Intentaba parecer confiable.

–Sí, quizás deberías trabajar en eso.

–¿En ser confiable? –levantando una ceja, espero que muestre señales de incomodidad, pero no lo hace. Sabe lo que estoy haciendo. Quizás no hubiera necesitado contratar a alguien tan inteligente.

–En *parecer* confiable.

Voy al dormitorio. Hay una cama *queen size* con una manta gris y cortinas a juego en la ventana. Miro el paisaje sombrío, imaginando el suelo vacío debajo de la cama. Es tan grande. Un desperdicio de espacio cuando dormir en el suelo es más cómodo. Las camas son demasiado suaves.

Abro el clóset y echo un vistazo a su interior. No es enorme, pero está bien organizado. Una mitad está hecha para zapatos y tiene varias repisas; la otra tiene una barra para los ganchos y un espacio abierto debajo, para guardar cosas. Todo en este lugar está bien. Ya se siente como un hogar, o quizás como yo creo que debe sentirse un hogar. Me doy cuenta de lo afortunada que soy de trabajar con Cam. Conseguir un departamento así sin tener que hacer una investigación de mis antecedentes sería imposible sin sus contactos. Aun si viene con un incremento en la renta, por lo que él llama el "extra por anonimato". Doy un paso atrás y me sacudo los jeans antes de cerrar la puerta del clóset.

–Esto me servirá.

–Bien, entonces, siéntate.

Vuelvo a la mesa, pero no saco una silla.

–¿Por qué?

–Porque tengo más preguntas para ti.

–No. Esas dos en el parque son las únicas que tendrás. Las palabras *regla de los cinco minutos,* ¿no significan nada para ti? –gruño con una rápida sacudida de mi cabeza y me doy vuelta. Tengo la puerta abierta y camino medio pasillo antes de que él se levante y hable.

–Janice confía en mí, no en ti.

Bajo el mentón y lo contemplo directo a los ojos.

–Y yo tampoco confío en ninguno de ustedes dos realmente, así que, ¿cuál es tu asunto?

–Puedes confiar en mí.

Solamente lo observo, esperando a que continúe. No hay razón para discutir esto.

–Janice... –se ve como si estuviera buscando las palabras correctas–. Bueno, comencemos con el hecho de que tiene más en común contigo de lo que crees. El origen de su nombre, por ejemplo.

No me sorprende para nada. Como ella dejó que me

quedara aquí basándose en la recomendación de Cam, me imaginé que tenía que ser algo como eso. Aun así, confirmarlo me pone nerviosa de pronto.

−¿Y qué te está ocultando ella? ¿Le hiciste tantas preguntas como estás intentando hacérmelas a mí?

−Sí −su mirada se endurece mientras continúa diciendo−: Y fue mucho más comunicativa de lo que tú has sido. Es una mujer muy buena, que estuvo en una situación muy mala.

Asiento, sin presionar para saber más. Pueden quedarse con sus secretos si me dejan quedarme con los míos.

−El punto es que, sin que yo dé mi aprobación, jamás te rentará este lugar. Especialmente sin llenar una solicitud o hacer una investigación de antecedentes, lo cual no creo que quieras que haga, *Charlotte* −Cam se para frente a mí. Espera, sabiendo que no me gusta cuando se pone tan cerca. Puedo verlo en sus ojos.

Bajando mi mirada, regreso al departamento, mi espalda hormiguea con la frustración aun mientras hago lo que quiere.

−Bien, ahora siéntate y respóndeme unas sencillas preguntas.

Mis pies hacen un extraño eco en el espacio mayormente vacío mientras, a regañadientes, los arrastro hacia la mesa.

−¿Qué quieres saber?

Cam toma el asiento frente al mío.

—¿De qué estás huyendo?

—¿Quién dice que estoy huyendo? —golpeo mis nudillos contra la mesa de madera—. Estoy por conseguir un departamento... si puedo conseguir tu permiso. A mí me parece que me estoy quedando.

—Huiste de algún lado para quedarte aquí —dice Cam. Sus ojos me perforan mientras yo estudio las vetas de la madera en la mesa. Las espirales y los giros me ayudan a concentrarme. No tengo problema en mentirle si eso significa que terminará con esto y me dejará en paz. Dios sabe que he hecho cosas peores.

—¿Qué te importa? Pensé que te estaba contratando para no tener que responder este tipo de preguntas.

—Así es —Cam da un respiro profundo y lo suelta con lentitud—. Simplemente me gusta saber que no estoy ayudando a criminales peligrosos. Hacer un par de preguntas me ayuda a dormir por las noches.

Suelto una risa falsa y me alegra escuchar que suena menos rara de lo que se siente al ser obligada a salir de mi pecho.

—¿Te parezco una criminal peligrosa?

No responde, pero espera hasta que lo miro a los ojos. Me intimidan, pero me niego siquiera a parpadear. Después de unos segundos, me doy cuenta de cuál es la mejor forma de terminar esta conversación.

No soy la única con secretos.

–¿Qué le pasó a la Charlotte Thompson real? –pregunto.

Cam parpadea, y veo algo nuevo en su expresión, pero no es la culpa que yo estaba esperando, es algo más como una resignación.

–Su mamá murió. Se fue a vivir con su papá en Francia. No creo que vaya a volver, al menos, no por mucho tiempo.

Me pongo de pie, pero Cam toma mi mano antes de que pueda irme. Me suelto de un sacudón y contengo mil impulsos que me dicen que tome la silla o el florero y lo golpee por haberme tocado cuando sabe que no me gusta. Cuando retira su mano y levanta los ojos hacia mí, todos los impulsos violentos se apagan como fósforos encendidos en el agua. Espero a ver su hambre, una sed de poder o dominio. Pero, en vez de eso, sus ojos están tristes, suplicantes. Y me dejan sin aliento.

–Dime que estás huyendo de las cosas malas que otros hicieron –su voz es apenas más audible que un susurro–. Y no de las cosas malas que tú hiciste.

Trago saliva y doy un paso atrás.

–Sí, los otros –luego el departamento se siente mucho más pequeño y necesito salir. Dándome vuelta, camino hacia el pasillo, por las escaleras, y salgo al aire del atardecer. Mi cerebro se llena con las imágenes con las que he estado combatiendo por más de un año. El monstruo en el que me he convertido, el cuchillo en mi mano, la violencia que nunca hubiera creído que vendría de mí, la sangre... tanta sangre. Presiono mis palmas contra mis ojos e intento apartar todo. Ellos eran los monstruos, no yo.

Tú eres buena, Piper.

La voz de Sam me calma, como siempre. Cuatro profundas bocanadas del frío aire de la tarde después, observo la forma en que el cielo pasa del rosa claro en el horizonte al azul marino de arriba: el cambio perfecto de un color a otro completamente distinto. Mi vieja vida podría desvanecerse y convertirse en una nueva. Si tan solo fuera lo suficientemente valiente para hacer que suceda.

Cam camina hacia donde estoy esperando. Soy la imagen de la paciencia y la calma, apartando oleada tras oleada de pánico por todo lo que estoy haciendo, todo lo que he hecho. Soy una experta en esto. Si lo repito unas cuantas veces más, seguro será verdad.

Él mete las manos en sus bolsillos.

–Entonces, sé que no pareces tener que preocuparte mucho por dinero, pero ¿has pensado... y ahora, qué?

Mi mente deja de girar.

–¿A qué te refieres?

–¿Vas a conseguir un trabajo? ¿Ir a la escuela? –patea el talón de uno de sus zapatos ligeramente contra el escalón de atrás, y por primera vez desde que lo conocí, parece inseguro.

–Ah, ¿puedo ir a la escuela? –no he ido allí ni un solo

día en toda mi vida. Se suponía que empezaría, pero el Padre se arrepintió y nunca pasó. He pasado el último año intentando aprender lo que puedo donde puedo, devorando periódicos, revistas, libros, cualquier cosa que pueda conseguir. El primer mes, cuando no podía dejar de temblar lo suficiente para que me vieran afuera sin llamar la atención, pasé largos días y noches en vela, intentando absorber cultura, costumbres, la vida: todo a través de las teles en mis habitaciones de hotel. Intenté tanto agregar a todo lo que Nana se las arregló para enseñarme en solo unos cuantos meses.

Aun así, la idea de ir a la escuela parece tan extraña como ir a Marte.

Cuando me doy cuenta de que Cam me está viendo con ojos entrecerrados, sigo:

–¿Puedo ir a la universidad como Charlotte? ¿Puede ir Charlotte?

–Podrías necesitar más documentación de mi parte, pero eso no sería un problema.

Asiento e intento no demostrar lo abrumada que me siento. Es una libertad pesada, como si alguien me hubiera dado unas alas tan grandes que apenas podría pararme bajo su peso. Nunca había imaginado tener tantas opciones en mi vida.

–Creo que esperaré. Primero, conseguiré un trabajo y luego quizás iré a la escuela el próximo año.

–De acuerdo –me mira fijamente por unos segundos

antes de continuar–. Si decides que necesitas ayuda en el tema del trabajo, avísame.

Una pequeña risa escapa de mis labios, y por la manera en que su rostro se endurece, de inmediato deseo poder retractarme.

–¿Por qué? ¿Estás contratando?

–No –Cam pasa su peso a las puntas de sus pies y se inclina hacia mí–. Pero si estoy seguro de que puedo confiar en ti, podría conocer a alguien que sí lo hace.

Está tan cerca que veo la luz reflejándose en sus ojos. Huelo la menta de su goma de mascar.

–No –mi voz es apenas más fuerte que un susurro.

–¿No, qué? –sus ojos ahora están sosteniendo los míos, y lucho contra el impulso de correr.

–No confíes en mí.

4

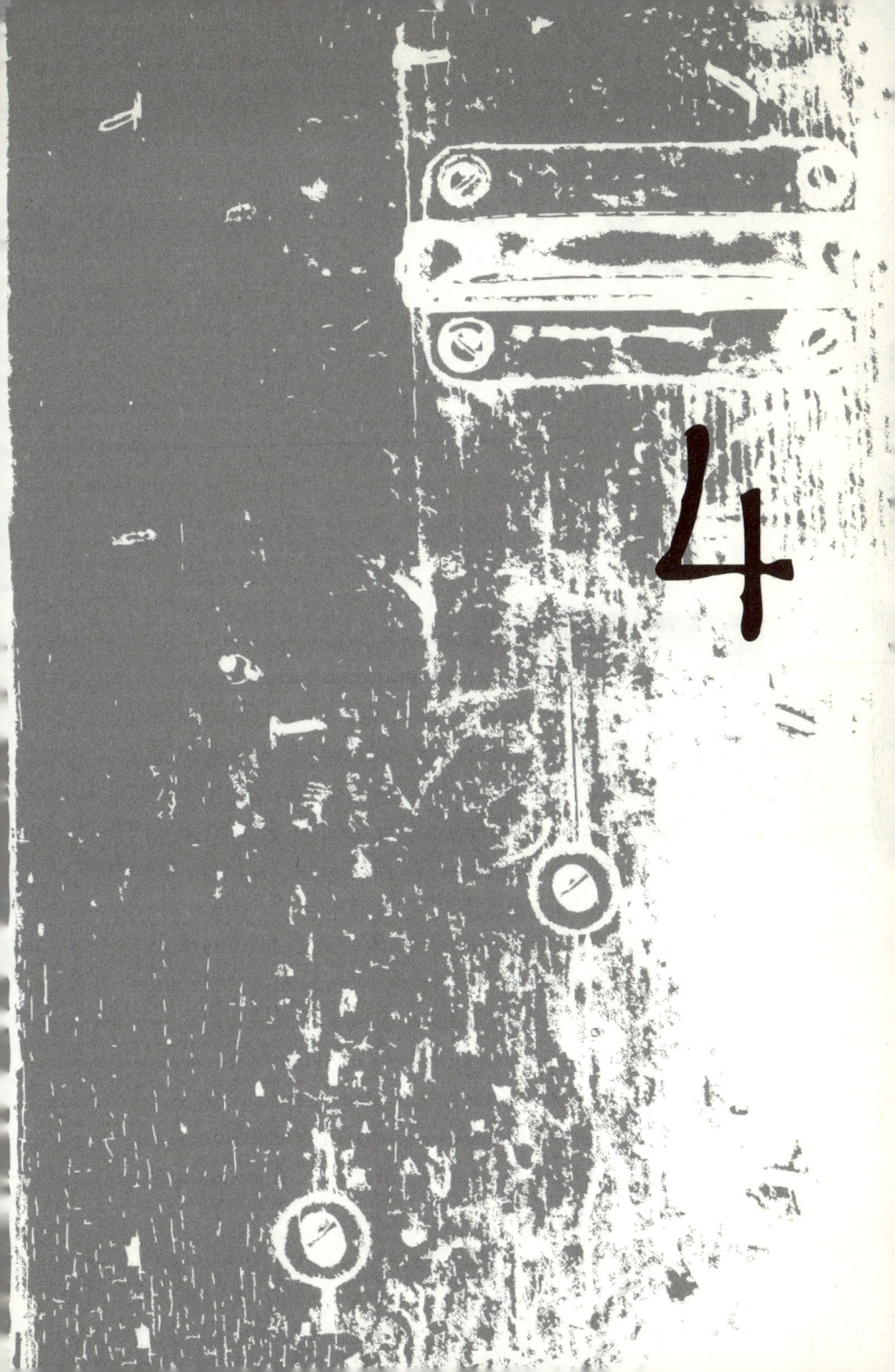

Tres días después, veo a un niñito sentado en el borde de la fuente del Rittenhouse Square y sonrío mientras patalea en el agua fría y grita. Me duele el corazón porque Sam nunca hizo un sonido como este en toda su vida. Lo más que tuvimos fueron risitas bajas cuando le leía historias en el ático. Solo en la noche, cuando estábamos seguros de que nadie podía escucharnos, ese era nuestro tiempo.

Cambio mi posición en la banca frente a la fuente y reviso el reloj de nuevo. Aún falta una hora antes de que me reúna con Cam para darle la otra mitad de mi pago. Hasta entonces, me quedaré en el sol. Mi piel pálida ya está rosa, y me encanta. Probablemente no debería porque ya he tenido quemaduras de sol antes y fue todo menos divertido, pero se siente como una prueba de que puedo salir. Ahora nunca tendré que volver adentro si no quiero. La libertad es estimulante y aterradora al mismo tiempo. A veces, es demasiado.

Un escalofrío me hiela desde el interior y echo un vistazo por el parque de nuevo, para asegurarme de que nadie me esté mirando de cerca, ningún extraño que me mire fijo, pero apenas parecen notar que hay gente. Todos están absortos en sus propias vidas para ponerle atención a algo más, y eso está bien por mí.

Gasté la mitad de mi primera semana en la ciudad encerrada en mi habitación de hotel, escondida en la tina. En ese entonces, me había adaptado parcialmente a la vida fuera del ático, pero la ciudad es mucho más. Vine porque es lo opuesto a un pequeño ático en una cabaña en una región desierta. Pero es lo opuesto al punto en el que nada es pequeño. Tanto de todo lo que nunca había conocido me estaba atrapando, me ataba, me estaba ahogando en la inmensidad. Necesitaba un momento de pequeñez y seguridad para reorientarme en este nuevo mundo. Pero ahora estoy mejor. Lo más importante es recordar seguir respirando. Nana dijo que, mientras siguiera respirando, todo se arreglaría solo.

Me estiro, intentando absorber aún más luz del sol, pero esta vez, el calor me recuerda que estoy viva. Estoy viva y Sam está muerto. Tenía seis años. Ningún niño de seis años debería morir. Está mal. Todo el jodido mundo está mal. Sam nunca podrá tener siete años.

La dura corteza del árbol me araña la espalda, así que me inclino hacia adelante y me olvido por completo del sol y del calor. Ella está aquí. Es la misma niña de antes, y escucho a Sam suplicando de nuevo. Su ropa está sucia como la primera vez. Ahora puedo ver con claridad una nueva quemadura de cigarro en el dorso de su mano.

Mis ojos recorren el parque. Alguien más tiene que verlo, es tan obvio. La madre del niño en la orilla de la fuente está sentada junto a él, leyendo su revista. Otras personas están con sus teléfonos o metidas en conversaciones. Incluso un policía le echa una mirada y luego voltea hacia otro lado sin señales de haberla visto realmente. Mi frustración arde como un hierro de marcar. Quiero que todos vean eso ante lo que son ciegos.

Es como tener una visión de rayos X, Piper.

Eres la superheroína que la tiene.

Ellos no son héroes. Debes ser su héroe.

Desde la noche en que Nana nos contó historias y nos explicó a Sam y a mí lo que era un superhéroe, él se convenció de que yo era uno. Desearía haber tenido algo súper dentro de mí. Si lo hubiera tenido, podría haberlo salvado.

La chica se tropieza, y yo aprieto el césped en mis manos al ver que el hombre mueve su pulgar y presiona el círculo rojo en la mano de ella, con la carne viva en el centro de su quemadura. La niña no emite ni un sonido de dolor, pero veo que su espalda se tensa por el sufrimiento mientras se apresura para alcanzar al hombre.

Antes de darme cuenta, me pongo de pie y los sigo fuera del Rittenhouse Square. Manteniendo más de media cuadra entre nosotros, casi los pierdo cuando se meten en un callejón detrás de un bar de mala muerte y desaparecen en una puerta trasera. Una vieja tienda de cómics está al otro lado de la calle. Cruzo, entro y espero. Hojeo un cómic tras otro sin ponerles atención realmente. No puedo quitar mis ojos de la entrada del bar.

No la pierdas de nuevo, Piper. Ella te necesita.

De pie y observando, miro la ventana hasta que los veo salir una hora después. Incluso desde el otro lado de la calle, es claro que él ha estado todo el tiempo bebiendo. En vez de tomarla de la mano, la arrastra por el cabello. Por primera vez, veo toda la cara de la niña y me doy cuenta de que sus rasgos son claramente asiáticos. Los de él, no.

Probablemente la secuestró. ¿Ves? Te lo dije.

Pero no importa. Sam y yo sabemos mejor que nadie que un niño no tiene que ser robado de su familia para estar en peligro. Espero hasta que avanzan un poco más por la calle antes de salir de la tienda y seguirlos de nuevo. Sam y yo sentimos todo lo que la niñita siente: el miedo de cómo la lastimará después, el temor de qué tan mal podría ponerse cuando llegue a casa, la necesidad de hacer todo perfectamente bien, aunque sabe que no será suficiente para salvarla de más dolor.

En la siguiente esquina dan vuelta a la derecha y los sigo a un edificio en el sur de Fili, a siete calles. Él la lanza en un lóbrego departamento en el sótano y yo sigo caminando, intentando no ser demasiado obvia mientras reviso el lugar.

Un callejón lleva a un área en la parte trasera de un edificio, la que probablemente fue césped en algún momento, pero ahora son solo hierbas descuidadas con un árbol grande solitario. El hedor de basura es tan fuerte que me cubro la nariz mientras avanzo disimuladamente y echo un vistazo por la única ventana que puedo encontrar.

Un vidrio está muy sucio, pero aun así, puedo ver a través de él, y el otro está roto y medio cubierto por un trozo de cartón. Una televisión es el único sonido que escucho que sale del interior.

Me oculto bajo las sombras de un árbol. Ahora está oscuro, y las ramas cuelgan tan bajo que apenas puedo distinguir mi mano frente a mi cara. Si me quedo muy quieta, él no debería poder verme aquí, pero puedo ver el interior del departamento mientras él arrastra a la niñita por la cocina.

Al principio creo que va hacia el refrigerador, pero lo pasa y abre una puerta miniatura que da a un espacio bajo las escaleras. Adentro veo una manta y una caja de galletas en cuya etiqueta se divisa la huella de una pequeña mano color sangre. Con un golpe, empuja a la pequeña al interior, y hago un gesto de dolor ante el impacto cuando ella cae de golpe sobre sus rodillas. Luego él cierra la puerta detrás de la niña, echa el seguro y toma una cerveza del refrigerador.

Temblando, envuelvo mis brazos sobre mis rodillas mientras él apaga la luz y sale de la cocina. Aún puedo escuchar la televisión, pero no hay sonidos de la niña. No hay señales de vida. Si alguna vez se defendió de él, se rindió hace mucho. Nadie más entendería eso, pero yo sí. Es fácil subestimar lo aterrador que es defenderse cuando nunca has tenido que hacerlo. Toma casi una hora y cada milímetro de mi autocontrol para ponerme de pie e ignorar a Sam que me suplica en mi cabeza:

¡*Ayúdala! Sálvala, por favor.*

Camino a casa en la oscuridad hacia mi nueva vida en mi nuevo departamento.

Y absolutamente nada se siente nuevo.

XXX

Aun con la almohada en mi cabeza, puedo escuchar los golpes sin importar cuánto deseara no hacerlo. Cuando las imágenes de la niña en su frío armario no me quitan el sueño, las pesadillas de enterrar a Sam bajo el viejo pino me atormentan. No me permito pensar en lo que pasó después de haber lanzado la última palada de tierra.

Mi cerebro se siente a punto de explotar en mi frente, y cuando los golpes se detienen, es el alivio más dulce que he sentido en mucho tiempo... hasta que comienzan de nuevo. Siento el calor del suelo junto a mí y me toma un momento recordar que no viene de Sam. Incorporándome, me quito la almohada de la cabeza y parpadeo ante la brillante luz que se cuela por mi ventana. Mis dedos pasan sobre la pequeña manta eléctrica. La he tenido por casi un año, pero aún se ve nueva. Supongo que, cuando no la usas de la manera normal, se nota. No la necesito para el frío, estoy acostumbrada a tenerlo. A lo que nunca me pude acostumbrar fue a dormir sin el calor de mi hermanito acurrucado a mi lado. Nunca me acuesto debajo de ella, pero acostarme a su lado es la única forma en que puedo sentirme lo suficientemente cómoda para dormir.

El golpeteo comienza de nuevo y a mi cerebro le toma casi un minuto entero darse cuenta de que el sonido es de alguien que toca a mi puerta. Mi corazón late con fuerza contra la pared de mi pecho al ritmo de los golpes contra la puerta, y apenas puedo respirar. Me ha encontrado. Finalmente me ha encontrado.

Debí saber que no podía ser asesinado. Algo tan malvado como el Padre no cedería a un fin tan simple como la muerte.

No importa. No me rendiré. Tambaleándome hacia la cocina, saco un cuchillo de la gaveta tan silenciosamente como puedo. Tomo el frío mango con dedos temblorosos y avanzo con lentitud hacia la puerta. Un paso... dos pasos... tres, y entonces escucho a Cam murmurando al otro lado antes de que pueda poner mi ojo en la mirilla.

–Más te vale que estés bien.

Cada parte de aire en mi cuerpo sale como un vendaval, y vuelvo a poner el cuchillo en la gaveta.

–Espera –mi voz se pierde en algún punto de mi garganta y lo que sale es ininteligible. Escucho un golpe seco y, cuando me asomo por la mirilla, veo a Cam presionando su oreja contra el otro lado de la puerta.

–¿Charlotte? –su voz ahora es suave y espera. Cuando quito el primero de mis siete cerrojos, una de mis cosas favoritas de este departamento, lo escucho soltar el aliento. Miro hacia la puerta de escape de incendios y me acuerdo de nuevo de comprar más seguros. Con solo dos, la escalera de incendios es vulnerable. Me niego a ser vulnerable, ya no más. Quien haya vivido aquí antes de mí obviamente no la consideraba un riesgo.

No era yo.

Para cuando abro la puerta, su mirada furiosa podría derretir cristal y no espera a que lo invite a pasar.

–¿Dónde estuviste anoche?

La otra mitad del pago, lo olvidé cuando vi a la niña.

–Lo siento –mi voz se siente rasposa, como si un gato se hubiera soltado en mi garganta.

Cam frunce el ceño y avanza hacia mi cocina. Cuando

vuelve un momento después con un vaso de agua, estoy tan desconcertada que no sé qué decir. Toma una silla y espera a que me siente antes de pasarme la bebida. Doy un trago mientras intento encontrar una respuesta apropiada a su amabilidad. Un simple *gracias* no parece suficiente.

–¿Estás enferma? ¿Algo anda mal? –cuando niego con la cabeza, dice–: No te ves bien.

Me froto los ojos y suspiro.

–Siempre me dices eso.

–¿Qué pasó?

–Fue una noche difícil –me pongo de pie, esperando evitar más preguntas–. Espera aquí. Voy por tu dinero.

–No. No es eso... –cuando me detengo y espero a que termine, solo se encoge de hombros–. Bueno.

Mi primer día en el departamento, puse una caja fuerte detrás de un panel en mi clóset. Bajo el colchón o dentro de mi maleta no parecían buenos lugares para guardar el dinero, mi dinero ahora. Había sido de Nana antes de que se enfermara, y ella me dijo dónde lo guardaban los Padres: bajo una tabla suelta debajo de su cama. Mi caja de seguridad parece una sabia elección.

Rebuscando en mi clóset, alejo un poco la única cosa que, además de mi perno, he traído de mi antigua casa: la marioneta favorita de Sam. Solo verla lanza una oleada de tristeza y arrepentimiento que se estrella contra mí.

Está enredada en sus propias cuerdas, y me toma un momento apartarla cuidadosamente. Había algunas marionetas en el ático con nosotros. Sam les tenía miedo a todas, salvo a esta, una niña diminuta con enormes ojos azules y cabello rubio. Le decía *su Marioneta Piper*. Cuando los Padres me sacaban a rastras del ático, él siempre estaba en una esquina, apretándola entre sus delgados brazos cuando me traían de regreso.

Acomodo el cabello rubio de la marioneta y la ubico suavemente a un lado antes de poner mi combinación. Usé el número favorito de Sam (porque era la edad que tenía cuando conocimos a Nana), seguido del preferido de Nana (porque era el de Navidad), y luego el mío (porque si la suerte existe, me jodió una y otra vez): 5-25-13. Tras abrir la puerta, saco tres mil quinientos dólares y la cierro de nuevo.

Cuando vuelvo a la habitación, veo a Cam parado junto a la pila de espejos que yo había escondido detrás de la silla. El único espejo que queda en la pared es el del baño, y eso es porque pienso que necesitaré una palanca para bajarlo. La expresión de Cam se sostiene en algún punto entre la sorpresa y la diversión.

—Nunca había conocido a una chica que no le gustaran los espejos.

Me encojo de hombros y le extiendo el dinero.

—Las apariencias están sobrevaloradas.

Es rápido, pero no puedo dejar de notar sus ojos

recorriéndome desde mis pies descalzos hasta mi muy descontrolado cabello de recién levantada. Hay una mueca inconfundible en el extremo de su boca, y de pronto me siento muy consciente de mis pantalones de pijama con puntos azules y de mi blusa sin mangas naranja.

–Una opinión demostrada por la ropa que elegí –suelto un suspiro y susurro entre dientes.

Cam sonríe de oreja a oreja, y estoy totalmente desprevenida para la forma en que hace que mi estómago vibre en mi interior.

–Eh –doy un paso atrás y choco con mi mesa–, eso es todo lo que necesitabas, ¿verdad?

Sus ojos asimilan mi rápido movimiento, pero no lo menciona.

–¿Has tenido suerte en la búsqueda de trabajo?

–No, pero mi suerte deberá mejorar cuando comience a intentarlo –saco una silla, me siento y espero a que se vaya. El golpeteo en mi cabeza se ha aminorado, pero no mucho.

–A seis calles al sureste de aquí, en el mercado italiano, hay un restaurante llamado *Angelo's* –Cam se mete el dinero en su bolsillo sin contarlo–. Nos vemos ahí a las cinco.

–¿Por qué? –su expresión constantemente divertida comienza a molestarme–. Tengo el resto de los papeles de Charlotte. Ya te pagué el resto del dinero. Pensé que ya habíamos terminado.

–No hemos terminado –se encoge de hombros y camina hacia la puerta–. Aún no. A las cinco... no llegues tarde –Cam cierra la puerta detrás de él sin esperar a que yo acepte. El eco de la puerta cerrándose se mezcla con mi quejido. Cada uno de los siete pasadores y cerrojos se deslizan a su lugar bajo las puntas de mis dedos, tranquilizándome mientras dejo al mundo afuera y me encierro. Hay algo en esa separación que me hace sentir que todo va a ser mejor cuando despierte.

No me importa saber que es mentira.

5

Por la tarde mi dolor de cabeza se ha aligerado, pero Sam no se calla.

Vuelve. Necesitamos saber que sigue bien.

Está viviendo en un armario, claro que no está bien.

Ayúdala, Piper.

Sé que su voz no es real. Que está muerto y que, básicamente, estoy discutiendo conmigo misma. Pero me ayuda a sentir como si él aún estuviera conmigo. Y si eso significa que estoy cruzando un poco hacia el lado loco, más allá de la línea de la cordura, lo acepto. He vivido en la realidad, y no me gustó mucho.

Respiraciones lentas y profundas me mantienen tranquila mientras me baño y me arreglo, pero no puedo decir lo mismo respecto a Sam. Es como un resorte en mi cerebro. Cada movimiento que hago que no nos acerca a salvar a la niña lo aprieta más. La presión comienza a sentirse como una mina inestable en la tierra a la espera de que el más ligero detonador la active.

Luego de cerrar mi departamento, doy la vuelta y casi piso a una niña rubia sentada en el primer escalón. Cuando ahogo un grito, ella mira alrededor y me sonríe.

–Hola –levanta un oso de peluche de su regazo y me saluda moviendo una de sus patas.

–Hola –digo una rápida oración en mi cabeza, pidiendo que sea real porque una alucinación como esta me pondría a kilómetros de la línea de la cordura, y eso es demasiado lejos, incluso para mí–. ¿Estás perdida?

Su cabello rubio rebota cuando niega con la cabeza, y entonces salta hacia mí.

–No. Estoy jugando a las escondidas –susurra.

Miro hacia abajo por las escaleras, pero no veo a nadie. Cam me dijo que el joven que vive debajo de mi departamento es un empresario que sale de viaje la mayor parte del tiempo, y Janice parece un poco vieja para tener una hija así de joven.

–¿Con el oso? –le pregunto susurrando.

Ella suelta unas risitas y no puedo evitar sonreír.

–No, pero eres graciosa.

Esta chica con el largo cabello rubio y la sonrisa feliz es mi yo de otra vida, la hermana que Sam debió tener. Y requiere toda mi energía mantenerme erguida mientras una ola martilleante de pérdida y pena amenaza con ahogarme. Sam hubiera amado esta versión de mí. Hubiera sido más feliz con ella.

Hubiera vivido.

Una puerta se abre debajo de nosotros, y escucho la voz de Janice susurrando:

—Rachel, por favor —cuando levanta la vista y nos encuentra a las dos, se congela.

—¡Me encontraste! Eres buena en este juego, abue —Rachel se mete el oso debajo del brazo y baja saltando las escaleras. Cuando llega al final, toma la mano de Janice y me señala—. Pero ella es mejor. Me encontró primero.

Janice se inclina hacia Rachel.

—Tienes que quedarte en el departamento de abue o ya no podremos jugar este juego. No es seguro aquí afuera.

—Pero está bien. Estaba con... —Rachel se voltea hacia mí e inclina la cabeza—. ¿Cómo te llamas?

Respiro y doy unos pasos antes de responder.

—Charlotte —el nombre se siente extraño en mi lengua, pero necesito acostumbrarme a él—. Pero tu abuela tiene razón. Tienes que quedarte adentro con ella.

Rachel se encoge de hombros.

—Bueno. Adiós, Charlotte —pasa saltando junto a Janice y entra en su departamento. Su abuela la sigue y me lanza una sonrisa a medias antes de cerrar la puerta detrás de ella, y escucho el seguro cerrándose.

"Adiós, Rachel", digo en un suspiro para mí misma, intentando ignorar el enorme agujero en mi corazón que la niña ha hecho más grande solo por existir. Luego salgo por la puerta hacia el sol de la tarde.

XXX

En el Rittenhouse Square, espero en la banca con la revista que había comprado en el camino. Cuál celebridad podría estar embarazada y si engañó a su esposo no atrapa mi interés, y le echo un vistazo a cada niña que pasa. La ciudad se siente diferente hoy, de alguna manera, más hostil. Aun a plena luz del día, las sombras parecen más profundas; el contraste entre la luz y la oscuridad, más ominoso. La gente parece menos ocupada y más calculadora, casi siniestra. En vez de esconderme, se siente como si Fili me estuviera atrapando. Los enormes edificios que rodean la plaza ya no me hacen sentir segura. Estoy atrapada, claustrofóbica, y no me gusta.

Cuando el hombre finalmente llega, casi no lo noto, porque está solo. Mi estómago se contrae. Sam ya ni siquiera me habla porque los dos sabemos que, probablemente, es demasiado tarde.

Seguir a este desconocido no me hará ningún bien; solo hay un lugar en el que él confiaría dejarla sola. Intento no salir corriendo por el pánico, mientras avanzo hacia el asqueroso agujero de departamento en el que los había visto la noche anterior. En la luz del día, puedo ver toda la basura, las colillas de cigarros y agujas desechadas por todo el callejón que no había notado en la oscuridad. Bajo el cálido sol, el hedor de la comida podrida es tan fuerte que contengo la respiración a lo largo de toda la calle. Aún no estoy acostumbrada al olor de la decadencia. Los Padres siempre fueron tan pulcros. Tan limpios para con todo... con todo, salvo para con lo que nos hicieron.

Cuando llego a la parte de atrás del edificio, el pánico me sobrecoge y me lanzo hacia la ventana hundida de la sucia cocina. La naturaleza se ha apoderado y la madera alrededor del pozo está casi perdida por completo, apenas deja lugar para que yo quepa. La mayor parte de la ventana se encuentra sobre el nivel del suelo; y mi espalda inclinada se calienta por la luz del sol, pero tiemblo por un súbito frío cuando echo un vistazo al interior y encuentro el lugar oscuro y vacío. No puedo escuchar ni ver a nadie, y la puerta que da al calabozo bajo las escaleras está abierta.

Ya no me importa la precaución y toco con fuerza en la ventana, aferrándome a los restos de esperanza que tengo, en vez de a los sollozos de Sam en mi cabeza.

–Por favor, que esté ahí –susurro mientras toco con más fuerzas–. Por favor, no estés muerta ya...

Me congelo cuando veo el más mínimo movimiento

en una esquina de la habitación. La cortina sucia debajo del lavamanos se movió, al menos, creo que sí. Mi pulso golpea con fuerza en mis oídos mientras aprieto mi cabeza con fuerza contra el vidrio, intentando ver cualquier movimiento. Entonces los veo.

Diez pequeños dedos de los pies asomándose debajo de la cortina.

Mi corazón explota en mi pecho con la necesidad de verla moverse de nuevo. Por favor, que esté viva.

Toco con más fuerza y hablo hacia el vidrio.

–¿Niña? ¿Puedes escucharme? Muévete si estás bien.

Después de lo que se siente como una eternidad, la cortina se sacude mientras se desliza unos centímetros hacia un lado y puedo ver sus ojos brillando en la oscuridad. Sus tobillos están atados con una cadena que está asegurada a la pared, pero sus manos están libres. Veo una maltratada botella de agua medio vacía junto a ella y la caja de galletas de ayer. Nos miramos, y aun con los sonidos de la ciudad a mi alrededor, lo único que escucho es mi propia respiración.

Ella avanza solo ligeramente, y aunque no puedo escucharla, veo las palabras que forma su boca: "Por favor. Ayúdame".

Sam está tarareando en mi cabeza la misma canción que solía tararear cuando algo le dolía: no tenía permitido llorar. Mi corazón estalla en millones de pedazos, y cada uno me atraviesa, sacando sangre. Asiento y busco una roca, cualquier cosa que pueda atravesar el cartón y lo que queda del vidrio y me permita salvarla. Mi mano encuentra una pequeña piedra. No es mucho, pero servirá.

Pero cuando levanto la mirada, ella frenéticamente niega con la cabeza, me hace una señal con la mano de que me vaya y jala de la cortina, cerrándola frente a sí misma. Una nueva luz brilla desde la parte del frente del departamento y salgo con torpeza del pozo de la ventana y vuelvo a la sombra del árbol. Incluso aquí el sol es demasiado brillante hoy. Él me verá. Conozco a los de su tipo. Si sabe que hay alguien que podría ayudarla, ella estará muerta antes de que yo pueda hacer nada.

No hay opción. Si quiero que viva, tengo que irme y volver después.

Arrastrándome al lado opuesto del tronco del árbol y sin poder ser vista, me concentro en tranquilizar mi respiración superficial. Adentro y afuera... el ritmo coincide con la canción de Sam en mi cabeza y él tararea con más fuerza. Solo cada ciertos segundos, escucho su voz mientras ahoga un sollozo.

Me pongo de pie. Intento quitarme la helada frialdad que se ha instalado en mi interior, camino a casa bajo el sol.

XXX

El departamento con la niña está a solo ocho calles de Angelo's. Fue difícil convencer a Sam de que necesitaba venir a este restaurante, en vez de volver por ella. Es sorprendente que solo unas cuantas calles separen lugares tan drásticamente diferentes, como la luz y la oscuridad dentro de cada persona. Están tan cerca, ocupando el mismo espacio, pero son mundos aparte.

Angelo's es cálido y acogedor, incluso desde el otro lado de la calle. Cortinas de vívidos cuadros rojos y blancos enmarcan las ventanas, y cada mesa tiene una vela que brilla. Es el tipo de lugar en el que quiero sentirme en casa, aunque no sea así.

Mi cabello sigue ligeramente mojado por mi segundo baño del día. Estaba cubierta de mugre cuando volví a casa tanto en cuerpo como en mente. El agua solo pareció ayudar con el cuerpo. La imagen del sucio rostro de la niña, su boca que me suplicaba que la ayudase no me abandonan.

Y Sam solo lo empeora.

Vuelve, Piper. Por favor, vuelve.

"Lo haré, pero no puedo hasta que él la deje sola de nuevo", murmuro sabiendo que hablar sola en público nunca es un buen plan.

Echando atrás los hombros, cruzo la calle y entro por la puerta principal. El aroma del pan recién horneado y la salsa de espagueti casi me derriban, y mi estómago gruñe por primera vez en el día. Un bajo murmullo de gente hablando y riéndose llena la sala con un calor acogedor. Es tan nuevo para mí que quiero sentarme y hundirme en ello hasta que mi piel se arrugue. La chica en el recibidor está acompañando a una pareja hacia su mesa, pero no veo a Cam, así que espero.

La pared junto a la puerta está dominada por fotografías. Viejas y nuevas, grupos grandes y pequeños, la mayoría son familias con adultos y niños, pero unas cuantas tienen gente con uniforme de chef, y reconozco la chaqueta negra que usa la *hostess*. Me acerco a una foto que tiene una versión más joven de Cam, Lily y una chica más pequeña con el cabello de Lily. Lily tiene un brazo que rodea a cada uno de ellos; y están sonriendo tanto que puedo contar sus dientes. Unos cuantos adultos están de pie detrás de ellos, y por primera vez, me pregunto si son parientes.

–Lo siento –la voz de Cam viene directo de detrás de mí, y me doy vuelta para quedar frente a él. Me tiene atrapada entre su persona y la pared de fotos. Antes de que pueda decidir la mejor forma de escapar, ve mi pánico y retrocede un paso–. Gracias por venir.

La manera en que parece leerme me incomoda. Me balanceo de un pie a otro antes de volverme hacia las fotografías. Estiro mi dedo y toco un grabado en el marco de madera.

–¿Es tu hermana?

–¿Lily? –él se da vuelta para observar el marco, pero

me sorprende verlo hacer un gesto de dolor y cerrar los ojos por un momento.

—Sí —estudio mis dedos, frotando mis nudillos, preguntándome por qué estoy ansiosa por su respuesta.

—No.

—Uh —quiero patearme cuando suena decepcionado.

Cam se ríe entre dientes, pero no lo suficientemente bajo que no lo pueda escuchar.

—¿Quieres que lo sea?

—No —mantengo mi voz tranquila y no respondo demasiado rápido—. Solo me lo preguntaba.

—Qué mal —saluda amablemente a la *hostess* con la mano mientras ella pasa rápido junto a nosotros, en apariencia, exhausta.

—¿Qué quieres decir? —lo miro confundida.

Haciéndome un gesto para que lo siga, me guía hacia un lado, a un área de espera que tiene unas cuantas bancas vacías. Se porta como si no me hubiera escuchado.

—¿Has trabajado en un restaurante?

—¿Q-qué? —hago un gesto sorprendido.

—¿Un restaurante? —él levanta una ceja, y esa maldita sonrisa ha vuelto. Cuando lo miro como una idiota, en vez de responder, continúa—: ¿La gente viene aquí a comer? ¿Te pagan?

—Ah, no. No lo he hecho —cuando al fin lo entiendo, frunzo el ceño—. Te dije que no necesitaba ayuda para encontrar un trabajo.

–Lo sé –se acerca más e inclina su cabeza hacia la chica que afanosamente guía clientes a la mesa–. Pero Mary se va y Angelo's necesita una *hostess* con la que podamos contar. Lily puede enseñarte cómo hacerlo. Es bastante simple.

Paso una mano por el respaldo de una banca y levanto una ceja mirándolo.

–¿Eres el gerente? ¿Criminal de día, chef italiano de noche?

–No, pero Lily es una de las asistentes del gerente. No puede cocinar nada –da otro paso y yo resisto el impulso de alejarme–. Nuestros abuelos son los dueños.

Puedo ver tantas emociones en sus ojos: risa, esperanza, preocupación. Nunca había conocido a nadie que pudiera bajar la guardia de esta manera. Me asusta.

Con mi pequeño movimiento, él se congela, pero sus ojos no cambian.

–Lily es mi prima.

–Ah, claro –mi corazón se calienta y sube por mi cuello hacia mis mejillas. Es incómodo, así que me doy vuelta y me siento en la banca. Cuando él gira para quedar frente a mí, sus ojos son imposibles de leer. La súbita barrera que veo ahí me lastima más de lo que esperaba, y no sé qué cambió.

–Entonces, ¿lo harás?

Debería decir que no. Lo sé, pero no puedo hacer que la palabra salga.

–¿Tú no trabajas aquí?

–No, yo ayudo a mi tía Jessie en su estudio.

–¿Estudio? –me enorgullece lo rápido que aprendo. Me enseñé a leer cuando era chica viendo la televisión de los Padres por una rendija en las tablas del suelo del ático. Los comerciales eran mi parte favorita. Siempre decían palabras que aparecían en la pantalla. Había palabras impresas en las barras sobre la ventana del ático. Esperaba que, si podía descifrarlas, me dirían cómo abrir esas barras y escapar. Pero solo era el nombre de la compañía que las había hecho. Incluso ahora, devoro libros para seguir aprendiendo, pero *estudio* es una de esas palabras que tienen múltiples significados.

Él se encoge de hombros.

–¿Qué puedo decir? Mi negocio alterno no es exactamente legal. Me gusta saber que puedo protegerme.

–Okay –¿una especie de lugar de combate? Entrecierro los ojos e inclino mi cabeza hacia un lado. Mi mente intenta poner a Cam en una caja que incluye violencia, pero no entra fácilmente ahí–. Pero ¿Lily quiere que yo trabaje aquí?

–Querrá.

–No lo sabes.

–Sí lo sé –sonríe. El más ligero movimiento en la esquina de su boca me dice que está mintiendo, pero no se lo digo y él continúa–: Vamos. Ya sé cómo te sientes respecto a ser puntual. ¿Quién no quiere eso en un empleado?

–guiña, y pese a su burla, me descubro asintiendo sin pensarlo más. Cuando su sonrisa se agranda un poco más y veo un destello de un hoyuelo, ni siquiera puedo arrepentirme.

–Sí, me importa ser puntual.

–Sí, solo que, en apariencia, no cuando es para reunirte conmigo.

Más o menos tiene un punto. Una vez llegué tarde y, cuando debía verlo para darle el dinero, ni siquiera llegué. Muevo mis labios para hablar, pero cuando no puedo decidir cómo responder, solo los cierro y espero.

–Genial. Le pediré a Lily que revise el horario y te haga saber cuándo puedes comenzar tu entrenamiento. ¿Quieres cenar o te acompaño a la salida? –me extiende una mano, y esta vez, espera mientras yo lo pienso. Hay desafío en sus ojos, retándome a tomarla. Un salvaje brote de rabia se enciende dentro de mí y le devuelvo la mirada mientras me deslizo a un lado y me salgo de la banca sin tocarlo.

–No –la palabra es un gruñido bajo, una advertencia de retroceder, de mantener su distancia.

La gente solo puede causar dolor, y yo no soy diferente, incluso ahora. Sus ojos brillan heridos mientras baja el brazo, y parte de mí desea poder hacerlo regresar. Se aleja con un movimiento de cabeza y se va de la sala de espera. Me quedo sola y estiro mi mano frente a mí, preguntándome cómo se sentirá el calor de su piel.

Anhelando esa pequeña conexión con la humanidad, solo el miedo me ayuda a resistir el impulso de pedirle que vuelva.

Pasa menos de un minuto antes de que regrese y la sonrisa cautelosa ha vuelto. Levanta la mano para mostrarme una bolsa con una caja adentro.

–Puedes llevarte esto. La marinara te va a enloquecer.

6

Comienzo a considerar seriamente los méritos de las pastillas para dormir. Es bastante difícil descansar con la voz de un niño que habla sin parar en tu cabeza. La única forma en que logré dormir anoche fue rendirme ante Sam. Prometí que volvería por la niña hoy. Que no me iría de nuevo sin ella.

Ni idea de cómo voy a cumplir esa promesa.

La sombra del árbol detrás del departamento del hombre se está volviendo mi sitio normal. Él está en casa, es probable que con la niña encerrada bajo las escaleras. Espero. Sobre mí, las hojas se sacuden, y por su agitación, siento un hormigueo. Estiro los dedos y los froto sobre mis rodillas y los bajo, para abrazar mis tobillos. La necesidad de moverme, de ser libre para actuar, es abrumadora. Ella es tan pequeña e indefensa en su prisión miniatura.

Sé exactamente cómo se siente, lo fácil que es estar atrapada en este mundo lleno de monstruos. Pero ahora soy libre. Ahora puedo moverme, y aun así, debo esperar.

Odio esperar.

El hombre se pasea por el apartamento sin miedo. Quiero hacerlo temblar con el miedo de la niña, como el que tuve yo. Que sienta el dolor y el terror que tanto disfruta infligir. Pero no me permitiré ceder a esos impulsos; esto es lo que me separa de él. En vez de eso, lo observo desde las sombras mientras bebe otra cerveza y hace una llamada.

Desaparece de la cocina por quince minutos. Veo mi reloj, deseando que se vaya. Cuando vuelve, su cabello está mojado y lleva pantalones negros y una camisa limpia. Ahora no parece alguien capaz de encerrar a una niña en un armario. Parece tan normal y casi dudo, pero sé la verdad. Los Padres parecían normales; eso no significaba nada. Ellos también eran monstruos.

Luego de ponerse una chaqueta, mete su teléfono en su bolsillo y va hacia la puerta principal. Al salir golpea la palma de su mano contra la puerta detrás de la cual está atrapada la niña. Murmura unas cuantas palabras y luego se va. Tomo las hierbas y las dejo que caigan entre mis dedos, contando cien de ellas antes de permitirme tener esperanza. Se ha ido. Esta es mi oportunidad.

Los latidos de mi corazón casi me ensordecen. Por primera vez, Sam está en silencio. Le echo una mirada a los edificios a mi alrededor. Son altos, oscuros y quietos. Vigilan. La ciudad ve lo que estoy haciendo. Sabe todo, pero la gente no. Unos cuantos hombres están sentados en un porche al final del callejón, pero están ocupados con sus cosas. Varios moteles en los que me quedé por todo el país estaban en vecindarios como este. Aprendí rápidamente que nadie haría preguntas. Cuando alguien está herido en este tipo de lugares, la gente cierra sus cortinas y voltea la cara, en vez de correr a ayudar.

Lanzándome hacia la ventana, decido arriesgar cortarme con lo que queda de vidrio y pateo el cartón. Con cuidado para evitar las astillas, meto la mano, abro el cerrojo y deslizo la ventana hacia un lado. En menos de diez segundos, estoy de pie en el departamento.

No hace frío, pero igual tiemblo. El peso del perno en mi bolsillo me da fuerza mientras observo el lugar. Paquetes de correo están desparramados sobre la mesa. El mismo nombre impreso en cada uno de ellos: *Steve Brothers*. Una risa enfermiza se levanta en mi garganta. ¿*Hermano* de quién, exactamente?

Mantengo mis pasos silenciosos mientras cruzo la cocina. Mi garganta se cierra y pienso en el millón de formas distintas en que podría aterrar a esta niña. Inclinándome frente a la puerta, rozo la madera con los nudillos de una mano. Las palabras no quieren salir.

"Hola, vine a rescatarte" se siente inadecuado.

Solo dile que quieres ayudarla, tontita.

Escuchar la voz de Sam me da fuerza. Lo conozco, lo conocía mejor que nadie. ¿Esta niña es realmente tan distinta? Paso mi palma por la puerta, pero antes de que pueda pronunciar palabra, la escucho.

–¿Hola? –dice. Su voz no es ni de cerca tan pequeña o débil como esperaba y eso me toma por sorpresa.

–Hola –respondo. La mía no es tan fuerte y aclaro mi garganta–. Por favor, no tengas miedo. Quiero ayudarte.

–¿Eres la chica de la ventana? –pregunta, y noto la primera nota de sospecha en su tono.

–Sí.

–¿Volviste?

–Sí.

–¿Por qué? –ahora las escucho, las pequeñas respiraciones rápidas que muestran el miedo, aunque su voz no lo haga–. ¿Quién eres?

Respiro profundo y dejo que mi cuerpo caiga al suelo. Presionando mis dedos contra mis sienes, busco una respuesta a su pregunta imposible. ¿Qué digo? ¿Que soy una asesina? ¿Una adolescente falsa con un nombre robado? ¿Una chica que dejó que mi hermano muriera y no pudo hacer nada para evitarlo?

–Soy tú –es la única respuesta que tiene sentido en este momento–. Solo que mayor.

Hay silencio por tanto tiempo que me pregunto si ha decidido ya no hablar conmigo, y luego la escucho alejarse de la puerta.

–Por favor, apresúrate –toda la fuerza en su voz se ha ido, está vacía–. No sé cuánto tardará en volver.

–¿Sabes dónde pone la llave?

–La tiene él –suena devastada–. Siempre la tiene él.

–No te rindas aún –susurro mientras recorro la habitación–. No necesito una llave.

No encuentro nada en la cocina o en la sala que sirva. En el dormitorio, abro el clóset y pierdo la capacidad de respirar. Los recuerdos me parten, me cortan, me apuñalan con visiones de mi pasado. Tantas formas de infligir dolor, el clóset está lleno con diferentes tipos de cadenas, mordazas, látigos, horcas, punzones e incontables cosas que desearía no reconocer. El Padre tenía un mueble como este para sus herramientas también. Este se halla más desordenado, un reflejo del hombre que lo hizo. Me aferro al pilar de la cama y hago una rápida plegaria a cualquiera que esté escuchando, esperando que Brothers no haya usado todo lo de su colección con esa pobre niña.

Mi pie choca con algo de metal mientras doy un paso atrás. Bajo la mirada y ahí está, justo lo que necesito para liberarla: un bate de béisbol.

–¿Estás ahí? –la escucho gritar desde la cocina, las suaves palabras apenas audibles entre sus sollozos–. Por favor, no me dejes aquí.

Tragándome el asco que se posa en mi garganta como una bola de pegamento, cierro las puertas del clóset y corro hacia la niña.

–No te preocupes. No me iré sin ti –estudio cada una de las bisagras y el candado en la puerta, intentando decidir el mejor lugar para golpear. Mis manos aprietan el frío metal del bate por impulso, hormigueando por destruir algo–. Hice una promesa.

El llanto se detiene.

–¿A quién?

–Eso no importa –el cerrojo por el que pasa el candado está unido a una madera vieja, la pintura está deteriorada y descolorida. Si golpeo esa parte correctamente, podría funcionar. Mientras retrocedo para golpear, un pequeño grito sale de la niña.

–¡Vete! ¡Tienes que esconderte! –luego lo escucho, llaves que se mueven en la puerta de adelante. Ha vuelto.

–De acuerdo, shhh –imágenes de cada parte del departamento pasan por mi cabeza. Me llevo el bate, me deslizo en uno de los dos sitios que había visto para esconderme, el pequeño espacio entre el refrigerador y la pared. No hay forma de que me meta en el clóset de la tortura. Intento no pensar en lo que se aplasta bajo la suela de mi zapato mientras me acomodo justo antes de que la puerta se abra, rechinando.

Me enfoco en mantener cada respiración baja y tranquila. No puede encontrarme aquí. Si lo hace, pelearé, pero la niña y yo quizás terminemos muertas. Estoy infinitamente agradecida de que nadie más pueda escuchar a Sam en pánico dentro de mi cabeza.

No, no... no otra vez, Piper. No más estar atrapados con gente mala. No más. Tenemos que salir de aquí.

Aprieto mis manos alrededor del bate mientras él avanza por el departamento; inhalo, exhalo. Mis dedos están tan húmedos que temo que el palo se deslice entre ellos. Ahora está en la cocina, tan cerca que puedo escucharlo respirar. Él ¿puede escucharme?

Juega con sus llaves mientras abre la puerta del armario. Desde mi posición no puedo verlos, pero escucho un lamento de la niña y un gruñido bajo de Steve Brothers.

Un sonido de movimiento se aleja de mí, sale de la cocina, y me arriesgo a echar un vistazo. Su brazo rodea con fuerza el cuello de la niña, sus pies apenas tocan el suelo. Veo terror en sus ojos al encontrarse con los míos. Mi mano va hacia mi boca justo a tiempo para ahogar un grito.

Brothers la lleva al clóset.

Detenlo, Piper. Haz algo.

Las cadenas se agitan en el dormitorio, luego un agudo crujido metálico recorre el pasillo. Mis tímpanos vibran con el sonido incluso después de que se detiene. Sam suplica en mi cabeza mientras salgo con lentitud desde detrás del refrigerador y aferro el bate con las dos manos. Se escucha un pequeño grito antes de ser rápidamente amortiguado, y sé que él está usando una de sus mordazas.

Deslizándome junto a la pared, avanzo hacia un espacio donde puedo ver al interior de la habitación. Las manos de la niña están encadenadas sobre su cabeza con su espalda hacia mí. El lazo de una de las mordazas recorre su cara y rodea su cabeza.

Brothers está detrás de ella. Sostiene un cuchillo pequeño, pero de apariencia despiadada en una mano y un cigarro encendido en la otra. El cuchillo tiene cuatro hojas que salen de un mismo mango, y veo en mi interior lo que le hará a la piel de la niña. La imagen me hace sentir mareada. La postura del hombre es tranquila y llena de poder. Aquí es donde tiene el control y disfruta cada segundo del dolor de ella. Veo su rostro en un espejo en la pared opuesta; una sonrisa cruel curva sus labios mientras la mira. Hay un hambre en sus ojos que me hace querer vomitar; la he visto antes en los ojos de los Padres.

Pero a ellos, los detuve y ahora debo detener a Steve Brothers.

Sam está tarareando en mi cabeza. Lucho para no reaccionar mientras los destellos de dolor y sangre del pasado nos atormentan a los dos. Una poderosa necesidad me llena. La he sentido antes. Me asusta. Estoy presa, entrampada como la niña. El miedo de lo que sé que puedo hacer lucha contra el entendimiento de lo que él exactamente le hará a ella si no lo evito.

Una furia conocida recorre mis venas y resisto el impulso de saltar. Ya no necesito mi perno. Siento mi fuerza que pulsa con cada latido, y eso me asusta. Mi meta es salvarla a ella, no destruirlo a él, sin importar qué tanto se lo merezca. No me permito moverme ni un centímetro hasta que puedo tomar una lenta respiración tras otra. Brothers tiene un clóset entero lleno de armas a su alcance, yo tengo un bate. Si voy a liberar a la niña o a mí misma con vida, no puedo perder el control, no esta vez, no de nuevo.

Pero sí lo lastimaré si eso significa salvarla.

Dando dos pasos hacia la habitación, me muevo en silencio. Perfeccioné el moverme sin hacer ruido en el ático. Ahora es instintivo. Brothers se acerca más a la niña y yo me congelo. Le levanta la blusa y mis ojos se cierran con fuerza cuando veo un poco de su espalda. Tantos cortes, quemaduras y arañazos sanados, no hay piel sin cicatrices. Sam tararea con más fuerza y no puedo escuchar nada más. Me enfoco en respirar hasta que puedo calmarme.

Es malo, Piper. Detenlo.

Cuando abro los ojos de nuevo, él aún la está viendo, y sé que debo actuar pronto. Ha dejado el cuchillo a un lado y le da una larga fumada a su cigarro. Dos pasos más cerca, levanto el bate sobre mi hombro. Intento convencerme de que puedo salvarla. Puedo detenerlo. Aun así, en mi interior, veo la sangre. Los Padres y toda la sangre; no me importó matar a los Padres, pero definitivamente odié la sangre.

Mis manos tiemblan. El bate se tambalea. Echo un vistazo al espejo y cada parte de mí se convierte en hielo. Sus ojos, oscuros y hambrientos, me están viendo directamente.

Y sonríe.

Aúllo e intento golpearlo con el bate, pero él está listo. Mueve su brazo para bloquearlo y se voltea con su cuchillo, dándome en el costado y cortando mi piel con las hojas. Arde como un atizador al rojo vivo, pero no grito.

–Eres bonita –dice en un susurro mientras toma mi cabello con una mano y lleva el cuchillo hacia mi cuello, pero no me corta. Quiere que yo esté asustada. La furia hierve en mis venas, y sé que ha cometido un grave error.

Porque estoy harta de que la gente se alimente de mi miedo.

Sujeto el bate y lo golpeo en el estómago. Cuando Brothers se dobla, su cabeza está justo ahí y no lo dudo.

El bate golpea su cráneo con un sonoro *tuc*. Lo azoto de nuevo para asegurarme de que no se levantará, y parte de mí quiere seguir golpeándolo, seguir lastimándolo. Se cae en un colapso al suelo. Respirando profunda y temblorosamente, digo las palabras que me ayudan a ser fuerte, las palabras que me mantienen cuerda:

–No soy para nada como tú.

No hay movimiento ni sangre. Me obligo a soltar el bate, alejando un dedo a la vez hasta que cae al suelo.

Su cigarro se suelta de su mano y cae sobre el sucio paño color café frente al tocador. El fuego se enciende casi inmediatamente, pero se toma su tiempo, como si quisiera que yo decidiera su destino. El olor del humo llena mi nariz y avanzo para apagarlo con el pie.

No, no lo hagas. Déjalo.

El odio despiadado en la voz de Sam es ajeno, y recuerdo, de nuevo, que no es realmente mi hermanito. Es una parte de mí. Una parte que cree que Steve Brothers merece arder.

Retiro mi pie y observo las llamas bebés. Hay algo en el fuego que me fascina. Vive solo y baila sin pareja. El fuego es belleza y destrucción, vida y muerte enredados en una brillante bola de luz. La niña lloriquea de nuevo y yo vuelvo de golpe al momento. El fuego ha comenzado a extenderse. Necesitamos salir de aquí.

El clóset de la tortura me rodea mientras avanzo hacia ella y entro en su mundo de sufrimiento. Hago una mueca de dolor por las palpitaciones en mi costado mientras me estiro para quitar las esposas de las muñecas de la niña. Todos los aparatos me asustan de una manera que no creía posible después de todo lo que he visto. Una vez que sus manos están libres, trabajo para quitar la mordaza. Ahora estamos lado a lado y ella es como una estatua. La veo contemplando a Brothers. Solo es una niña. Me muevo para bloquear su vista mientras termino de soltar la tira y arrojo la mordaza al suelo.

Sacudiendo la cabeza, me rodea y se detiene junto a él. Las lágrimas corren por sus mejillas, pero no escucho nada, ni sollozos ni lloriqueos, solo silencio. No puedo ayudarla, no aquí y ahora, porque el fuego está corriendo por la alfombra entre la pierna tumbada de Brothers y la frágil madera del tocador. Tenemos que irnos. Dudándolo por solo un instante, estiro mi mano hacia ella. Es como Sam, me necesita; tocarla no es como tocar a los otros, es diferente. Cuando contempla mis dedos estirados, sé cómo se siente y lo que piensa. No es seguro tocar a la gente ni confiar en ella. Lastima.

Pero quiero que se sienta segura. Así que espero.

Volteándose hacia Brothers, susurra algo que no puedo descifrar y aplasta su mano mientras el fuego se extiende hacia una de las piernas de él. Luego la niña gira hacia mí, pone su mano en la mía y me lleva hacia la puerta.

Titubeo y miro al hombre inmóvil tendido sobre el suelo. El borde de una parte de su pantalón está en llamas también. Si lo dejamos así... la niña jala de mi mano de nuevo. Se ve desesperada por irse, por escapar mientras aún tiene oportunidad. Parte de mí piensa que esto está mal y reconoce que lo estamos matando. Otra parte lo disfruta. Me divido en dos, y ningún lado está ganando. ¿Soy la asesina o la salvadora?

Sam no responde en mi cabeza esta vez. No estoy segura de querer que lo haga. Salgo con la niña y cierro la puerta con fuerza detrás de nosotras.

7

Mi blusa azul esconde mi costado ensangrentado mientras caminamos por la calle. Fue una buena elección. Una blanca hubiera evidenciado la mancha. Sin mencionar que la gente lo habría notado. Las manchas rojas de sangre en una blusa blanca son prácticamente imposibles de ocultar. Quiero tocar mis costillas, levantar mi blusa y valorar el daño, pero la niña aferra mi mano con todas sus fuerzas. Me recuerda a Sam de una forma que me hace sonreír y querer gritar al mismo tiempo. Aun así, siento como si hubiera ojos puestos sobre mí, sobre la sangre, sobre nosotras. Quiero ser más rápida de lo que podemos caminar.

En la siguiente esquina, avanzo y le hago una señal a un taxi con mi mano libre, esperando que nadie note cómo tiembla. Mi estómago se hunde mientras el auto se detiene e intento respirar a través del súbito nudo en mis entrañas. La idea de subirme sola a un auto con un extraño siempre me ha mantenido en autobuses y trenes llenos. Los taxis me dejan expuesta e indefensa. Son un riesgo. Los he evitado, hasta ahora. Miro a la niña y sé que debemos salir de este vecindario tan rápido como sea posible. Por ella, lo haré.

Darle al conductor una dirección en Pine, a una calle de mi departamento, parece una decisión inteligente. Él asiente sin siquiera echar una mirada en mi dirección y habla por el auricular que tiene en la oreja. Perfecto, puede hablar con quien sea que esté en su teléfono todo lo que quiera. Justo ahora, la distracción es mi amiga.

–No sé tu nombre –mantengo mi voz baja cuando giro hacia la niña, aunque no está tan nerviosa como yo esperaba. Mi mente caótica da vueltas sobre todo lo que acaba de pasar. Fui lo suficientemente fuerte para detenerme en golpear de nuevo a ese hombre, pero no tanto para apagar el fuego. Aparto esa idea, la guardo por ahora y me enfoco en la niña. Está a salvo. Eso es lo que importa.

–Sí –me mira, su rostro tan neutral como una hoja blanca de papel bajo los caminos de lágrimas en sus mejillas sucias. Sus ojos negros guardan bien sus secretos–. Yo tampoco sé el tuyo.

No puedo esconder una pequeña sonrisa. Esta niña me cae bien. ¿Qué nombre debería darle? ¿Puedo confiarle mi pasado? La respuesta llega rápido, pero no se trata de la confianza. Ya carga con suficientes cosas sin tener que llevar las mías.

–Charlotte.

Me observa por un segundo, y casi me pregunto si puede notar que estoy mintiendo. Espero y se encoge de hombros, su cabello negro hasta el hombro cae sobre su cara.

–Soy Sanda.

–Bien –respiro profundo. ¿Y ahora, qué?–. No vivo muy lejos de aquí. Vamos ahí primero.

–¿Primero? ¿Y después, adónde? –su nariz se arruga en un gesto de confusión.

–Entonces supongo que debemos hablar sobre adónde llevarte –reviso para asegurarme de que el conductor siga enfocado en su llamada telefónica. Cuando tose y responde a gritos en su auricular, continúo–: ¿Quizás a un refugio o a la estación de policía?

Los ojos atormentados de Sanda se fijan en la parte trasera del asiento frente a nosotras. No responde, pero su mano alrededor de la mía aprieta con más fuerza.

–No eres familiar de ese hombre...

–No –su respuesta es rápida y lo suficientemente directa para sacar sangre.

Soltando un suspiro de alivio, aprieto ligeramente su mano.

–¿Sabes dónde están tus padres?

–¿Dónde están los tuyos?

Hago un gesto de dolor.

–Bueno, de acuerdo –pero en mi interior, ya la estoy defendiendo. Después de lo que ha vivido, ¿yo me comportaría diferente? He sido igual. Necesito dejar que recupere el aliento por un momento antes de interrogarla. Viajamos en silencio por unas cuantas cuadras antes de que me voltee a ver. Puedo notar el remordimiento en sus ojos mientras habla:

–Lo siento. Mis padres están muertos. Mi hermano y yo vivíamos en un orfanato en Myanmar. Me llevaron cuando era chica.

–Sigues siendo chica.

–Más chica –levanta su mentón hacia mí y asiento–. Limpiaba para una familia rica hasta hace casi un año. Ellos me vendieron a él –su voz supura odio y no le pregunto más.

–¿El inglés es tu primera lengua?

–Solo conozco unas cuantas palabras que no son en inglés. He estado aquí desde que tengo memoria. Antes de eso solo sé lo que la gente me contó que pasó –se encorva, estudiando sus uñas sucias.

–¿Cuántos años tienes?

–Estoy bastante segura de que tengo nueve –estira su espalda y asiente, claramente orgullosa de tener una respuesta.

Desafortunadamente, lo entiendo a la perfección. Sin

un certificado de nacimiento ni nadie a quien le importes lo suficiente como para celebrar, es difícil llevar la cuenta. Al menos, Sam y yo nos teníamos el uno al otro, y a Nana. No recuerdo muy bien los años antes de Sam, salvo tener hambre con la Madre, pero no había mucho que valiera la pena recordar. Esta niña ha estado sola por mucho tiempo. No se ve mucho más grande que Sam, pero a nosotros nos alimentaron con regularidad hasta el último año antes de que Sam muriera... una de las únicas consideraciones que Padre nos tuvo, y luego nos quitó eso también. El Padre siempre dijo que estar saludables nos hacía sangrar mejor.

Quizás *consideraciones* no sea la palabra correcta.

–¿Sabes cuándo naciste?

–No. Pero creo que pudo haber sido en otoño.

–¿Por qué?

–Pues –ahora se mira los pies y parece apenada–, porque me gusta fingir que todos los niños disfrazados para Halloween están celebrando conmigo, aunque nunca puedo disfrazarme.

Haciendo a un lado el sentimiento que crece en mí, sonrío. Sam había nacido cuando las hojas comenzaron a cambiar de color en el exterior. Su próximo cumpleaños no está muy lejos. Mi estómago se tensa con solo pensarlo. Será el segundo desde que murió. El primero fue un par de meses después de que escapé. Cuando salí de la habitación del motel en Nebraska y una hoja cayó a mis pies, volví corriendo y pasé una semana entera llorando en una esquina oscura. Desde entonces, he deseado mil veces saber el día exacto. Algo que pudiera marcar en un calendario y celebrar en su honor. Este año cumpliría ocho años. La semana que murió, el ático estuvo caliente, pero aún no tan caliente, de modo que no teníamos más opción que tendernos en el suelo de madera, ligeramente más frío, en vez de estar en nuestras raídas mantas, para evitar deshidratarnos.

Parpadeo una y otra vez, obligando a mis ojos a que vean a esta niña en vez de a mi hermano, pero es difícil no ver a Sam cuando la miro a ella. Mis palabras salen temblorosas al principio antes de cobrar fuerza.

—E-eso suena como un momento perfecto del año para un cumpleaños.

La sonrisa con la que me responde es tan grande que ilumina toda su cara.

El taxi se detiene. Mi mano tiembla cuando intento contar el dinero. Los billetes son bastante simples. Son las monedas las que me causan problemas. Por eso, nunca las cargo. Tantas pequeñas cosas de metal, y se supone que recuerde lo que vale cada una y cuáles suman qué. Es demasiado difícil y complicado. Hay monedas que he tirado por todas las calles de Fili, esperando que alguien que sepa cómo usarlas las recoja. Le doy el dinero al conductor mientras bajamos del taxi.

Una mujer sentada en un porche cercano me mira boquiabierta. Bajo la mirada y me doy cuenta de que la sangre se está filtrando hacia mis pantalones claros. Suspiro. ¿Por qué no habré usado jeans oscuros?

Porque no elegí mi atuendo basado en ocultar sangre, por eso.

Jalo de la mano de Sanda hasta que camina un poco frente a mí y bloquea la vista de la mujer. La niña ve mi costado, hace una mueca, pero no hace preguntas.

—Apresurémonos. Solo estamos a una calle —acelero mi paso—. Podemos arreglarlo todo allá.

—De acuerdo.

XXX

Mi kit de primeros auxilios es una de las pocas cosas que tenía desde antes de llegar a la ciudad. Conseguí partes de él en mi camino hacia acá: tiritas en Nebraska, vendas esterilizadas en Iowa, antibiótico Neosporin en Illinois, vendas y agua oxigenada en Ohio. Es un mapa de los lugares donde he estado. Una guía de cómo llegué aquí.

Y si hay algo en lo que soy experta, es en vendarme a mí misma.

Levantando el borde de mi blusa, reviso el daño. Hay bastante sangre. Cierro los ojos con fuerza y respiro profundo; odio la sangre. Los cortes son mayormente delgados y superficiales, solo una tajada profunda que necesita cerrarse.

Tomo una tela limpia, la mojo con agua fría y la presiono contra mi costado. El dolor arde por el lado derecho de mi abdomen. Sanda parece preocupada, y sonrío entre mis dientes apretados, para tranquilizarla. Me alegra que lo haya detenido antes de que ella tuviera cortes frescos también.

–Entonces, ¿no quieres que te lleve con la policía? –el agua sale rosa mientras exprimo la sangre de mi tela y la vuelvo a mojar. Miro hacia otro lado.

–No –el cabello sucio de Sanda se mete en sus ojos cuando niega con la cabeza–. La familia que me tuvo antes me decía *i-ilegal*. Dijeron que la policía me haría regresar si me encontraban –se muerde el labio y cierra los ojos con fuerza–. No es mucho mejor allá.

Obligándome a no reaccionar ante el dolor, presiono la tela contra mi costado de nuevo. Ahora está un poco mejor, pero el corte más profundo se niega a dejar de sangrar. Presiono con más fuerza, y un pequeño quejido escapa de mis labios.

–Entonces, ¿adónde te llevo?

Sanda mueve sus pies, abre los ojos y mira fijamente el suelo de losa blanca entre sus zapatos sucios.

Sé lo que debería hacer, pero ¿cómo? No confío en la policía. Si puedo ayudar a Sanda, sería mi oportunidad de compensar a Sam por haberle fallado.

Haré todo lo que pueda para mantener a Sanda a salvo, pero ¿cómo se supone que la cuide? Apenas estoy descubriendo cómo cuidarme a mí misma.

Pasa su peso de un pie a otro y puedo ver su incomodidad. Toda su vida ha estado mal. Lo único que conoce es el dolor. ¿Cómo sé que a cualquier lugar que la lleve no la conducirá al pasado? No puedo protegerla si ya no está. Incluso si termina con una familia sana y normal, asumiendo que sí existen, ¿cómo podrían entender? Nadie más como yo podría comenzar a comprender por lo que ella ha pasado.

Salvarla es más que simplemente liberarla.

Lo que me faltaba, Sam empieza a sonar como uno de esos *sanadores* que he visto durante las noches en la televisión.

Esta vez, no se ríe.

Te necesita, Piper. Como yo te necesitaba.

La voz en mi cabeza me está haciendo sentir culpable. Perfecto.

Suspiro y abro un paquete de vendas esterilizadas. El sangrado, al fin, ha aminorado. Rociando todo mi costado con espray desinfectante, espero a que se seque antes de juntar los lados del corte. Con mi otra mano, los pego con una tela esterilizada hasta que ya no necesito que mis dedos lo mantengan cerrado. Luego tomo el Neosporin, gasa y cinta para cubrir el área y mantenerla limpia. Mientras envuelvo mi cintura con una venda para mantenerlo todo en su lugar, reviso mi obra. No es mi mejor trabajo, pero servirá.

–¿Dónde aprendiste a hacer todo eso? –sus ojos están muy abiertos.

–He tenido que cuidarme sola –paso junto a ella para ir a mi dormitorio y me pongo ropa limpia. La blusa azul tiene un par de cortes, y los pantalones están más que manchados. Pongo ambos en la basura cuando vuelvo a la cocina.

Cuando regreso con ropa limpia, Sanda da un paso atrás y sus mejillas enrojecen. Mira hacia otro lado, pero puedo verla tocándose el borde de su blusa sucia con una mano. Necesita un baño, o quince. Para empezar, le hago una señal para que me siga y en el baño, le doy una tela con jabón, para que se limpie la cara, los brazos y manos. Luego le daremos ropa nueva y comida.

Me siento en el borde de mi sillón y espero a que se me una. Lo último que necesita es a alguien que la presione, que le diga qué hacer. Después de unos minutos, vuelve del baño con toda su piel expuesta limpia.

–¿Y ahora, qué? –levanta una ceja y extiende sus manos frente a ella. Puedo ver que una de ellas tiembla antes de que la lleve detrás de su espalda.

Tomo de la mesada mi monedero de los Avengers y la meto en mi bolsillo. Las bolsas son demasiado grandes, demasiado voluminosas, incluso las pequeñas. Me hacen ser más lenta. Elegí este monedero en la sección de niños de una tienda departamental en Kansas una semana después de que me había ido del ático. Además, si quiero cargar algo más que solo dinero, una mochila es más práctica que una bolsa bonita y adornada que rebote contra mi cadera o se resbale de mi hombro cuando corro.

–Estaba pensando que podríamos ir por comida. Luego quizás conseguirte ropa nueva. Si quieres.

Sus ojos se iluminan como soles en miniatura y puedo escuchar a Sam soltar unas risitas en mi cabeza. Respiro rápidamente contra el crudo dolor que me causa. Puedo contar con una mano las veces que lo escuché hacer un sonido feliz como ese. Sanda camina hacia mí, toma mi mano en la suya y asiente.

–Sí, por favor.

8

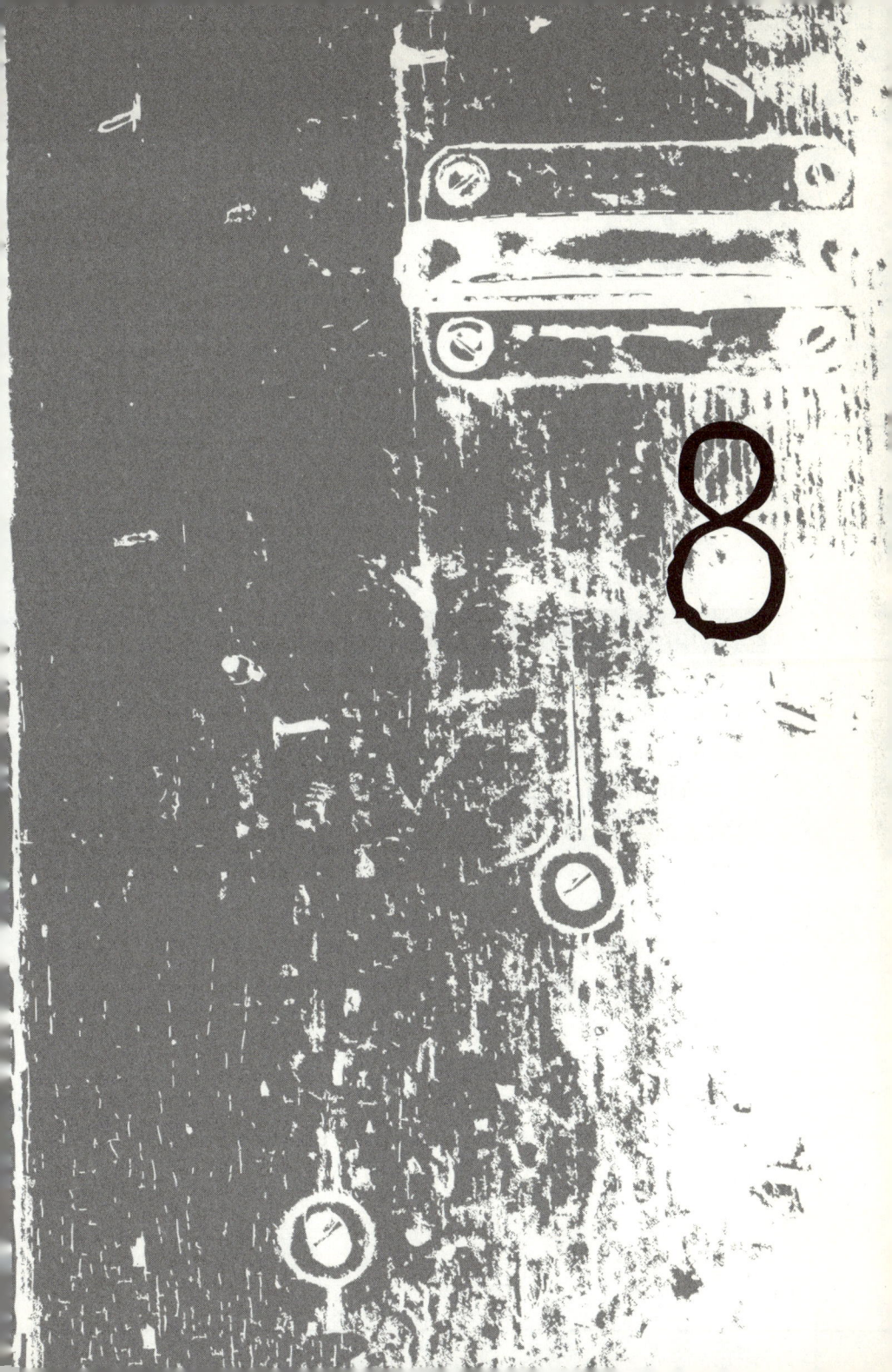

Sanda devoró el sándwich en segundos, pero ahora está en silencio con una expresión cansada y con sus brazos que rodean su estómago. Las papas y la manzana están intactas en la mesa, pero no digo nada. Recuerdo lo difícil que fue al principio. Querer comer todo lo que ves, pero el dolor de introducir nueva comida, o más comida de la que acostumbras, puede ser horrible.

–Está bien tomárselo con calma –veo a la gente pasar junto a la ventana–. Tendrás comida mañana. Lo prometo.

Suelta el aliento de golpe y aparta la bandeja frente a ella.

–Gracias. Duele.

–Lo sé.

Sus ojos se quedan clavados en mí un rato antes de decir nada más.

–Lo sabes todo.

Una pequeña risa se escapa antes de que note las lágrimas en sus ojos. Me inclino hacia adelante y apoyo una mano abierta en la mesa frente a ella. Cuando pone sus dedos sobre los míos, respondo:

–En realidad no lo sé todo, pero intento.

–Pero entiendes, y eres fuerte y valiente. No tienes miedo –frunce el ceño y aprieta sus dedos sobre los míos–. Puedes pelear.

Bajo la cabeza hasta que puedo mirarla a los ojos.

–Estoy aterrada... siempre.

Una lágrima se suelta de sus pestañas y corre por su mejilla.

–No pareces...

–Lo estoy. Y me tomó mucho tiempo luchar, demasiado –tragando saliva con dificultad, levanto mi otra mano y se la muestro. Sus ojos se abren de par en par al ver mis dedos temblar, y termino–: Pero si no peleamos, ellos ganan.

Sanda asiente; su pequeño rostro, decidido.

–Quiero aprender a pelear. ¿Puedes enseñarme?

–No, apenas estoy aprendiendo yo –su cara se desploma, y me apresuro a decir–: Pero creo que quizás conozco a alguien que nos puede enseñar a las dos.

XXX

Cuando volvemos a casa con dos bolsas de ropa nueva, sigo a Sanda por las escaleras hacia mi edificio. Casi la aplasto cuando se queda congelada al cruzar la puerta. Miro hacia el frente y veo a la nieta de Janice, Rachel, sonriendo dulcemente desde su lugar en los escalones hacia nuestro departamento.

–Hola, Rachel.

–¡Hola, Charlotte! ¡No sabía que tenías hijos!

–No tengo. Ella es mi prima –balbuceo.

Los ojos de Sanda se abren y giran para verme, y noto el miedo que está intentando esconder.

–Rachel es mi vecina y es muy linda –mi corazón se rompe por ella. Tener miedo de todo lo nuevo y diferente es suficientemente difícil, pero cuando has pasado tanto tiempo cerca de lo *normal,* *todo* se siente muy nuevo y diferente.

Sanda asiente y da un paso nervioso hacia Rachel, pero no habla.

La puerta se abre y Janice se asoma hacia el pasillo. La preocupación se borra de su cara cuando ve a Rachel, pero luego me ve y recupera todas sus fuerzas. Sus ojos se dirigen hacia Sanda y la anterior tensión se reemplaza ahora por confusión. Miro los ojos de Janice, que observan el cabello y la ropa sucia de Sanda, y deseo de nuevo haberla limpiado más antes de salir.

–Esta es mi prima. Se va a quedar conmigo por un tiempo.

–¿Tu prima? –Janice mira a Sanda, quien intenta sonreír, pero luego retrocede hacia mí.

Intento cubrir el hecho de que Sanda y yo no parezcamos exactamente parientes.

–Sí, prima lejana.

Janice asiente sin decir ni una palabra y saluda a Sanda con un movimiento de mano, relajándose visiblemente. Es raro. ¿Soy más confiable si cuido a una niña?

–¿Cuántos años tienes, cariño? –la voz de Janice es amable.

–Nueve.

Me enorgullece que Sanda no lo complemente con su acostumbrado "creo". Elegimos un cumpleaños en Halloween para ella cuando le expliqué que necesita fingir que sabe cuántos años tiene, aun si no está segura.

–¡Qué divertido! –Janice toma el tono demasiado emocionado que muchos adultos *normales* usan con los niños. Cuando noto que la boca de Sanda se abre un poco, casi suprimo una carcajada–. ¡Es la edad de mi Rachel! Tal vez podrías venir a pasar el rato algún día.

Sanda le ofrece una sonrisa tímida a Rachel y se vuelve hacia mí.

–Claro, quizás podamos encontrar un buen momento para eso después –me deslizo detrás de Sanda, intentando empujarla casualmente hacia las escaleras con una de las bolsas de compras–. Buenas noches.

–Bueno, cuídense –su expresión es amable, pero sus labios se convierten en una línea tensa, y apresura a Rachel a meterse y cierra la puerta con más fuerza de la necesaria.

Suspiro mientras subo las escaleras con Sanda muy cerca de mí.

–No estoy segura de que le caigas muy bien –dice Sanda con expresión confundida–. Qué mal.

Asiento.

–Sip, muy mal.

Mi teléfono suena mientras abro la puerta y dejo que Sanda entre.

El tono es terrible, tintineando de una forma absurdamente fuerte y molesta. La pantalla dice "Cam" y lo abro. Intento recordar cómo he visto a la gente hablando por teléfono en los programas de televisión. No es que yo haya crecido haciéndolo.

–¿Hola?

–¿Charlotte?

Me toma algunos segundos recordar que ese es mi nombre.

–Ah, sí. Soy yo.

Cam hace un ruido con la nariz.

–Vas a tener que hacerlo mejor que eso.

–Sí, lo estoy trabajando –paso mi mano por el pasamanos y dudo en el descanso fuera de la puerta de mi departamento–. ¿Está todo bien?

–Sip, Lily acaba de definir el horario. Lo siento por el aviso tardío, pero ¿puedes venir al entrenamiento mañana a las cinco de la tarde?

Escucho a Lily susurrar algo en el fondo y no suena exactamente complacida. No estoy segura de qué haré con Sanda, pero tengo un día para decidirlo. Además, este no es el momento para poner de malas a Cam. Con Sanda, necesitaré su ayuda más de lo que esperaba.

–Sí, creo que sí.

–Genial, gracias de nuevo.

–No me agradezcas aún –gruño.

–Sí, sí, te irá bien. Veré si puedo pasar por el restaurante.

–Pensé que no trabajabas ahí.

–No, pero ayudo a la familia en el almacén cuando mi abuelo no está lo suficientemente bien para ir.

–Ah, ya veo –no estoy segura de cómo responder, y aún me confunde por qué iría mañana.

–Nos vemos, entonces –y cuelga sin decir otra palabra.

XXX

–¿Se supone que le diga que juegue conmigo? –Sanda se aleja dos pasos de nuestra puerta antes de volverse hacia mí. Después de dos baños, una noche de sueño y algo de ropa limpia, es como una niña nueva, al menos en el exterior–. ¿Y luego espero a su respuesta?

–Creo que sí –yo tampoco he tenido mucha experiencia con esto, pero mi respuesta de hecho parece poner más nerviosa a Sanda. Estirándome, aprieto su hombro–. Va a estar bien. Lo prometo.

–Pero ¿y si dice que no? O si... –sus ojos oscuros estudian las tiras rosas de sus nuevos zapatos y veo un dolor conocido. Una pena que quema tu corazón hasta que sabes que todos pueden verla. Cruza su mano derecha y se rasca una pequeña cicatriz que se asoma por debajo del borde de su manga–. ¿Estás segura de que ella está bien? ¿Y si Rachel ve, o Janice?

Me arrodillo y espero hasta que sus ojos se encuentran con los míos.

–Rachel está sana y feliz. Janice es una buena persona. Y si te preguntan, debes decirles que alguien te lastimaba y que por eso estás conmigo ahora. Para que yo pueda mantenerte a salvo. No tienes que hacerlo, y realmente no deberías decirles nada más que eso.

Su expresión se relaja un poco. Aprieta mi mano y sus ojos se llenan con una calidez que me roba el aliento. Sam solía verme de la misma manera. Es devoción que no merecía, no merezco, pero estoy trabajando en ello. Su voz es apenas un susurro cuando vuelve a hablar.

–Gracias por mantenerme a salvo.

Asiento, incapaz de responderle algo. Sanda me rodea con sus brazos en un fuerte abrazo y me siento mejor de lo que me he sentido en todo el día.

Bajamos el resto de las escaleras, y la mano de Sanda está temblando cuando toca. En menos de cinco segundos, Rachel abre la puerta de par en par y sonríe.

–¡Hola! Estuve pensando en ti todo el día, pero abue dijo que tenía que esperar hasta que te instalaras. Pareces instalada. ¿Quieres ver mi dormitorio? –no le da tiempo de responder a Sanda, toma su mano y la arrastra al departamento. Sanda la sigue en un silencio pasmado, pero luego una enorme sonrisa cubre su rostro.

Janice se limpia las manos en una toalla y sale de la cocina. Me hace un gesto con la mano invitándome a pasar y cierro la puerta detrás de mí. Su departamento hace que el mío parezca un baldío yermo. Es cálido, acogedor y limpio, con excepción de algunas muñecas y juguetes desparramados por ahí. Está habitado, como un hogar.

Mientras espero en la entrada, cuento los seguros. Solo hay cuatro. Una de las ventanas está abierta, para permitir el paso de la brisa, como una invitación. Este departamento está en planta baja. Es tan fácil meterse. ¿Realmente puedo dejarla aquí si es tan vulnerable?

–Bueno, no tomó mucho tiempo –Janice me señala hacia la otra habitación, donde Rachel le está mostrando a Sanda una casa de muñecas. La niña rubia le pasa una y otra muñeca a Sanda y está hablando a mil palabras por minuto. Sonrío mientras Sanda lucha para cargar unas quince muñecas sin tirar ninguna antes de que Rachel se ría y tome algunas.

Tengo mi respuesta. Si Rachel está segura aquí, Sanda puede estarlo también. Además, tener una amiga será muy bueno para ella.

—Se divertirán juntas —digo.

—Se ve mejor —la mirada de Janice es penetrante y desvío la vista hacia otro lado—. Mejor que anoche, quiero decir.

—La ropa nueva hace eso por una niña, supongo —me apresuro a decir antes de que pueda hacer preguntas—. Planeamos invitar a Rachel a nuestro departamento.

Janice niega con la cabeza.

—Están bien aquí, si te parece bien. Estoy segura de que tenemos más juguetes.

—Bueno, esperaba que pudiera cuidarte a Rachel una hora y darte un descanso, porque luego necesito un favor para esta noche —esto es aún más incómodo de lo que esperaba. No estoy acostumbrada a pedir ayuda. Y no me gusta necesitarla.

No dice nada, esperando a que yo termine.

—Conseguí trabajo en un restaurante y necesito ir al entrenamiento en una hora —miro a Sanda de nuevo, y ella sonríe y me saluda con la mano—. Esperaba que se pudiera quedar aquí con Rachel mientras no estoy. Te pagaré con gusto.

Janice me mira por un momento antes de asentir.

—No hace falta que me pagues ni que cuides a Rachel primero. De hecho, es bueno para mí también. Hago más cosas cuando alguien más puede entretener a Rachel por un rato. Tu prima es bienvenida siempre.

Suelto un suspiro de alivio, pero ella levanta una mano y el aire se atora en mi garganta, ahogándome.

—Pero hay un problema —se inclina hacia adelante y susurra—, creo que no me has dicho su nombre.

—Ah, claro —recuerdo seguir respirando—. Es Sanda.

—Bien. Sanda estará bien aquí hasta que vuelvas a casa —Janice me da unos golpecitos en el hombro y me quedo muy quieta—. ¿A qué hora termina tu turno?

Le ofrezco una mueca pesarosa.

—Un poco tarde, entre las diez y las once. ¿Estás segura de que no quieres que te pague por cuidarla?

Niega con la cabeza.

—Estoy segura. Las mandaré a la cama a las nueve de cualquier modo, así que cualquier hora después de eso, no cuenta realmente. Rachel tiene una cama extra en su dormitorio, para cuando su padre tiene tiempo libre y viene a casa. Si traes un pijama para Sanda, puedes cargarla cuando vuelvas.

No tengo palabras. Esperaba que Janice cuidaría a Sanda si le pagaba lo suficiente, pero no este tipo de generosidad. No hay nada que pueda decir, pero le compensaré esto de algún modo.

—Gracias —puedo verlo en sus ojos y asiente. Janice sabe lo mucho que esto significa para mí—. Ahora vuelvo con sus cosas.

Mientras me dirijo a la puerta, hay una ligera sacudida en mi mano. Sanda está parada junto a mí, mordiéndose el labio. Envuelve sus dedos sobre los míos y me inclino para quedar a su nivel.

—¿Qué pasa?

—¿Vas a volver? —aprieta mi mano con tanta fuerza que casi duele y observa la pequeña alfombra entre nosotras, como si pudiera convertirse en un abismo imponente y separarnos en cualquier momento—. ¿Lo prometes?

—Lo prometo —envuelvo mis brazos en ella y le doy un abrazo rápido, como los que solía darle a Sam, luego me suelto y apoyo mi cabeza contra la de ella—. No te voy a dejar.

9

Mary está en el recibidor con una alegre sonrisa cuando entro, y me pregunto por qué Cam pensó que yo sería buena para este trabajo.

–¿Esperas a alguien o quieres una mesa para uno?

–Ninguna de las dos. Vine al entrenamiento.

Su sonrisa se hace más grande y se ríe.

–Ah, ¡eres la nueva yo!

Su euforia infinita me deja con ganas de huir, eso o encontrar sus botones de brillo y volumen, y bajarles tres rayitas.

–Eh, supongo que sí. ¿Dónde puedo encontrar a Lily?

Señala hacia el fondo del restaurante.

–Por el pasillo izquierdo, pasando el baño de hombres.

El estrecho pasillo tiene un enorme letrero de Si no trabajas aquí probablemente estás perdido – Solo empleados en la parte de arriba. Reviso, para asegurarme de que nadie me esté viendo al cruzarlo. Es difícil pensar en mí misma como en alguien calificada para que la llamen *empleada*.

Lily está garabateando furiosamente en un montón de papeles sobre su escritorio en una habitación a la derecha. Me sorprende lo rápido que su mano hace los movimientos. Yo debo ir lento y presionar fuerte, tan solo para que las palabras sean legibles. Claro que no llevo tanto tiempo escribiendo.

–Hola, Charlotte –su expresión es cautelosa cuando se levanta.

–Hola –tengo un súbito impulso por disculparme por la forma en que me lanzaron hacia ella, pero mis entrañas me dicen que las disculpas no me llevarán a ningún lado con Lily.

–Y ¿por dónde empiezo?

Recoge los montones de papel del escritorio y avanza hacia una gran caja fuerte negra que se encuentra a un lado de la habitación.

–Dime qué has hecho antes.

Me encojo un poco. Había asumido que Cam le diría que no tengo experiencia.

–Realmente, nada.

No se ve sorprendida, y me doy cuenta de que sí le dijo. Está jugando conmigo, y lo hace bien.

Cuando instintivamente meto la mano en el bolsillo,

me sorprende encontrarlo vacío. ¿Olvidé mi perno? Nunca lo olvido. Pero he estado tan enfocada en asegurarme de que Sanda tuviera todo lo que necesitaba. ¿Puedo pasar una noche entera sin él? Mis manos sudan y obligo a mis pies a quedarse en su lugar lo suficiente para dejarme pensar. No voy a correr, aún no.

–Si no me quieres aquí, puedes decírmelo –mi voz sale más pequeña de lo que esperaba, así que echo mis hombros hacia atrás y me enderezo.

De todos modos, he estado preocupada por dejar a Sanda. Quizás Lily me echará. Puedo ir a casa con Sanda y, aun así, no molestaría a Cam. Es el mejor de los casos, la verdad.

–No dije eso –Lily hace una pausa, sus dedos se sostienen sobre el tablero en la caja fuerte. Levanta la vista hacia mí. Estudio mis manos mientras pone el código pero, cuando escucho el rechinar de la puerta abriéndose, no puedo evitar echar un vistazo. La caja contiene algunos cajones de metal con dinero en ellos, pero no mucho. Un montón de papeles está en la repisa de arriba y, en el fondo, veo la culata de metal negro de una pistola. Mi corazón se detiene un instante y tengo frío y calor al mismo tiempo. De verdad, no me gustan las armas. Sé exactamente cómo se siente cuando lo único que puedes ver es el cañón apuntado hacia ti y todo lo demás se desploma.

Claro, ni siquiera la pistola del Padre pudo detenerme después de que habían matado a Sam.

Deshaciéndome del súbito arranque de miedo, observo a Lily cerrando la caja.

–Comencemos.

Sigo a Lily por el pasillo. Se detiene cerca del depósito y echa un vistazo al interior.

–Gino, ¿puedes mostrarle el lugar a la chica nueva? ¿Darle un *tour* y todo eso?

Nadie responde, pero Lily asiente y habla sobre su hombro mientras avanza hacia la oficina.

–Saldrá en un momento. Solo espera aquí.

Me quedo sola en el pasillo, sintiéndome inadecuada e intentando recordar cada programa de televisión en el que haya podido ver un restaurante. No ayuda. La mayoría eran comedias en las que el chiste era el mal servicio del equipo. Dudo que Lily quiera que aprenda de ellos.

La puerta frente a mí se abre y un chico un par de años mayor que yo sale y se limpia la mano en el delantal. No es mucho más alto que yo, pero sus hombros son más anchos. Sus ojos oscuros se posan sobre mí, pero no dice ni una palabra.

–¿Eres Gino? –saco una libreta y un lápiz de mi bolsillo trasero y ruego por que no quiera estrechar mi mano.

Él asiente y sus ojos van desde mis pies hasta la cabeza. Me hace sentir intensamente incómoda y desearía que el *tour* me lo diera Mary o incluso Lily.

–Este es el depósito –señala un espacio detrás de él, su voz suave me sorprende–. Para los suministros de comida. Tenemos otro para las cosas de limpieza y oficina. Sígueme.

Me da el *tour* completo y explica las secciones del comedor.

–¿Cómo te llamas?

–¿Eh? –apenas estoy escuchando mientras miro fijamente las mesas del comedor e intento memorizar dónde comienza y termina cada sección. Mi libreta está de nuevo en mi bolsillo. He aprendido por experiencia que mi cerebro funciona mucho mejor que mis dedos–. Ah, Charlotte. Soy Charlotte.

Cuando me doy vuelta y levanto la mirada, me está estudiando de nuevo.

–Soy callado, así que la gente no cree que soy inteligente, pero pongo atención. No sé por qué Cam quería que trabajaras aquí, pero no molestes a Lily. No es tan resistente como parece.

Me pregunto por primera vez si sabe más de lo que debería sobre mí.

–No planeo hacer eso.

Paso la segunda parte de mi turno observando a Mary y a Lily en el recibidor. Ya sé que necesito practicar más tiempo mi escritura. Aun cuando estamos ocupados, quieren que escriba los apellidos de las personas en una lista. La sola idea hace que me suden las manos. ¿Cómo se supone que adivine cómo se escriben los apellidos? Ni siquiera tuve uno hasta que me convertí en Charlotte.

Froto mi nuca, sintiendo la tensión que crece ahí con cada minuto que pasa. He estado ausente demasiado tiempo. Mi mente sigue volviendo a Sanda. La última vez que Sam estuvo fuera de mi vista... pero no, esto es diferente. Mi mano presiona suavemente contra el corte que aún está sanando en mi costado. Nadie más quiere lastimarla. Está a salvo.

Sanda está a salvo.

–¿Estás escuchando, Charlotte? –la voz de Lily rompe mi trance.

Mary resopla entre dientes y va hacia el baño.

–Descanso para hacer pis.

–Lo siento, Lily. Me distraje por un minuto –intento concentrarme.

–¿Con qué? –baja su mirada hacia mí y obviamente está esperando una respuesta. Mis ojos caen en el marco de la pared detrás de ella y decido que es una mejor opción que la verdad.

–Esa foto –señalo la pared–. ¿Es tu hermana?

El cuerpo de Lily se congela a media vuelta, y de hecho puedo ver una lucha física por respirar debajo de la abrupta tensión en sus hombros. Cuando finalmente habla, es bajo y rabioso:

–Era... *era* mi hermana.

El dolor súbito en su rostro me hace desear haber pensado en decir otra cosa.

–Lily, lo sien...

—Mira —su dolor se esconde rápidamente detrás de una mirada de odio que quema mi piel como el asfalto de la ciudad en un día caluroso—. Sé que solo estás aquí porque Cam quiere, y no te voy a hacer el favor de despedirte. Haz tu trabajo y aléjate de mí.

Mary entra mientras Lily camina furiosa hacia su oficina. Lo único que dice es "Oh" antes de que otra pareja entre y ella se vuelva a poner su sonrisa feliz para recibirlos.

Cuando Mary vuelve tras acompañar a la pareja a su mesa, me mira con una ceja levantada, como retándome.

—Así que Lily y tú no van a ser mejores amigas. Gran cosa. Aun así Angelo's necesita una nueva yo, y como todavía no te has ido, asumo que aun así, necesitas este trabajo por una razón u otra. Inténtalo.

—Bueno —obligando a mis manos a no temblar, me paro en el pódium e intento sonreírle a la próxima pareja que cruza la puerta. Por su actitud reacia, supongo que mi intento no está saliendo como esperaba. Me rindo y renuncio a ser amigable. Intento ser poco amenazadora más bien—. Bienvenidos a Angelo's. ¿Mesa para dos?

Asienten y los guío a una mesa cercana.

Cuando regreso, Mary ni siquiera está intentando no reírse. El rubor sube a mis mejillas.

—Quizás deberíamos encontrarte un espacio en la cocina. No queremos que asustes a los clientes —sonríe.

—Al menos, lo intento —le digo entre dientes.

Me da un golpecito en el brazo.

—Toma un descanso y lo intentaremos cuando vuelvas.

—De acuerdo.

Mientras camino hacia la sala del personal, lo percibo. La sensación de que alguien me está mirando. Me doy vuelta, esperando encontrar los ojos de Lily en mí de nuevo, pero puedo ver su espalda por la puerta de la cocina. Aun así, los vellos de mis brazos se erizan y mis dedos se sienten fríos por el miedo.

Mis sentidos nunca me han fallado. No planeo ignorarlos ahora.

Sigo caminando, aunque hago una rápida revisión del restaurante. Hay tres secciones de mesas, y tengo la clara impresión de que alguien, en uno de los sectores al otro lado, tiene sus ojos puestos en mí. Está más oscuro en esa parte de la sala. Una vez que estoy segura en el pasillo más cercano, me asomo por un extremo, pero no sirve de nada. Sin importar cuánto entrecierre los ojos, no puedo ver los rasgos de un tipo en la esquina al fondo. Es difícil saberlo con su sombrero tan bajo y el cuello de su abrigo tan alto, pero es como si me estuviera mirando directamente... como si me atravesara con la mirada. No puedo recordar que Mary haya sentado a nadie en esa mesa.

—Oye —Cam susurra desde atrás de mí, con sus labios tan cerca que casi tocan mi oreja. Me doy vuelta y lo golpeo en el estómago con el puño. Él gruñe y se dobla de dolor.

–Lo siento –hago un gesto apenado y avanzo más por el corredor hacia la sala del personal–. ¿Por qué te me acercas tan sigilosamente?

–No lo hice –aún intenta recuperar el aliento–. Dije "Charlotte" tres veces, pero no respondiste. No quiero gritar tu nombre real por todo el restaurante.

–Ah, no te escuché –tengo que acercarme a Cam para dejar que Gino pase con una bandeja de comida. Noto que niega ligeramente con la cabeza antes de salir al comedor y vuelvo mi atención a Cam.

–¿Qué pasa? –sus ojos me miran de cerca, observando cada uno de mis movimientos. Es perturbador.

–Ya estoy considerando cambiar de carrera –mis hombros se lanzan hacia adelante–. Te dije que no sería buena en esto.

–No me refiero a eso –Cam se estira para poner la mano en mi brazo, pero cuando mis ojos expresan preocupación, no lo hace–. ¿Qué pasó? Pareces asustada.

–Nada –me encojo de hombros–. Sentí como si alguien me estuviera viendo.

Sus cejas toman un gesto intrigado.

–¿Dónde?

–Seguro no es nada –la piel de gallina en mi brazo me dice, y probablemente también a Cam, que sí es algo. Froto mi piel con mi mano, planeando revisar por mí misma cuando termine de hablar con Cam. Mi otra mano sigue metiéndose en mi bolsillo buscando el perno, aunque sé que no estará ahí. Me maldigo en silencio de nuevo por haberlo olvidado.

–Ambos sabemos que estás huyendo de algo. Me contrataste para ayudarte –su cara está justo encima de mi oído y con sus dos pasos rápidos nos cambia de posición, de manera que yo quedo contra la pared–. Dime dónde está.

Lo miro a los ojos, intentando demostrarle que no necesito su ayuda, pero él ni se inmuta.

–¿Dónde?

–Bueno. En la mesa al fondo, del lado izquierdo.

Me ofrece una sonrisa sombría antes de salir al comedor y dejarme sola en el pasillo. Después de respirar profundamente algunas veces, intento convencerme de que, esta vez, mis presentimientos me engañaron. De algún modo, estaban equivocados. Nada ni nadie me estaba observando.

Cam vuelve, me lleva por el pasillo hacia el salón del personal y me hace entrar a una oficina vacía que actualmente se usa como bodega. No puedo descifrar su expresión.

–¿Y bien?

–Quédate aquí. Ahora vuelvo –cierra la puerta al salir.

Comienzo a entrar en pánico. Quizás mi instinto tenía razón. ¿Alguien encontró los cuerpos de los Padres y los conectó conmigo? ¿Me encontraron? Eso parece poco probable. O, peor, ¿no estaban realmente muertos?

No puede ser. Imágenes de ropa y de alfombras bañadas en sangre llenan mi mente y me dejo caer en el sofá. Todo terminó después de que me hicieron enterrar a Sam. Era demasiado tarde para cualquiera de nosotros.

Destellos de emociones, la furia salvaje, la forma en que mi visión se enfocó, todo se agolpa en mi cerebro como presos contra una puerta cerrada. Todo es vívido, los colores se borran hasta que lo único que veo es rojo. La Madre viene a quitarme las cadenas después de que lanzo la última palada de tierra sobre el cadáver de mi hermano. Cuando abre los candados, pone el cuchillo en mi espalda y me dice que entre. He visto sus cicatrices. Sé lo que soy para ella. Ella solía ser la víctima del Padre. Él solía lastimarla como me lastima a mí. Por eso aceptó quedarse con él. Hicieron un trato. Soy su sustituta, su escudo. Sam fue un accidente. No habían querido que ella se embarazara. Los escuché hablar de eso. Supongo que dos escudos eran mejor que uno. Y ahora ella se ha encariñado con el poder de causarles dolor a otros, al igual que el Padre.

La Madre me empuja, provocando que el filo de su cuchillo se hunda en la piel de mi espalda. Duele, pero ya no puedo sentir el dolor como antes. Ella quiere que vuelva a mi ático oscuro, donde Sam no me estará esperando. Nunca más volverá a estar conmigo.

–El Niño ya no está. Ve arriba.

Cuando me doy vuelta para quedar frente a ella, su

postura es relajada. Sabe que no lucharé, nunca lo he hecho. Tenía demasiado miedo. ¿De qué? ¿De que me mataran? Eso ahora sería un alivio. Lo merezco después de lo que les permití hacerle a Sam.

–Su nombre es Sam –mis palabras son de hielo y fuego, gélidas y feroces.

Balbucea y luego da un paso hacia adelante.

–¿Qué dijiste?

–Dije que su nombre es Sam. Y mi nombre es Piper.

–Maldita... –se acerca a mí. Su cabeza es un blanco fácil, tan a mi alcance. No hay lógica, solo ira, solo odio amargo mientras levanto la pala y la Madre cae. El tremendo oponente tan fácilmente derrotado bajo mis pies. Dejo que la pala caiga a la tierra junto a ella.

Me paro junto a la Madre, jadeando, mis pensamientos atrapados en una niebla de confusión, donde todas las personas que he conocido en mi vida están muertas o muriendo. Todas, menos el hombre que más lo merece. El Padre maldice cuando llega al porche y sus ojos se encuentran con los míos. Es la primera vez, la única vez, que he visto miedo en esa profundidad azul. Solo se queda un instante, hasta que sus ojos se endurecen y da un paso atrás. Ni siquiera parpadea, se mueve lentamente y con firmeza hacia la repisa, al otro lado de la puerta, donde guarda su pistola. Puedo verlo en sus ojos. Se acabó el juego. Es hora de deshacerse de los juguetes.

Me va a matar, pero no antes de que yo haga todo lo

que esté en mi poder para hacer que pague por lo que le hizo a mi hermanito.

Mi corazón bombea sangre por mis venas tan rápido que todo lo demás se vuelve lento en comparación. Me inclino y saco el cuchillo de debajo de la mano de la Madre. Mis músculos se vuelven un resorte debajo de mí y exploto al lanzarme hacia adelante. Mi furia no me permitirá detenerme. Sus dedos arañan la madera, abriendo el cerrojo, pero soy más veloz de lo que ambos esperábamos. Mi cuchillo corta su brazo. Daña su músculo así que, cuando se estira para tomar la pistola, esta cuelga sin fuerza de sus dedos.

Perder a Nana y a Sam en unas cuantas semanas fue más de lo que incluso yo podría soportar. El Padre dijo que habían sido castigados por mis errores. Sus muertes fueron mi culpa. Ahora él ha sido castigado también.

Sacudo la cabeza con fuerza y aprieto las palmas de mis manos contra mis sienes, intentando alejar las imágenes de lo que he hecho. No quiero ver esto, no quiero pensar en la pérdida de control y de cordura. En la sangre que late en mis oídos tan alto y tan fuerte que no pude pensar. No pude hacer nada más que acuchillarlo. Aun con la pistola en su mano, el Padre no pudo protegerse del monstruo en el que me convertí.

Apenas estaban vivos cuando entré a su dormitorio, tomé el dinero que le habían robado a Nana y hui.

Aprieto las puntas de mis dedos con fuerza sobre mis

párpados. No pensaré más en ellos. No pudieron haber sobrevivido. Imposible.

Ellos no. No, no otra vez. Nunca más.

¿Quién más pudo haberme estado viendo desde ese sector del restaurante? Pasé por el departamento de Brothers hoy de camino al trabajo. Es un poco más que escombros. No pudo haber sobrevivido a eso. Todos mis instintos me dicen que vaya a casa por Sanda, solo por si acaso, para asegurarme de que él no se la ha llevado otra vez.

Merecía morir. Debía morir. Era un hombre malo.

Me duele el pecho, las respiraciones agitadas queman mis pulmones. Enfoco mi energía y respiro profundamente, intentando hacerlo con tanta tranquilidad como puedo. No importa lo que esté pasando, este no es un buen momento para entrar en pánico.

Cam entra, sonriendo, y cruzo la habitación en un instante.

–¿Qué pasó? –mis dedos están aferrándose a su camisa antes de que me dé cuenta de lo que estoy haciendo, pero no me importa–. ¿Quién es?

–Oh, tranquilízate –maldice entre dientes y me envuelve entre sus brazos. Todo en mi interior se aleja del mundo, del miedo, de su tacto. Me desplomo al suelo y me encojo en una esquina, para escapar.

Él sigue hablando, con una voz tan baja que apenas puedo escucharlo con mi cara enterrada en mis rodillas.

—Realmente lamento mucho haberte asustado —el remordimiento en su tono es genuino y su preocupación me alcanza, ofreciéndome una aceptación que no sé cómo recibir—. No hay nadie en esa mesa. Mary no recuerda haber sentado a nadie ahí. Tus ojos deben estar engañándote.

Mis dedos están contraídos en puños que me niego a soltar, y la emoción sale de mí a chorros. Detrás de mí, hay una pared, contra la que apoyo la cabeza, incapaz de sostenerla bajo la montaña de todo lo que ha pasado en el último año. Imágenes del cadáver de Sam, su tumba fresca, la sangre, los Padres, la casa en llamas, el clóset de Brothers, los ojos de Sanda. Me azotan en todas direcciones, inesperadamente, como el granizo en una tormenta de verano. No lloro... no puedo. Pero estoy tarareando, y Sam está tarareando, y siento que podría romperme bajo el peso de todo lo que he hecho, de todo lo que he perdido.

No sé cuántos minutos pasan, pero cuando recobro la conciencia, Cam está sentado junto a mí, lo más cerca posible sin tocarme. Escucho un ligero sonido de rasgueo y bajo la vista para encontrarme con que está raspando su mano contra el suelo junto a mi puño, como si, de alguna manera, el consuelo fuera a pasar por el piso hacia mí. Trago aire. No sé cuándo dejé de tararear, pero Sam sigue haciéndolo en mi cabeza. Más lento, más tranquilo. Como si Sam estuviera intentando hacerme sentir mejor.

Ya me he calmado lo suficiente para sentir vergüenza, pero no la siento. La pared que mantenía mi pasado cuidadosamente encerrado se ha derrumbado y no puedo hacer nada para reconstruirla. Es bueno no estar sola, que Cam no me deje, que no huya. Levanta su mano del suelo, la sostiene en el aire y espera. Sin decir una palabra, sé que quiere ayudar. Respirando profundamente, me doy cuenta de que también lo quiero: un poco de protección, de consuelo humano. Mi mano tiembla al deslizarla debajo de la suya y él baja su mano, para ponerla sobre mi puño. Es mejor de lo que esperaba. No debería sentirse bien, no tan bien. Pero su calor penetra mi piel y me recorre. Su olor me llena de paz y del conocimiento de que todo va a estar bien. Quiero quedarme aquí. Quiero que él me ayude a superarlo. Más que eso, creo que necesito a alguien si voy a lograr superarlo. No puedo hacerlo sola.

Y eso me asusta más que el hombre que desapareció de la mesa de la esquina.

La puerta se abre y Lily entra. Sus mandíbulas se abren, luego sus labios se curvan en una sonrisa burlona. Quiero girar mi puño para liberarlo, pero la mano de Cam me aprieta y no me suelta.

–Si ya terminaron de besuquearse, quizás ella pueda ir a ayudar a Mary. No tiene privilegios gracias a ti, Cam. Es decir, no puede tomarse un descanso extralargo solo para que puedas asegurarte de que está bien –murmura mientras avanza hacia la puerta, pero sus siguientes palabras son claras como el cristal–: A mí me parece que está perfectamente bien.

En cuanto sale, Cam me suelta. Alejo mi mano y me levanto. Sí, ahora sí estoy avergonzada. Es importante que entienda que esto no... que no puede significar nada, aunque aún estoy abrumada por su amabilidad y el calor de su mano, que todavía se siente en la mía.

–Gracias, y perdón. Últimamente la he pasado mal y tú estabas ahí. No pasará de nuevo.

Se pone de pie y avanza hacia la puerta. Sus ojos no dicen nada, pero puedo ver un poco de tristeza en el fondo.

–Está bien. Solo hago lo que debo por lo que me pagaste.

Un hombre muy alto y ruidoso bloquea la puerta antes de que se abra por completo.

–¡Hola, Marco! –le da una palmada en el hombro a Cam. Avanzo unos pasos. El nombre de *Marco* hace que un escalofrío recorra mis venas y hace que, de pronto, Cam parezca menos confiable a mis ojos.

–Los chicos y yo necesitamos hablar de algunas cosas.

Cam niega con la cabeza antes de que el hombre pueda terminar.

–Ahora no, Oscar.

–Ah, ¿este no es un buen momento? ¿Qué tal si decidimos que no es opcional? –baja un poco la voz, y sus ojos me encuentran, me enfocan antes de lanzarle una mirada lasciva a Cam–. Ya veo. ¿Quién es esta?

Hay un destello de ira en la expresión de Cam cuando gira para ver, pero de inmediato desaparece.

–Se llama Charlotte.

Oscar le guiña y, con el codo, le da unos golpes a Cam.

–Sí, claro que sí.

Cam lo ignora y continúa.

–Es nueva. Será el reemplazo de Mary.

–Mejor regreso a trabajar. Gracias por tu ayuda, Marco –le digo, pasando junto a ellos y salgo al pasillo. La forma en que se mueven los ojos de Oscar sobre mí hacen que mi piel me pida huir a gritos.

–No –la voz de Cam es dura, pero sus ojos me ruegan que no discuta, ahora no, así que me quedo en silencio. Se vuelve hacia Oscar–. Espera en la oficina de Lily. Voy en un momento.

Oscar inclina la cabeza y me sonríe antes de irse.

Sigo a Cam a la habitación, manteniéndome cerca de la puerta. Todo lo que me ha dicho, de pronto, se siente manchado por la sombra de la duda.

–Marco es mi primer nombre. Marco Cameron Angelo –me mira directo a los ojos y continúa–: Mi mamá quiso *Cameron*, mi papá quiso un nombre que estuviera en la familia, y yo prefiero la elección de mi mamá.

Inclino la barbilla, pero no digo nada. Se acerca un poco más, y con mi espalda pegada a la pared, no puedo alejarme.

–Te lo juro. Claramente tienes tus razones para no confiar en la gente, pero quiero que confíes en mí. Todo lo que te he dicho es verdad.

Su calor parece saltar por los centímetros que nos separan, y tengo que luchar contra la atracción que siento hacia él.

–La confianza no importa. La verdad es que tampoco tu nombre, y más vale que me ponga a trabajar antes de que Lily venga por mí –le doy una sonrisa a medias y continúo–: Realmente no quiero enfrentar su ira más de lo necesario.

Cam suspira, resignado, luego estira el brazo y se acerca aún más, tomando la perilla de la puerta detrás de mí. Cada uno de sus movimientos, cada palabra que pronuncia me llena con una especie de anhelo que me confunde. Me hace sentir que estoy perdiendo el control, y sé que no debería gustarme, pero de algún modo con él no es malo.

–Odiaría meterte en más problemas con Lily en tu primer día –su aliento se siente caliente al atravesar la tela que cubre mi hombro.

Doy un paso a la derecha para que pueda abrir la puerta, luego salgo sin decir una palabra ni volver la vista en su dirección.

XXX

Antes de irme, estoy segura de que he demostrado ser la peor empleada del mundo. Usé el limpiador equivocado y manché el lavabo del baño, rompí tres vasos y ofendí a su cliente más leal cuando no pude obligarme a estrechar su mano.

–Lo siento. ¿Quizás la próxima vez será mejor? –*no debí haber aceptado este trabajo, para empezar.*

–No estuvo tan mal –miente Lily, luego se encoge de hombros y suelta un quejido mientras mueve sus hombros en círculos–. Estoy exhausta.

–Bueno, gracias. Nos vemos –avanzo hacia la puerta, pero cuando la abro veo a un hombre parado al otro lado de la calle entre las sombras.

No se mueve, solo observa, espera. Mi cuerpo se congela y retrocedo un paso, cerrando de golpe la pesada puerta. Es lo único que puedo poner entre nosotros, además de la calle y del aire nocturno. Cuando escucho un ruido fuerte, me lanzo detrás de una mesa y todo se queda en silencio.

Por el vidrio de la puerta puedo ver al hombre al otro lado de la calle saliendo de las sombras. Su corto cabello gris brilla bajo la luz de un camión que se aproxima. Se detiene y él lo aborda. Respiro profundo y me levanto, relajando mis tensos músculos. Luego escucho un ligero sollozo y el sonido de vidrios moviéndose sobre el suelo de madera.

–¿Lily?

Cuando doy un paso atrás, la veo inclinada en el suelo detrás del pódium en la recepción. Trozos rotos de vidrio cubren el suelo frente a ella. Acunada entre sus manos está la fotografía de su hermana sobre la que le había preguntado antes. Las lágrimas corren por su cara, y no sé qué decir. Debió caerse de la pared cuando golpeé la puerta. Solo puedo pensar en cómo me devastaría si alguien hubiera roto una foto de Sam.

–Vete –su voz suena atormentada. Gino sale de la habitación trasera y, sin decir nada, va a ayudar a limpiar el vidrio. Cuando me mira, sus ojos son fríos y acusadores.

Busco las palabras correctas, lo que sea que pueda expresar cuánto lo siento, pero no importa. Sé que si yo estuviera en su lugar, no habría nada que pudiera hacerse o decirse para aliviar el dolor.

–Lo siento –susurro mientras cruzo la puerta hacia la noche.

10

`El Estudio de Jessie` es un lugar donde enseñan artes marciales y está en una esquina a unas cuantas calles de mi departamento. Se especializan en un tipo de defensa propia llamado *Krav Maga*. El estudio en realidad está un poco más cerca que Angelo's. Cuando le pedí a Cam que me enseñara, no le había advertido sobre Sanda. Pensé que, si se la presentaba de sorpresa, podría ser menos probable que discutiera e hiciera preguntas frente a ella. Al menos, eso esperaba.

Sanda y yo llegamos unos minutos antes, así que nos sentamos junto a la pared mientras termina otra clase. Ocho adultos se mueven en sincronía con la instructora. Se mecen hacia un lado, se inclinan, se mecen hacia el otro, patean, golpean, golpean: es un baile violento. Me alegra no ser el lado receptor de las patadas de la instructora. Es pequeña, no mucho más alta que yo, y probablemente anda en los cuarenta. Pero sus pies pueden causar daños serios. Me pregunto si es la tía de Cam. Sus ojos oscuros me recuerdan a los de Lily, pero más amigables, lo cual dice mucho considerando que, en dos movimientos, acaba de lanzar a la colchoneta a un tipo del doble de su tamaño.

Sanda observa cada movimiento como si intentara grabárselos en la memoria. Su cabello brillante se siente como la evidencia de que sigo siendo una buena persona. No sé cómo voy a hacer que esto funcione, pero lo único de lo que estoy segura es de que cualquier vida que construya para ella podría desaparecer en un instante.

Y si eso pasa, quiero que Sanda sea capaz de soltar algunas patadas la próxima vez que se tope con alguien como Steve Brothers.

Su nombre me da escalofríos y el sueño de anoche aparece en mi mente. Ella lleva cinco días conmigo, pero el recuerdo de lo que hice para salvarla sigue fresco. Las pesadillas de la piel de Brothers derritiéndose en las llamas mientras grita y se retuerce en la sucia alfombra color café son demasiado frecuentes. Más de una vez me he sentido aliviada cuando Sanda me despierta, hasta que me doy cuenta de que ella también había estado gritando.

Las pesadillas son solo una parte del territorio. No importa qué tan lejos corramos, no podemos escapar de los recuerdos de los lugares en los que hemos estado.

Intenté prestarle la manta eléctrica, pero luego ni ella ni yo pudimos dormir. Ella no entiende por qué me ayuda y yo no me siento lista para hablarle de Sam. Duerme mejor ahora que he comenzado a acostarme en la cama junto a ella. La mayor parte del tiempo no suelta mi mano. Esta mañana, por unos dulces instantes, pensé que era la mano de Sam. Cuando vi su cabello oscuro en vez de la rubia maraña puntiaguda de él, me destruyó de nuevo. Me alegró que Sanda estuviera profundamente dormida, para que no me viera desmoronarme.

La instructora y sus alumnos se ofrecen una reverencia y la clase termina. La gente recoge sus cosas para irse; me pongo de pie y Sanda me sigue. La instructora se acerca.

—¡Hola! ¿En qué las puedo ayudar? —nos pregunta mientras da un largo trago a su botella de agua.

—Hola, soy Charlotte. Tenemos una cita con Cam.

—Soy Jessie —sonríe y señala al otro lado de la sala, donde un tipo acaba de entrar. Tengo que parpadear dos veces para reconocerlo—. Él está allá.

Cam se ve como una persona completamente distinta con pantalones deportivos holgados y una camiseta blanca sin mangas. Sus bíceps son mucho más intimidantes de lo que esperaba, pero el resto de él es tan casual que podría venir de la playa. La forma en que su cabello color café cae sobre su cara mientras deja su bolsa en el suelo no ayuda.

—Eh, eh —dije. No estoy segura de qué esperaba, pero no era esto.

No me doy cuenta de que lo dije en voz alta ni de cómo sonó, hasta que Jessie escupe el trago de agua y tose. Mis mejillas arden y me enfoco en acariciar el cabello de Sanda.

—Perdón —agrego.

Jessie mira detrás de sí y Cam mueve la cabeza hacia nosotras.

—Puede no parecer muy experto, pero es mi sobrino. Realmente es el mejor. Da todas las clases privadas —ella sonríe y su piel se arruga alrededor de sus ojos—. Dale a Cam una hora y te prometo que no te decepcionará.

Asiento con un suspiro exagerado, sabiendo que él está escuchando.

Cuando me giro hacia él, está apoyado contra la pared, observándonos con los brazos cruzados sobre el pecho. Avanza, con su voz haciendo eco en la gran habitación.

—¿Es amiga tuya?

—Sí, ella es Sanda.

Cam le extiende una mano y espera. Ella gira, queda frente a él y observa sus dedos antes de poner su mano en la de él. Me duele el corazón: sé lo difícil que fue para ella. En tantas formas, desearía ser más como Sanda.

—Encantado de conocerte —Cam levanta la cabeza hacia mí, dejando una lista de preguntas sobreentendidas entre nosotros.

–Bueno, entonces, ¿por dónde empezamos? –choco mis manos.

–¿Ya?

–Creo que sería lo mejor –mi voz suena un poco temblorosa. Sé que tendré que permitir que me toque. Me he estado preparando. La simple idea me convierte en una olla hirviendo de emociones, pero sé que al menos debo intentar.

–¿Están listas? –su voz es suave y delicada, como seda sobre el suelo duro. Se acerca unos pasos, sus ojos avellana clavados en los míos. A juzgar por lo sorprendido que pareció cuando le pedí las clases, debe tener una idea de lo difícil que será esto para mí. De algún modo, saber que entiende no lo hace más fácil.

–Yo sí –Sanda habla desde detrás de mí. Tiene miedo, pero puedo notar que intenta con todas sus fuerzas ser valiente. Estoy llena de compasión. Las primeras semanas son las más difíciles... especialmente con los chicos.

Doy un paso adelante, pero Cam me hace una señal de que me quede en mi lugar y llama a Sanda con un movimiento de manos hasta que está parada frente a él.

–Voy a tomarme un momento para descubrir qué es lo que ya saben –se hincha junto a ella y sonríe, pero lo conozco. Veo reconocimiento en sus ojos al observar el miedo de Sanda. Después de todo, es Cam. Lo primero que aprendí de él es que siempre ve más de lo que quieres que vea–. Pareces fuerte. ¿Cuántos años tienes?

Sanda me echa una mirada y espera a que le indique que sí con la cabeza antes de responder.

—Tengo nueve.

La sonrisa de Cam se hace más grande y salta de nuevo sobre sus pies, moviéndose fluidamente hacia una posición defensiva.

—Bueno, Sanda. Quiero que pongas tus brazos arriba, así. Voy a atacarte, te voy a atrapar, tú intenta detenerme.

Sanda no se mueve y parece que su rostro se hubiera convertido en piedra. Mis instintos estallan y tengo la fuerte necesidad de sujetar a Sanda y correr.

—Espera, ¿nos das un minuto antes?

Cam se incorpora y va hacia su botella de agua. Se encoge de hombros como si no pudiera importarle menos, pero sus ojos no nos dejan.

Sanda se me acerca y me arrodillo frente a ella.

—Esto no va a ser fácil. Va a intentar tocarte. De hecho, va a tocarte.

Sus ojos están llenos de pánico y determinación.

—¿Pero está bien?

—No, nunca está bien, a menos que tú te sientas bien, pero creo que las dos necesitamos lo que él puede enseñarnos. ¿Sabes? —con Cam escuchando, no quiero decir nada más específico. Podría no estar súper emocionado por enseñarle cómo defenderse a una asesina como yo—. Por seguridad, en el futuro.

Su labio tiembla, pero asiente y se da vuelta para

quedar frente a él. No puedo soportar ver su miedo y no quitárselo, no intentar borrarlo cuando sé que puedo. Quizás no tenemos que hacer esto, quizás no aún, no hoy. No quiero dejar que Cam me toque más de lo que ella quiere.

–Quizás deberíamos comenzar con otra cosa –doy dos pasos hacia adelante, pero él levanta su mano de nuevo para que me detenga. Lo hago, pero observo atentamente a Sanda. Ella avanza otro paso hacia el medio de la colchoneta.

–Te prometo que no te haré daño –su voz es suave y se inclina para encontrar su mirada. Veo que sus ojos observan la figura temblorosa, y él espera a que Sanda comience a respirar de nuevo–. Hazme lo que quieras. Golpea, pega, muerde, jálame del cabello... lo que sea para intentar detenerme, ¿de acuerdo?

Ella asiente lentamente y levanta las manos hacia el frente.

Cam se inclina más y se acerca. Ella suelta una patada y falla, es débil y vacilante, pero es un inicio. Me lanza una mirada, y cuando sonrío, algo en su expresión cambia. Sus ojos vuelven a Cam y, cuando se entrecierran, puedo ver en ellos un fuego violento que nunca antes había visto.

Él se acerca más y lleva una mano al pie de Sanda. Ella lo levanta y suelta un fuerte pisotón, librando por poco sus dedos cuando él aleja la mano. Una risita se escapa de él y se incorpora. Con un movimiento tan rápido que casi me lo pierdo, él la toma del brazo. Sanda cae al suelo tan inesperadamente que él la suelta y ella queda libre de nuevo.

Él hace un gesto de aprobación mientras ella se pone de pie, luego él camina a su alrededor en un círculo cerrado antes de lanzarse y rodearla con ambos brazos.

Ella lucha con sus brazos pegados a sus costados, pero por la forma en que la está sosteniendo, ella no puede tomar suficiente fuerza para que sus piernas sean útiles.

Él la mantiene detenida por el tiempo suficiente para probar que está atrapada antes de devolverla suavemente al suelo. Ella se gira con rapidez y lanza sus puños frente a sí misma de nuevo, pero él le hace una señal con las manos y retrocede.

—Buen trabajo, Sanda. Eres toda una guerrera. Me gusta eso.

Ella no baja los brazos. Puedo leer la duda en su expresión: no confía en que él se detendrá. Me acerco y bajo lentamente sus brazos con mis manos. Arrodillándome, saco una botella de agua de la bolsa que había llevado con nosotras.

—Bien. Ya se acabó —mantengo mi voz baja hasta que veo que sus ojos se enfocan y toma el agua. Esta niña es tan fuerte, mucho más de lo que esperaba. Mi mano tiembla junto a mi costado, sabiendo que sigo yo. De algún modo encontraré esa misma fuerza en mi interior–. Ve a sentarte mientras me toca a mí.

Me pongo de pie y Cam me mira con una ceja levantada mientras Sanda va hacia una banca junto a la pared. Cuando llego a la colchoneta, él me guiña un ojo y luego se inclina un poco.

–¿Lista?

–¿Yo también tengo permitido jalar del cabello y morder? –muevo mis hombros en círculos hacia atrás y suelto un aliento ligeramente intranquilo.

–Claro –una sonrisa llena su cara–. Si puedes.

Doblo las rodillas y pongo mis manos frente a mí. Se siente cómodo y como un error al mismo tiempo. Los Padres nunca me atacaron con los puños. Y aprendí rápidamente que defenderme contra tablas de madera, cuchillos o cinturones de cuero solo con mis manos nunca terminaba bien. Tengo las cicatrices que lo prueban.

Él se inclina e intenta tomar mi codo. Mi corazón se acelera y la adrenalina corre por mis venas. Lanzo mi brazo hacia adelante y lo golpeo en la mejilla con el dorso de mi mano. Él lo esquiva en el último segundo, así que no lo golpeo con fuerza, pero ambos nos quedamos ahí, sorprendidos.

–Eres rápida –tiene los ojos muy abiertos; la sonrisa se vuelve aún más grande–. Genial.

–¿Gracias? –levanto de nuevo mis brazos cuando él regresa a su posición. Tras unos cuantos amagos hacia mis brazos, se lanza a mi pierna, pero me alejo con ligereza. Ey, sí soy rápida. Quién lo diría. El miedo de que él me toque se disuelve un poco y me lleno con una extraña sensación de orgullo. Sonrío, y Cam también.

Se aparta, luego se lanza rápidamente y envuelve ambos brazos alrededor de mi cintura. El pánico regresa, azotándome con fuerza y dejándome sin aliento. Al mismo tiempo, el dolor explota en mi costado y grito. De inmediato, deja de apretarme y me baja al suelo. Está tan cerca de mí que puedo oler su desodorante, pero solo puedo pensar en el aroma metálico y húmedo de la sangre.

–¿Qué demonios? –Cam aleja su brazo de golpe. Ambos bajamos la mirada para encontrar unos puntos rojos que aparecen en mi ropa. Sus ojos revisan la sala, pero no parece encontrar lo que sea que esté buscando. Maldice y se quita la camiseta, presionándola contra mi costado. No se aleja cuando me ve hacer un gesto de dolor, pero su voz se convierte en un gruñido bajo que suena más como una motosierra que como la seda–. ¿Por qué no me dijiste que estabas herida?

–Se me olvidó –además había estado sanando tan bien. Me alejo, intentando escapar de las extrañas sensaciones que me crea su pecho desnudo, cuando se acerca y llena mi campo de visión. Y pensé que sus bíceps eran intimidantes... sigo intentando ponerme de pie, pero Cam me empuja hacia el suelo. Estoy acostumbrada a tener magullones y heridas. No estoy habituada a que me rodeen personas a las que les importa si me hacen sangrar o no.

Cam jala del borde de mi camiseta e intento alejar sus manos.

—¿Se te olvidó? —dice mientras me mira con recelo, lanza mis manos a mis costados y levanta el borde de mi camiseta. Lo escucho susurrar algo entre dientes cuando ve que la sangre ya está filtrándose por mi vendaje y examina los pequeños cortes en proceso de sanar que la rodean.

—Bueno, ya terminamos por hoy —Cam se levanta y se pone detrás de mí. Metiendo una mano debajo de mi brazo izquierdo, me levanta de un impulso con un sorprendentemente ligero esfuerzo. En cuando estoy de pie, me retuerzo para escapar de sus manos—. Vivo cerca, al lado. Déjame tomar mi kit de primeros auxilios y te ayudaré a limpiarte —dice.

No, no, no. Mala idea.

—No.

—Sí.

—No.

—P-Charlotte —gruñe y niega con la cabeza—. Te lastimé. Lo menos que puedo hacer es limpiar el desastre que provoqué.

—No fue tu culpa. Ya estaba herida. Fue estúpido no decirte —tomo mi mochila y se la paso a Sanda, quien está parada entre nosotros con los ojos muy abiertos. Antes de que tenga oportunidad de echársela al hombro, Cam la toma y se envuelve la correa en el puño.

−Bueno, pues. Fuiste estúpida al no decirme. Me llenaste el brazo y la camiseta de sangre. Lo menos que puedes hacer es permitirme ayudarte para que no pierda mi trabajo por dejar que un *cliente nuevo* se vaya con chorros de sangre saliendo de su costado.

Espero a que se retracte, pero por su expresión sé que no lo hará.

El silencio entre nosotros es denso hasta que Sanda ahoga una risita, y Cam le hace un guiño antes de volver a mirarme con molestia.

−No vamos a ir a casa contigo −levanto la mano para detenerlo cuando abre la boca para discutir más−. Pero si de verdad estás preocupado, te permitiré que nos acompañes a nuestro departamento.

Su expresión de derrota es tan exagerada que Sanda se ríe de nuevo y no puedo evitar sonreír. Él le da unas sacudidas a la mochila.

−Bueno, pero yo cargo la bolsa.

−Bueno. De cualquier modo yo no quería cargarla −dice Sanda por encima del hombro mientras sale por la puerta frente a nosotros.

Cam hace una reverencia con la cabeza y extiende su mano hacia la puerta.

−Las damas primero.

Quizás tomar clases aquí es una mala idea. Quince minutos de nuestra primera lección y ya estoy sangrando. Y aún ni me han golpeado siquiera.

11

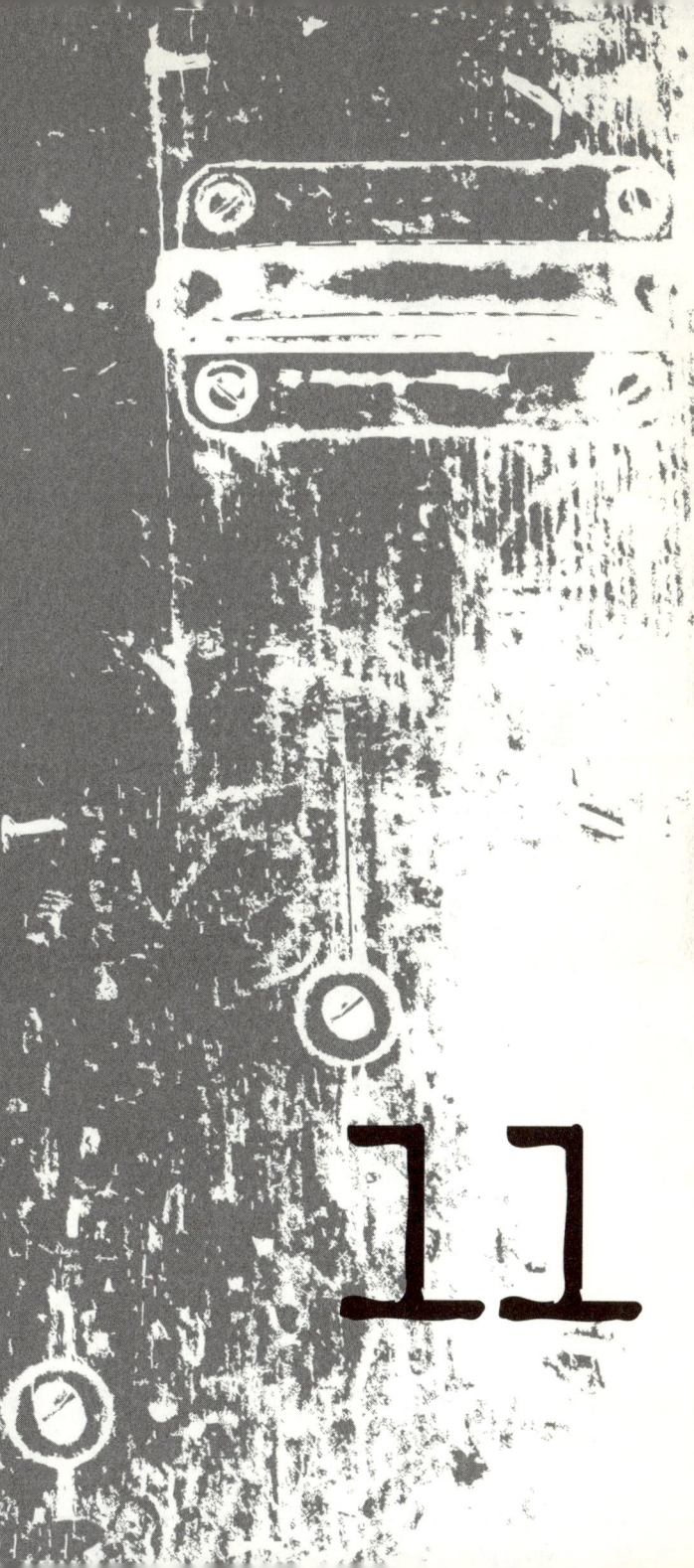

Sanda va tres metros delante de nosotros en el camino a casa. Creo que quiere demostrar que puede caminar sola pero, casi cada minuto, la veo revisando que seguimos ahí. Finjo que no me doy cuenta.

–Y bien, ¿cuál es la historia de ustedes dos? –pregunta Cam. Pese a los holgados pantalones y al jersey con capucha que se había puesto sobre su pecho desnudo, de algún modo Cam logra caminar con seguridad y verse tan relajado que casi parece perezoso. Es impresionante.

–No hay historia –respondo. Mi voz es un poco más fría de lo que planeé, y me muerdo la lengua suavemente entre los dientes.

–Todos tienen una historia –Cam baja la barbilla y gira hacia mí–. No quieres contarme la suya... aún.

Caminamos en silencio, y me sorprende lo cómodo

que se siente. Casi había creído que dejar que me tocara arruinaría para siempre cualquier capacidad de relajarme cerca de él, pero en vez de eso, parece que ocurrió lo contrario. La ciudad está serena cuando estoy junto a él, la gente es más amigable, las calles pacíficas. Es como si hasta los edificios fueran más acogedores, como si estuvieran tranquilos cuando él está a mi lado. Cada par de segundos le echa una mirada a mi camiseta, para revisar el sangrado, pero nunca dice nada al respecto.

–Puedo adivinar por qué decidiste aprender Krav Maga. Claramente lo necesitas –fija sus ojos en Sanda y baja la voz–. ¿Ella también?

Mi instinto es no decirle nada, pero ya he intentado hacer eso y, como resultado, estoy arruinando con mi sangre otro atuendo perfectamente funcional. Presiono su camiseta con más fuerza contra mi costado y hago un gesto de dolor.

–Ella podría necesitarlo incluso más que yo.

Su mandíbula se contrae, y caminamos en silencio por un momento antes de que responda.

–Entonces tendré que asegurarme de no decepcionarlas.

Un calor desconocido me recorre, pero mantengo mis ojos en los talones de Sanda.

Llegamos hasta la escalera de nuestro edificio. Cuando abro la puerta y dejo pasar a Sanda, Cam está junto a mí.

–Gracias. Puedes dejarnos aquí, estaremos bien –le devuelvo su camiseta y trato de fingir que no está cubierta con sangre. El departamento necesita ser solo para Sanda y para mí, especialmente esta noche. Bajé algunas murallas entre Cam y yo cuando lo dejé tocarme. Si reemplazarlas con otras hechas de ladrillos y piedra es mi única opción por ahora, eso servirá. No se puede acercar más, aún no.

—Mira, esperaré aquí si quieres. No tienes que dejarme entrar —los ojos de Cam se ensombrecen mientras observa la cantidad de sangre en la camiseta arruinada—. Pero estás pálida y no voy a dejarte hasta que esté seguro de que no necesitas ir al hospital.

Niego con la cabeza, pero él se cruza de brazos y se sienta en uno de los escalones de nuestro edificio. Su sonrisa me irrita, y él se echa hacia atrás, como si tuviera todo el tiempo del mundo.

—¿Sabes? —inclina la cabeza hacia mí como si estuviera compartiéndome un secreto—. Soy muy bueno para los primeros auxilios.

—¿Sabes? —me inclino hacia él un poco, pero siento un dolor agudo en mi costado, así que me enderezo de golpe—. Yo también.

Se sienta y espera, pero su expresión juguetona ya no está.

—De acuerdo —digo, pisando con más fuerza de lo normal al entrar—. Espera aquí.

Cuando sigo a Sanda al interior del edificio y por las escaleras, escucho que la puerta de Janice se abre.

–Hol... –ahoga un grito. Cierro los ojos por un momento y gruño mientras me giro para quedar frente a ella. Está congelada en su puerta, mirando fijamente la sangre que ha comenzado a correrse por mi costado a la parte de atrás de mi camiseta.

–T-tuve un accidente. Perdón por la prisa, pero como puedes ver, necesito mi kit de primeros auxilios –intento abrir mis manos frente a mí, pero el movimiento duele demasiado y las vuelvo a poner a mis costados.

Janice pasa la mirada de mí a Sanda, retrocede y cierra la puerta de su departamento silenciosamente.

Para cuando llegamos a la parte alta de las escaleras y entramos al departamento, mi cabeza está a punto de estallar y mi costado se ha puesto morado. Sanda corre al baño y regresa a nuestro dormitorio con mi kit de primeros auxilios antes de que siquiera pueda pedírselo.

–Gracias.

Levanto mi camiseta y, una vez más, reviso el daño. En serio tengo que dejar de sangrar de esta manera. Mi visión se desvía. Sí, todavía odio la sangre. Las tiras de vendas esterilizadas cuelgan ociosamente de cada lado de la herida reabierta. Las retiro con suavidad y me resisto al impulso de gritar mientras limpio de nuevo la herida.

No está tan mal, pero ahora, de seguro, me quedará una fea cicatriz.

Me muerdo el labio mientras termino de aplicar las nuevas tiras y pongo una venda limpia. Sanda está sentada en el sofá ojeando una vieja *Sports Illustrated* que ya estaba ahí cuando me mudé. Con cuidado, meto una camiseta nueva a través de mi cabeza mientras escucho un golpe en la puerta. El corazón se me sube a la garganta, pero mi reacción no es nada comparada con la de Sanda. En un instante, está en nuestro dormitorio de nuevo, ha cerrado la puerta de golpe y está escondida detrás de mí.

Un recuerdo de Sam llega sin invitación a la superficie de mi mente y lo veo corriendo a su escondite cada vez que la puerta del ático se abre. Los Padres ni siquiera llegaban a los primeros escalones antes de que la piel de Sam palideciera hasta hacerlo parecer un fantasma. Había intentado protegerlo con todas mis fuerzas. Enfocar la rabia hacia mí para que lo dejaran en paz, pero siendo dos no siempre podía mantenerlo a salvo.

Tú no me lastimaste, Piper. Fueron ellos. Tú nunca.

Tantas veces quise detenerlos, lastimarlos, pero siempre había tenido demasiado miedo. Fui una cobarde. Tuve demasiado miedo hasta que fue demasiado tarde... y entonces fui lo único que quedaba por salvar.

Mi respiración es tan temblorosa cuando inhalo que me pregunto si entra algo de oxígeno. Inclinada junto a Sanda, levanto su mentón y la miro a los ojos.

–Está bien. Probablemente es Cam. Puedes quedarte aquí –susurro, maldiciéndolo en silencio en mi cabeza por haberla asustado–. Métete en la cama. Escóndete debajo de las mantas. Te avisaré cuando sea seguro.

Sus ojos oscuros están llenos de terrores que solamente nosotras dos conocemos. Se da vuelta y se mete bajo las mantas. Aun cuando ya no puedo ver a Sanda, veo las cobijas temblando de miedo.

Voy a la puerta y me asomo por la mirilla. Janice está en el pasillo, nerviosa. Se retuerce los dedos y luego levanta la mano para tocar de nuevo, pero lo duda. Devuelve su mano a su costado y se da vuelta para irse antes de que yo descorra los seguros y abra.

–Hola –digo.

–Ah, sí. Bien –sus ojos de inmediato van a mi costado y sonríe débilmente–. Me alegra ver que estás bien.

–Sí –*¿a eso había venido?*–. Estoy bien. Gracias.

–¿Cuánto tiempo se quedará Sanda contigo? –pregunta.

–No estoy segura. Probablemente será un buen tiempo –frunzo el ceño–. ¿Va a ser un problema?

–No, para nada –sus ojos se abren más–. Pero me preguntaba... si se va a quedar, la escuela comienza en unas semanas y podría ayudarte a inscribirla si quieres. Rachel también será nueva. Le encantará tener una amiga en la escuela.

–¿Escuela? –la palabra se siente ajena en mi boca. Ni siquiera lo había considerado. Claro que Sanda debería ir a la escuela. Además de la televisión que podía ver por una grieta en el suelo del ático, aprendí lo poco que sé de un viejo libro de trabajo del kínder, de un montón de novelas viejas y de una radio que Nana me había dado de contrabando, a escondidas. ¿Sanda saber leer? Si no, haré lo mejor que pueda por enseñarle–. Sí. En verdad, me gustaría que me ayudaras con eso.

–¿En serio? ¡Genial! Eso es genial –Janice parece tan sorprendida que me pregunto por qué se ofreció–. Junta sus papeles –ante mi expresión de no comprender, sigue–: Acta de nacimiento y tarjeta de seguro social, y te avisaré cuando reciba la información para las inscripciones. Cam puede ayudarte...

–Bien, perfecto –interrumpo.

–Y supongo que tú ya terminaste con la escuela, ¿no?

–Sí. Terminé, al menos por ahora, quizás iré a la universidad algún día –comienzo a cerrar la puerta antes de que cualquiera de las dos pueda revelar más de lo que deberíamos–. Gracias, Janice.

–¿Charlotte? –levanta la mano para detenerme. Y sus mejillas se ruborizan mientras continúa–: Cam está abajo. No fue él quien te provocó el accidente, ¿o sí?

–¿Cam? –mi voz hace un raro sonido chillón al decir su nombre–. No, solo se está asegurando de que esté bien.

–¿Y lo estás? –una vez más, baja la mirada hacia mi costado, aunque ya no hay evidencia de mi herida.

—Sí —le ofrezco un firme movimiento afirmativo de cabeza y sonrío—. Estoy bien.

—Qué bueno —dice Janice, estudiando el suelo entre nosotros por un momento sin hablar. Me pregunto por milésima vez qué piensa de mí. No tengo idea de cuáles son los términos del acuerdo entre Cam y ella. Pero, dado que también es su cliente, probablemente supo que Charlotte no es mi nombre real—. ¿Quieres que le diga que suba?

—No —digo, demasiado rápido, y sus cejas se levantan en un gesto sorprendido—. No, está bien. Bajaré en un segundo. Gracias.

Aprieta los labios y se da vuelta mientras cierro la puerta con firmeza. Voy a la habitación. El bulto de Sanda sigue debajo de las sábanas, pero ha dejado de temblar. Arrodillándome junto a la cama, dejo que escuche mi voz antes de tocar las mantas.

—Está bien, Sanda —las levanto apenas lo suficiente para verla. Dos pocitos oscuros brillan hacia mí y ella parpadea dos veces antes de responderme.

—¿Quién... quién era?

—Janice. Quiere saber si te gustaría ir a la escuela con Rachel.

Sanda se acerca un poco más y se quita la cobija de la cabeza.

—¿A la *escuela*? —pronuncia la palabra de una forma casi reverente.

—¿Nunca has ido a la escuela?

–No. Nunca.

–¿Te gustaría ir?

Sus ojos son enormes mientras me mira con la boca abierta.

–¿Puedo? ¿En serio?

–Sí.

–Uh, Charlotte –su mano busca la mía y me lleva hacia ella hasta que mi cabeza está justo frente a la suya. Sus ojos brillan mientras susurra–: Eso sería lo mejor que podría imaginar en absolutamente toda mi vida entera.

Y de pronto sus pequeños brazos están envolviendo mi cuello con tanta fuerza que apenas puedo respirar, especialmente porque me estoy riendo y ella también, y la risa se siente tan agradable. La abrazo y me permito ser feliz por un momento, sabiendo que esto enorgullecerá a Sam.

La protegeré. La mantendré a salvo. Le daré lo que Sam debió haber tenido.

–Gracias, Charlotte.

–De nada –sonriendo, la siento en la cama y me salgo de sus brazos–. Tenemos que hablar más sobre los preparativos para la escuela, pero antes necesito bajar y enviar a Cam a casa.

Sanda está saltando sobre la cama mientras salgo y bajo las escaleras. Cam se pone de pie en cuanto abro la puerta del edificio. Me sorprende el alivio que cruza su rostro cuando me ve.

—Estás bien —dice.

—Te dije que no pasaba nada.

—Estaba empezando a pensar que tendría que entrar por la fuerza y llamar a una ambulancia.

—Perdón, Janice me distrajo.

—Ah, sí, la vi —los ojos de Cam casi brillan cuando sonríe. Burbujas de calor estallan en mi interior—. Nunca antes se ha portado como si sospechara de mí, pero me preocupó que pudiera llamar y reportarme si me quedaba aquí más tiempo. ¿Qué le dijiste?

—Me preguntó si tú provocaste mi *accidente* —le dije encogiéndome de hombros.

Sus ojos se ven heridos y da un paso atrás.

—¿Dijiste que sí?

Parada sobre un escalón, soy casi tan alta como él. Intento retroceder, pero mis talones chocan contra el otro escalón.

—No —mi voz suena débil, así que me aclaro la garganta y lo intento de nuevo—. No. No fue tu culpa.

—¿Eso significa que vas a seguir tomando clases?

Me río.

—Sí.

—Con una condición —se echa hacia atrás cuando nota que mis talones chocan con el escalón de atrás por segunda vez—. Antes de cada clase, debes advertirme si tienes heridas.

Finalmente, puedo respirar por completo.

—Lo intentaré.

—Martes por la noche, entonces.

—Espera —mi mano se estira para detenerlo sin pensar y la meto rápidamente en mi bolsillo. Su ceja se frunce mientras espera a que continúe—. ¿Puedes venir mañana en la mañana, como a las diez? Necesito ayuda con algo.

Sus ojos buscan en los míos respuestas que no encuentra.

—Aquí estaré —se gira hacia el estudio, pero alcanzo a escuchar el más débil susurro cruzando la oscuridad entre nosotros—. Buenas noches.

12

La familia a la que Sanda le hacía la limpieza le había dado unos cuantos libros para lectores principiantes y otros para niños. Los hijos de esa familia ya estaban muy grandes para esos textos. Sanda me dijo que querían que pudiera leer las etiquetas de los víveres cuando los guardaba. Las matemáticas son otro tema, pero sabe cómo contar, por las veces que la hacían limpiar la tina, restregando mil veces con un cepillo de dientes viejo. La mujer con la que trabajaba la escuchaba contar en voz alta y, si se saltaba un número, tenía que comenzar de nuevo.

Sanda se había vuelto excelente para contar.

−¿Estás segura de que me dejarán ir a la escuela? −pregunta mientras esperamos en los escalones frente a nuestro departamento. Su cabello es de un negro tan brillante bajo la luz del sol que parece un cielo nocturno, pero no el de la ciudad. El ritmo de Filadelfia aleja ese tipo de oscuridad. Es como el cielo del campo sin las estrellas.

–Lo harán si tienes los papeles adecuados.

–¿Y eso vamos a hacer hoy? –parece dudar. Sé que tiene miedo de esperanzarse. Por eso tengo que estar segura de no decepcionarla.

–Sip. Cam aún no lo sabe, pero él nos ayudará con eso.

Cuando lo veo acercándose por la calle, el calor sube por mis mejillas al recordar su pecho desnudo anoche. Me enfoco en el suelo, intentando obligar a mi sangre a que detenga todas las extrañas reacciones que tiene ante su presencia. Últimamente él desata una guerra en mi interior cada vez que estamos juntos. No me gusta ser un campo de batalla.

Su cabello color café se riza ligeramente alrededor de sus orejas. Es tan lindo que es injusto. Sus labios se curvan en una sonrisa, y me pregunto cuánto tiempo la mantendrá después de que le diga lo que quiero. Esto es un favor bastante grande, pero planeo pagarle la misma tarifa que antes, así que no sé por qué ello sería un obstáculo. Incluso mientras lo pienso, sé que ese no es el problema real. El problema real es que quiere respuestas. Hasta ahora, no le he dado ninguna.

Y Sanda trae consigo un nuevo grupo de preguntas.

—Hola —sus ojos pasan rápidamente hacia Sanda antes de continuar—, Charlotte. Hola, Sanda.

Sanda lo saluda con un ligero movimiento de mano, pero se esconde detrás de mí cuando me pongo de pie y hablo.

—Hola. Gracias por venir. Entremos.

—Uh, vaya. Qué honor saber que soy bienvenido en el edificio esta mañana —sonríe, mientras sostiene la puerta para que pasemos y subimos las escaleras hacia el departamento.

—Creo que es inteligente mantener a los chicos raros fuera de mi casa por la noche —levanto una ceja—. ¿No te parece?

—Al menos, eres honesta al decir que crees que soy raro —guiña mientras me giro hacia las escaleras.

Sanda corre para adelantarse, y sé que intenta mantenerme entre ella y Cam. La tristeza se asienta en mi pecho, pero al mismo tiempo la entiendo. Este tipo de instintos la mantendrán viva.

—Necesito que hagas lo que haces —digo mientras entramos al departamento.

—¿Qué hago? —ahora tiene un tono serio.

—Esperaba que pudieras ayudarla a empezar de cero —extiendo una mano hacia donde Sanda está sentada en el brazo del sofá—. Como me ayudaste a mí.

Sus ojos se mueven rápidamente y la mira a ella y luego a mí.

–Piper...

Hago un gesto por su desliz al usar mi nombre real. Su rostro se tensa cuando se da cuenta de su error, pero no lo corrige. Ignorando la confusión en el rostro de Sanda que se ha dado vuelta hacia nosotros, insisto más.

–Lo necesita por las mismas razones que yo.

–Y ¿me puedes repetir cuáles son esas razones? –la frustración de Cam es tan evidente en su rostro. Exige las respuestas que le he estado negando.

Gruño.

–Estaré encantada de pagarte la misma cantidad que antes.

–Eso no importa –ahora está enojado, pero cuando Sanda se encoge de miedo, la voz de Cam se vuelve baja y controlada–. Quiero ayudarte. Dios sabe que sí, pero guardas demasiados secretos. ¿De dónde vino ella? ¿Por qué está aquí?

–Es mi prima –cruzo los brazos sobre mi pecho.

–Las mentiras no van a funcionar. Estás pidiendo mucho –se acerca más y gira para quedar de espaldas a Sanda. Dudándolo, lentamente pone sus manos sobre mis hombros, y yo lucho para no alejarme de golpe mientras una ráfaga de fuego recorre mi cuerpo–. ¿Por qué aún no sabes que puedes confiar en mí?

–Estaba en problemas –lo veo a los ojos y le ruego que no insista más. No puedo arriesgarme a decirle todo ahora. Si supiera lo de los Padres o que dejé que Brothers se quemara, nunca lo entendería. No puedo arriesgar el futuro de Sanda contándole a Cam, no hasta que tenga los papeles de ella–. Intento ayudarla a salir de una situación mala. Por favor, ¿puede ser suficiente por ahora?

–Me matas, ¿lo sabes? –murmura y quita sus manos, metiéndolas de nuevo en sus bolsillos traseros. Las cosquillas siguen corriendo por mi brazo, maravillosa y aterradoramente. Me congelo, no me muevo, apenas respiro hasta que pueda hacer que diga que sí.

–Por favor, Cam.

–Está bien –cierra los ojos y asiente a regañadientes. Finalmente siento que puedo volver a relajarme–. Si prometes responder las diez preguntas que yo quiera cuando hayamos terminado.

Bueno, la relajación no duró mucho. Mi espalda se tensa. ¿Por qué no puede dejar en paz mis secretos?

–Por favor, no...

–Lo siento, sin eso, no hay trato. Creo que ya conoces ese concepto –se inclina hacia adelante y sus ojos color avellana me devoran. Es Cam quien tiene el poder, fingir que no es así es inútil. Extiende su mano y espera. Nunca me habría imaginado aceptando una exigencia como esta, pero es por Sanda y su futuro.

–Bueno, está bien. Después de que hayamos terminado –pero no puedo evitar que mi mano tiemble mientras la pongo en la suya y acepto revelar cada uno de los secretos que me mantienen a salvo.

XXX

El nuevo nombre de Sanda es *Sandra*, lo cual es perfecto. Hay mucho menos riesgo de que lo olvide y es fácil explicar el apodo. En realidad, es Sandra Roberts, lo cual le encanta a Sanda porque uno de los muñecos de Rachel se llama *Robert*. Rachel le dijo que se llamaba así en honor a su papá. Está en el ejército, y también estaba su mamá hasta que murió en Afganistán. Rachel dijo que el trabajo de sus padres era ser héroes para mantenernos a salvo. Me parece bien. Sanda necesita más héroes en su vida.

De acuerdo con las pistas que he obtenido de Rachel, Janice también se ha encontrado con algunos obstáculos en su vida. Solía estar en una relación con un tipo que estaba menos que dispuesto a dejarla ir. Eso explica por qué ella necesitó los servicios de Cam.

Quizás todos escondemos bajo la superficie más cicatrices de lo que parece.

Cam tenía más opciones con las identidades para alguien de la edad de Sanda, así que eligió lo más cercano a su nombre real. Cuando lo único que tiene una persona es un acta de nacimiento y una tarjeta del seguro social, es más fácil convertirse en esa identidad, pues hay muy pocos documentos con fotos guardadas en cualquier parte. La Sandra real funcionaba bien porque, aunque había vivido en Missouri antes de morir de leucemia, su madre era japonesa, lo cual convertía a Sandra mitad asiática en todos sus registros.

Sandra tenía apenas ocho años cuando murió. No puedo decidir si me hace sentir mejor o peor el hecho de que hasta una infancia feliz puede terminar con una gran tragedia. Todo el tiempo pasan cosas horribles. ¿Esto mejora en algo mi fracaso de salvar a Sam? No se siente así.

No le contamos a Sanda sobre la muerte de Sandra. Estoy segura de que la hubiera entristecido. De acuerdo con el obituario, la chica tenía una familia que la quería. Al menos, alguien la enterró en una tumba real con una lápida real. Al menos su familia la llora. Cam dijo que se metió en los registros y borró el acta de defunción, así que Sanda puede tener esta identidad por el tiempo que quiera.

—¿Qué te parece? —Lily gira la silla de Sanda para ponerla de frente al espejo. Solo cortó unos cuantos centímetros y emparejó su cabello, pero el cambio en el rostro de Sanda es dramático mientras se mira en el espejo. Sus ojos oscuros se abren de par en par al estirar la mano y tocar las puntas. No puedo evitar sonreír, recordando cómo me sentí después de que Lily hizo su magia en mí.

—Me veo bonita —susurra Sanda, y suelta un suspiro tembloroso, pero no quita los ojos del espejo—. Gracias.

—No hay problema, peque —el rostro de Lily se suaviza más de lo que he visto en días, hasta que levanta los ojos para encontrarse con los míos.

–Gracias, Lily –intento ofrecerle una sonrisa, pero su expresión solo se endurece como respuesta.

–Ajá, sí... haciendo que las esperanzas y los sueños se hagan realidad –murmura, pero creo que veo confusión en su rostro mientras mete sus tijeras y peines en la bolsa–. Un miércoles cualquiera para mí.

–Supongo que sigo yo –Cam entra y se lanza sobre un banquillo frente a nosotras–. ¿Listas para ver mi arte?

Sanda lo mira sorprendida, y luego a mí.

–¿Sí?

–Tengo que irme –Lily sale sin esperar a que ninguno de nosotros le responda.

Cam frunce el ceño, niega con la cabeza y nos lleva a una habitación detrás del área de la barbería. Prefiero estar aquí, sin ventanas. El ático solo tenía la que estaba cubierta con barrotes y estaba tan sucia por afuera que era difícil ver a través de ella. No quiero que nadie me vea si no puedo verlos.

La puerta principal se abre y cierra de nuevo, y Sanda suelta un chillido antes de que Cam la tranquilice.

–Lily debe haber olvidado algo –vuelve al salón principal de la barbería y de inmediato es obvio que no es Lily.

»Este no es un buen momento –la voz de Cam suena fría y ajena.

–No puedes irte. Así no funciona con la sangre –la voz del hombre suena conocida, pero no sé de quién.

Camino para detenerme entre Sanda y la puerta sin

pensarlo dos veces, y siento sus pequeñas manos tomando la parte trasera de mi blusa mientras se asoma por detrás de mí.

—No te prometí nada. Además, ¿por qué no puedes ir con él? —escucho algo ajeno en el tono de Cam que nunca antes le había escuchado, y me estremece hasta los huesos. Escucho miedo.

—Es mucho trabajo para una sola persona, Marco —el nombre trae a Oscar, el gorila de Angelo's, hasta el frente de mi mente y me doy cuenta de que de ahí conozco la voz—. Y sabes que él también está ocupado con otras cosillas. Los necesitamos a los dos.

Cam baja la voz, así que tengo que esforzarme por entenderlo.

—Si prometo pensarlo, ¿te irás ahora? No estamos solos.

Pasan algunos segundos de silencio antes de que escuche la respuesta de Oscar.

—Tienes a esa nena linda de la otra noche escondida, ¿verdad? —se ríe por lo bajo, luego termina—. ¿Ves? Te dije que éramos de sangre. Eres igual que tu pa.

Puedo escuchar la puerta principal abriéndose, y luego la voz de Cam.

—Te llamaré esta noche y lo pensaré de nuevo.

—Bueno. Pásatela bien esta tarde —la voz de Oscar canturrea antes de que escuche que la puerta se cierra de nuevo, y esta vez, además, se escucha el tranquilizante clic de un seguro.

Cam vuelve con un aspecto sonrojado y molesto.

–¿Todo bien? –pregunto, mientras comienza a mover cajas y herramientas un poco más enérgicamente de lo necesario. Sanda aún está escondida detrás de mí, y sé que él no intenta asustarla, pero ella se estremece cada vez que él deja caer otra cosa sobre la mesa.

–Sí –se detiene y exhala pesadamente antes de darse vuelta para quedar frente a mí. Sus ojos de inmediato pasan a Sanda y hace un gesto de dolor.

–¿Quién es ese tipo? –pregunto, rodeando a Sanda con mi brazo y empujándola para que se pare junto a mí.

–Ah, ¿ahora hacemos preguntas? –su voz es suave, pero hay un tono disimulado que lastima–. Qué tal si empiezas tú.

Sanda se endurece en mi mano, y bajo la mirada antes de dar un paso hacia la puerta.

–Quizás deberíamos terminar esto después.

–No –Cam cierra los ojos con fuerza y se deja caer sobre el borde de la mesa antes de abrirlos de nuevo. Su mirada está llena de arrepentimiento antes de que diga las palabras–: Perdón... Perdónenme las dos.

Asiento sin hablar. Yo tengo aún menos derecho a sus secretos del que él tiene a los míos. Nos sentamos sobre la mesa vacía frente a Cam. Nos mira por un momento, luego se levanta, y lo observamos pasar de un lado a otro, yendo de una elegante pieza de equipo a otra. Algunos detalles los hace a máquina, otros a mano. Tiene un maletín de carpetas con diferentes tamaños de papel cuidadosamente separados en archivos.

Me sorprende que todo esto esté guardado en una habitación detrás de la barbería abandonada. Había visto una parte del equipo cuando Cam y Lily me convirtieron en Charlotte, pero no había estado en esta habitación. Hay un sofá y unas cuantas mesas. Está muy limpio y hay electricidad y agua fría, pero me pregunto cómo se siente guardando todo esto aquí. Tan solo el equipo debe costar mucho dinero, sin mencionar los problemas que causaría si las personas equivocadas lo encontraran. Va de un lado a otro sin esfuerzo, sus manos se mueven tan rápido que apenas puedo seguirle la pista de lo que está haciendo. Cuando comienza, está resuelto y concentrado. No estoy segura de que siquiera recuerde que estamos aquí.

Me sorprende de nuevo la precisión que pone en su trabajo. La gente que recomendó a Cam tenía razón. Es el mejor. Su mano se desliza con destreza sobre un papel, agregándole algunos detalles a un sello. Si falsificar documentos es el asunto para el que Oscar necesita ayuda, veo por qué no dejaría en paz a Cam.

–¿Dónde aprendiste a hacer esto? –mi voz sale como un susurro sensual y el calor sube a mi rostro–. O sea, ¿alguien te enseñó?

Se ríe dándome la espalda, pero no responde. Después de un momento, se da vuelta y baja la herramienta larga y delgada que había estado usando.

–Hoy sí que estás preguntona, ¿verdad? –le sonríe a Sanda. Ella suelta unas risitas y sus manos cubren rápidamente su boca. Cam me echa una mirada acusadora y sus cejas se fruncen. Cuando Sanda baja las manos, su sonrisa sigue ahí y mi corazón se llena de calor al verla.

Esa es la respuesta de una niña normal. Una que no ha crecido dentro de una pesadilla. Es un destello de algo, un nuevo inicio, una pista de que estoy haciendo algo bien.

Él toma otra herramienta con un pequeño gancho plateado en la orilla y se vuelve hacia el pasaporte.

–Mi papá me enseñó. Comencé a ayudarle cuando tenía diez años.

–¿Entonces este es una especie de negocio de familia que te heredaron? –escucho el desdén en mi voz cuando digo la palabra *familia*, pero no puedo detenerlo. Luego pienso en la palabra que usó Oscar: *sangre*. ¿Se refería a esto? Cam se tensa, pero ni siquiera me mira antes de responder.

–No. Vivía con él en ese tiempo. No tengo ni idea de dónde esté ahora –inclina la cabeza hacia un lado y pone el pasaporte bajo lo que creo que podría ser un microscopio–. Pero ya no necesito su ayuda. Soy mejor de lo que él fue.

–Ah –dejo de hacer preguntas. No estoy segura de si Cam está incómodo, pero sé que yo lo estaría. Sanda, por su parte, no parece tener las mismas preocupaciones.

–¿Con quién vives ahora? –está inclinada hacia adelante y observa cada uno de los movimientos de Cam. Dándole un golpecito, llamo su atención y niego con la cabeza. Ella asiente.

–Mi tía –sopla sobre el papel en el que está trabajando y sonríe–. Ah, y Lily.

–¿De dónde conoces a Lily? –las palabras de Sanda salen y luego ella inclina la cabeza y mece sus piernas, avergonzada. No puedo evitar reírme porque se parece mucho a una niña que he visto en una caricatura en la televisión.

Los ojos de Cam vuelan hacia los míos.

–En serio deberías hacer eso más seguido.

No se da vuelta, y el calor de su sonrisa llena el espacio entre nosotros y penetra mi piel hasta que desvío la atención al escritorio frente a mí.

Deja su trabajo y se acerca.

–Lily es mi prima.

–Ah –Sanda sigue teniendo rojas las mejillas–. Tengo que ir al baño.

Se baja de la mesa de un salto y corre hacia el pasillo. Escucho que la puerta se cierra y luego, nada. El silencio llena la habitación en un instante mientras veo a Cam acercándose. Esta vez, no quiero que se aleje. Todo lo que he aprendido en la vida me dice que no es seguro, pero comienzo a confiar en él. Por la razón que sea, siempre está ahí cuando lo necesito, y eso me gusta.

—¿Viste qué fácil fue? —da otro paso hasta que sus caderas están a unos centímetros de mis rodillas en la orilla de la mesa. Sin tocarse, pero casi.

—¿Qué? —tengo la boca seca. Mataría por un vaso de agua... bueno, no en el sentido literal. Me asquea ligeramente tener que aclararlo. Me lamo los labios y ahora Cam los está mirando. Cambio de posición sobre la mesa y me deslizo con levedad hacia atrás. Él levanta la mirada hacia mis ojos.

—Fue fácil responder tus preguntas. Confío en ti —pone sus manos en la mesa junto a las mías. De nuevo, tan cerca, pero sin tocarnos.

Es más difícil respirar y, en serio, espero que no lo note. Juro que, si apagáramos las luces, podríamos ver las chispas saltando de su mano a la mía. Es tangible. Busco sus ojos y me resisto al impulso de parpadear.

—Fácil, pero quizás no inteligente. ¿Cómo sabes que puedes confiar en mí? Quizás no deberías.

—¿Me estás diciendo que no lo haga? —acerca su cabeza hasta que sus ojos están tan cerca que me estoy ahogando en el remolino verde y color avellana.

—No —respuesta equivocada, idiota.

—Bien —desliza sus manos hasta que casi tocan las mías. Su sonrisa crece cuando trago saliva con dificultad, pero no me alejo. Luego el clic de una puerta que se cierra en la otra habitación me saca de golpe del momento.

Quito las manos y noto el destello de diversión en su

rostro mientras vuelve a los papeles. Sanda entra y salta a la mesa mientras Cam apila los documentos y los pone sobre mi regazo.

De pronto me alegra mucho que Sam haya mantenido la boca cerrada todo este tiempo. No necesito escuchar lo que tiene que decir. No necesito que me diga que me mantenga alejada de Cam. Estoy tan... Cam es tan... paso una mano sobre el costado de la otra. Aún cosquillea. Simplemente no somos una buena idea. No soy una buena idea con nadie.

—Naciste en Missouri —se da vuelta hacia Sanda y todo vuelve a la normalidad, salvo los latidos de mi corazón—. Te voy a poner en el sistema en una escuela allá, y luego imprimiremos unas copias para que Charlotte te pueda inscribir.

—¿Inscribir? —salta con tanta fuerza sobre la mesa que casi me hace caer—. Entonces, ¿de verdad puedo ir a la escuela?

Cam asiente y sus ojos se detienen sobre los míos por un segundo antes de sonreírle a Sanda.

—De verdad, puedes.

Sus ojos se llenan de lágrimas mientras se baja de la mesa de un salto, pero luego lo duda y gira hacia mí. Estirándose, me baja para poder susurrar en mi oído:

—¿Podemos confiar en él?

Por la sorpresa que veo en los ojos de Cam, sé que la ha escuchado. No desvío la mirada cuando susurro:

–Sí, es buen chico.

Antes de darme cuenta de lo que está haciendo, ella se da vuelta y envuelve el cuello de Cam con ambos brazos. Puedo escuchar su voz débil contra el hombro de él.

–Gracias.

Él apenas había podido mover su brazo antes de que ella lo atacara. Ahora Cam está con la boca muy abierta y los ojos puestos sobre mí. Cuando envuelve suavemente sus brazos sobre la espalda de Sanda, su expresión me demuestra que entiende más de lo que yo creí que podría. Le da unas palmadas en la espalda con una mano, y veo un pesar conocido en sus ojos. Sé muy poco sobre él, pero quizás su vida no ha sido tan fácil como pensé.

Muevo mis labios para repetir las palabras de Sanda, pero no sale ningún sonido.

–Gracias.

Cam la aprieta suavemente, pero mantiene sus ojos en mí al respondernos a las dos.

–De nada.

13

Para nuestra segunda semana de Krav Maga, puedo ver la seguridad de Sanda creciendo tras cada sesión. Mi herida está mejor. Está comenzando a cicatrizar. Supongo que las dos estamos cicatrizando. Y comienza a preocuparme por lo normal que parece cuando Cam me toca.

Tomó la costumbre de acompañarnos a casa cuando salimos. No me importa. Algo me lleva a sentirme un poco inquieta últimamente. Es probable que solo sea paranoia, pero de todos modos hace que sea más cómodo tenerlo cerca.

Sanda avanza dando saltitos frente a nosotros. Lo aprendió de Rachel. Es su actividad favorita. Le dice: "caminar alegremente", y Rachel se ríe cuando lo dice. Si no fuera por las cicatrices en los brazos de Sanda, probablemente pensaría que se ve como cualquier otra niña. Jugar con Rachel ha sido tan bueno para ella. Me hace feliz. Últimamente solo me entristezco un poco cuando pienso en Sam y deseo que hubiera podido tener un amigo así.

–¿En qué piensas? –Cam no quita los ojos de Sanda, pero pasa su atención a mí.

–En nada. En el pasado –un escalofrío me recorre. Aun ahora, el extraño cosquilleo de que alguien nos mira, alguien nos sigue, se aferra a los bordes de mi conciencia. Echo un vistazo alrededor, pero hay tanta gente en la calle y nadie parece prestarnos atención particularmente. Alejando la idea con un encogimiento de hombros, pateo una piedrita sobre la acera e intento responder con tanta honestidad como es posible sin revelarle nada–. Cosas en las que no debería pensar.

–¿Por qué no?

–Porque ya pasaron. ¿Por qué pensar en ellas?

Cam no responde durante media cuadra y enfoco mi atención en Sanda, pensando que la conversación se acabó. Cuando finalmente habla parece que su mente está en algo remoto que no puede tocar, o no quiere.

–Mi tía Jessie siempre me dice que, si no puedo enfrentar las cosas lo suficiente para avanzar, nunca estarán realmente en el pasado.

Intento reírme, pero me detengo cuando escucho lo frío y mordaz que suena.

–Suena a que tu tía debería escribir para uno de esos

programas de autoayuda que he visto en la noche en la televisión.

Dirige su mirada hacia mí y su atención vuelve al presente.

—He estado en suficientes peleas, les presto atención a las cicatrices —su voz se vuelve un susurro—. ¿Qué le pasó a Sanda?

Sé que en realidad está preguntando sobre las dos. He visto cómo me mira cuando nota las quemaduras de cigarro sobre mi codo derecho, o la forma en que mi brazo ya no se estira por completo gracias a un golpe particularmente grave.

Exhalando lento y contando hasta diez, elijo mis palabras con cuidado.

—Olvídalo. Sea lo que sea, estoy segura de que no quiere explicárselo a alguien que prácticamente es un extraño —mis palabras son tan duras y gélidas como una avalancha al salir de mi boca. Me refería a un extraño *para Sanda*, pero no puedo encontrar las palabras para aclararlo. La espalda de Cam se tensa.

—Considéralo olvidado, pero aún me debes...

—Lo sé —quiero disculparme, pero no sé cómo.

Estamos a media cuadra de nuestro departamento, pero se detiene.

—Más vale que regrese. No quiero meterme en problemas acompañando a una extraña a su casa. Las veo el jueves.

Ni Sanda ni yo tenemos oportunidad de responder antes de que se dé vuelta y se vaya trotando hacia el estudio. Siento una fuerte punzada de arrepentimiento directo al corazón, y me pregunto cómo debí haber respondido. Nos quedamos observando su espalda que se aleja hasta que lo perdemos de vista, y entonces Sanda me toma de la mano y comienza a caminar de nuevo.

–No es malo –la voz de Sanda es suave y reflexiva.

–¿Qué quieres decir? –lucho para escapar del súbito peso de la ansiedad que amenaza con enterrarme. Me siento más segura con él, cuando no está, me siento más vulnerable y odio eso. Últimamente mis miedos me gritan siempre que estoy sola, y no entiendo por qué.

Rápido. Algo no anda bien.

Las palabras de Sam hacen que se erice cada vello en mi cuerpo. La sensación de ser observada solo crece ahora que Cam se ha ido. Miro con sospecha a la gente en la calle. Sus movimientos parecen ansiosos, frenéticos. Los edificios de Fili se yerguen sobre nosotros como los dioses de la tragedia sobre los que leí en un libro viejo y polvoriento que Nana había metido a escondidas en el ático. Sin intervenir nunca, solo observando mientras nos derrumbamos bajo el peso de nuestros propios errores. Disipando la sensación de mal agüero, comienzo a caminar más rápido.

–Cam es de los buenos y es amable contigo –Sanda me mira con los ojos muy abiertos mientras se apresura para seguirme el paso. Parecen ver mi interior en una forma que la mayoría de la gente no puede–. ¿Por qué no eres amable con él?

Suspiro y arde un poco en mi garganta.

–Porque no soy una persona amable.

Ella niega con la cabeza y observa el primer escalón.

–No, no es eso.

Sonriendo, la guío por las escaleras hacia nuestro edificio.

–Bueno, avísame si lo descubres.

XXX

Sanda suelta adorables ronquidos cuando está dormida, pero no cuando tiene una de sus pesadillas. Los sueños malos la hacen sollozar, llorar e incluso gritar.

Me paro en la puerta de nuestro dormitorio y escucho. Sus ronquidos me tranquilizan. Está viva, respirando y feliz. Nadie vendrá para robársela mientras duerme. No despertaré y tendré que enterrar su cuerpo helado bajo un árbol.

Entro al baño y vuelvo a mirar el único espejo que quedó en mi departamento. Nunca me he teñido el cabello, pero quizás tendré que aprender a hacerlo. Mis raíces rubias saldrán en algún momento y pedirle ayuda a Lily no parece un buen plan. Me siento mal por mencionar a su hermana, y aún peor por haber roto la fotografía, pero no sé cómo arreglarlo. No estoy segura de que se pueda.

Después de darme un baño, me envuelvo en mi bata y seco mi cabello con la toalla mientras avanzo a la sala. Caminar me ayuda a pensar, y me encanta que pueda moverme por cualquier parte en mi departamento y nunca tener que inclinarme. Solo había algunos lugares en el ático donde podía estar de pie derecha. Nana me hacía pararme en ellos tanto como podía, para que mi espalda no comenzara a curvarse por jorobarme demasiado. Sam nunca fue lo suficientemente alto para necesitar inclinarse.

Voy a la ventana y observo la calle. Ya es tarde y hay poca gente afuera. Una pareja camina cerca de la esquina, tomados de las manos y sonriendo. Me pregunto cómo será ser ellos, confiarle tu corazón a alguien de esa manera. ¿Son tontos?

Un pequeño brillo rojo en el parque al otro lado de la calle me llama la atención. Es tenue y luego se mueve un poco y brilla más. Un cigarro, creo. Es un hombre parado bajo el árbol y fumando un cigarro. Mi corazón late con fuerza en mis oídos y me alejo de la ventana. Probablemente, es una coincidencia. Es solo un hombre fumando en el parque, nada que temer.

Inclinándome, me deslizo por la pared hacia los interruptores de la luz. Apago todas y luego vuelvo con cautela a la ventana. Cuidándome de mantenerme lo suficientemente lejos para que el hombre no pueda verme, me asomo hacia la oscuridad donde él fuma y espera. Nunca quita la vista de mi edificio. Es difícil saber desde aquí, pero el ángulo de su cara parece estar apuntando hacia el piso de arriba, hacia mi piso, mi ventana.

Arroja la colilla al suelo, se da vuelta y se aleja. Una vez que sale de la sombra del árbol, observo el mismo sombrero bajo y cuello alto que había visto en el restaurante. Una mano helada aprieta mi pecho y es difícil respirar.

No sé quién es, pero es real. Está aquí... y me está vigilando.

14

Parpadeo un poco más, intentando hacer que mis conductos lagrimales empiecen a trabajar, para aliviar la resequedad de mis ojos. Estoy en la misma posición en la que he estado por horas. No estoy segura de cuántas, pero el cielo de afuera ha pasado de negro a azul oscuro y, rápidamente, se está tornando violeta. No sé por qué sigo aquí. Lo vi irse, pero sé que ya no puedo dormir. La idea de irme a la cama mientras el hombre puede volver me atormenta.

Los fantasmas de mi pasado y presente me mantienen atrapada en el mismo lugar. En cierto sentido, siempre lo han hecho.

De cualquier modo, el instinto y la lógica están demasiado ocupados para permitirme dormir: están creando un campo de batalla en mi cabeza. La lógica me dice que estoy llevando esto demasiado lejos. El hombre podría no haber estado ahí por mí. Quizás solo era un tipo que salió a fumar al parque. Quizás solo estaba observando mi ventana porque me vio antes de que las luces se apagaran y estaba mirando para ver si... ¿si qué? ¿Si me había ido? ¿Si me había ido a dormir?

Suelto una exhalación temblorosa. Hasta los escenarios positivos y lógicos hacen que el hombre parezca un ladrón... o algo peor.

Mi instinto me dice algo más. Estaba ahí por mí, pero ¿por qué? ¿Quién es? Por la millonésima vez en la última hora, recorro mi breve lista de posibilidades: el Padre, Brothers, la policía. La figura tenía los hombros demasiado anchos para ser la Madre, además ella no fumaba como mis otros dos principales sospechosos. El Padre debería estar muerto, ambos Padres deberían estar muertos, y Brothers también. He dejado un rastro de cadáveres a mi paso, lo cual hace que la policía sea la respuesta más lógica, pero había algo en la figura que parecía demasiado amenazante para serlo.

Están muertos. Están muertos. Están muertos.

El mantra de Sam no ayuda. Me pone los nervios de punta aún más de lo que ya están. Casi desearía que volviera a tararear como lo ha estado haciendo las últimas horas.

Tiemblo y tomo una manta del respaldo del sofá. Poniendo el áspero material sobre mis hombros, apoyo mi cabeza contra el marco de la ventana y espero a que salga el sol. Espero que la luz le devuelva la cordura a mi vida, que una vez más, aleje el miedo.

XXX

Está aquí. El Padre me aprieta el brazo con demasiada fuerza. Me despierta de una noche sin sueños para traerme a un mundo de dolor. Se para junto a mí, me mira, pero no me ve. Su cabello es perfecto. Cada hebra en su lugar. Su ropa está inmaculada, como siempre. Cuando nos corta, usa un impermeable. No querría que nuestra sangre manchase su camisa. Todo en él y en su vida es ordenado y bien cuidado. Todo, menos Sam y yo. Somos las cosas sucias. Sus secretos.

Me estiro para tomar los pequeños dedos de Sam detrás de mí, pero no está. Mi corazón late en mi cabeza y me incorporo de golpe, mis ojos lo buscan en sus escondites. La esquina donde se esconde con su Marioneta Piper. El jirón de la manta que se pone sobre la cabeza cuando jugamos. Todo está en su lugar... excepto Sam.

Se lo llevaron mientras yo dormía y aún no ha regresado. Si el Padre ha venido por mí... ¿por qué no trajo a Sam?

—Levántate —la voz del Padre está llena de asco y desdén—. Tienes que enterrar al Niño.

Poniéndome de pie, parpadeo e intento procesar sus palabras. Sale y regresa cargando a Sam. Me entrega el pequeño cuerpo sin vida de mi hermano. Su piel está tan pálida, tan fría, y puedo ver lo que lo mató. Un corte en su brazo es demasiado grande, demasiado profundo, y Sam es demasiado frágil. Su cuerpo se rindió y dejó de luchar para sanarse una y otra vez.

–Debiste haberlo hecho más fuerte. Cuando la lucha termina, también termina la diversión –el Padre bosteza, se estira y baja las escaleras del ático–. Pero eso ya lo sabes. Tú me entiendes. Siempre me has entendido.

Apenas escucho sus palabras porque en mi cabeza mi voz está gritando. Una y otra vez, sin parar, sin respirar siquiera:

DEBÍ SER YO.

Mi corazón estalla de dolor y me estiro para tocar el cuerpo frente a mí. Todo lo que siento y veo se ahoga bajo olas de rabia salvaje. Mataré al Padre de nuevo si ha vuelto. Lo mataré una y otra vez por lo que hizo.

–¿Charlotte? –la pequeña voz sollozante me congela y parpadeo, para defenderme del brillo de la luz que entra a chorros por la ventana–. Por favor, no.

¡Basta, Piper! No más dolor.

La voz de Sam me hiela y mi corazón se detiene por un segundo. Está muerto. El Padre dijo... pero...

Sanda pasa por mi campo de visión durante un momento antes de acomodarse frente a mí. Tiene los costados de su pijama aferrados entre sus manos y todo su cuerpo está temblando. Mis manos están levantadas hacia ella, las puntas de mis dedos dobladas como garras. Puedo verlo en sus ojos, el miedo que tantas veces vi en los ojos de Sam. Alguien viene por ella, alguien la va a lastimar, y esta vez soy yo.

Bajo los brazos a mis costados mientras el horror recorre mi cuerpo como un tsunami, dejándome herida y devastada.

—Lo siento tanto, Sanda —cada parte de mí clama por abrazarla. Necesito demostrarle, y demostrarme a mí, que no soy uno de ellos. No soy una de las personas que causan dolor.

Pero sí causo dolor. Y espero que solo sea a la gente que se lo merece y que lastimarlos no me convierta en uno de ellos. Cierro las manos en puños junto a mis muslos. No puedo tocarla, no ahora, no todavía. Ella necesita tiempo.

—Estaba teniendo una pesadilla.

Su temblor disminuye un poco, pero su labio inferior titubea cuando vuelve a hablar. Me duele saber que yo lo provoqué.

—¿Por qué dormiste aquí afuera?

—Buena pregunta —digo, estirándome. Me duele todo el cuerpo mientras me acomodo en el sofá. Echo un último vistazo por la ventana. Aun bajo la brillante luz del sol necesito ver que no ha vuelto antes de permitirme relajarme–. Estaba viendo por la ventana, asegurándome de que estuviéramos a salvo, y me quedé dormida.

Sanda también se sienta en el sofá, pero en el otro extremo.

–Lo siento mucho –repito, y espero que sus ojos oscuros se fijen en los míos.

No desvía la mirada, como esperaba.

–¿Por qué Cam te dijo *Piper*?

Debí haber esperado esta pregunta, pero de algún modo me sorprende. Quiero proteger a Sanda de mi pasado, pero justo ahora ella necesita recordar que somos iguales. La verdad la ayudará a ver eso.

–Porque Piper es mi antiguo nombre –me deslizo por el sofá para acercarme a ella. No se aleja–. Como tú tienes a Sanda y tu nuevo nombre, Sandra. Yo tengo a Piper y Charlotte.

Asiente con esto como si fuera lo que estuviera esperando escuchar. Su labio ha dejado de temblar y me siento un poco mejor. Tras un momento de silencio, cruza el sofá y se sienta junto a mí. Su cabeza descansa contra mi pecho y su respiración se hace más lenta.

–Me alegra que escaparas. Me alegra que ahora seas Charlotte.

–A mí también –descanso mi mentón sobre su cabeza

y la envuelvo con mi brazo, intentando con todas mis fuerzas ignorar el frío en mi estómago que me hace preguntarme si realmente escapé.

XXX

Estoy rodeada de leños calcinados. Se levantan de entre las cenizas a mis pies como la garra fosilizada de un dragón salido de un cuento, esperando el momento perfecto para aplastarme. No puedo evitar toser cada vez que sopla el viento. De algún modo lo que pasó en el departamento de Brothers está envenenando mi nuevo mundo. Es un baldío muerto en el corazón palpitante de la ciudad. Es veneno recorriendo las venas de mi nueva vida y matándola célula a célula.

Las habitaciones son apenas reconocibles y solo tengo unos minutos. Temo lo que va a pasar después. Encontrarme con Cam es lo último que quiero hacer ahora, especialmente porque es momento de cumplir mi promesa. Finalmente tengo que responder sus preguntas.

Sam no quiso venir acá. Parece pensar que, si fingimos que el hombre que vi afuera anoche fue un sueño, entonces desaparecerá.

He intentado eso antes. Nunca funciona. Las pesadillas siempre se quedan en mi cabeza.

Aparto un leño con la punta de mi zapato y un escalofrío

me recorre por lo que aparece debajo. Parpadeando por la luz del sol que se refleja del filo de un cuchillo, me envuelvo con más fuerza en mis brazos. Estoy parada donde solía estar su clóset, el clóset de la tortura. Usando el costado de mi pie, echo una pila de ceniza sobre el arma, enterrándola con todo lo demás en este departamento que debería permanecer escondido.

Nadie apagó este fuego antes de que fuera demasiado tarde. Ningún bombero corrió a salvarlo mientras los otros trabajaban para extinguir las llamas. Si hubiera algo de justicia en este mundo, estaría segura de que tuvo una muerte dolorosa.

Pero nunca ha habido justicia para mí. Solo la que yo me he creado.

Camino con cuidado entre los restos frágiles mientras avanzo hacia la calle. Mi pecho se distiende. Es más fácil respirar ahora que estoy parada al otro lado de la calle. ¿Brothers podría haber sobrevivido a esto de algún modo? Recorro la calle caminando, dejo atrás el edificio maligno hasta que se pierde de vista. Algo no me permite darle la espalda al lugar donde vivió el monstruo.

15

Cam me pidió que me reuniera con él en Angelo's, y me muevo incómodamente en el *lobby* mientras espero. Evito venir en mis días libres porque el restaurante siempre está lleno y me siento culpable por no ayudar. Por eso y porque paso la mayor parte de mi tiempo con Sanda. No estoy segura de querer que todos la conozcan aún. Cuantas menos personas sepan que de pronto tengo una niña viviendo conmigo, más segura estará.

Cam sale del depósito y cuelga la hoja con el inventario en el gancho correspondiente fuera de la puerta. Gimo, pero por más que intente evitarlo, él me hace sonreír. Devolviéndome la sonrisa, se afloja el cuello de su camisa negra mientras se acerca a mí. Nada se le ve mal nunca. Podría usar overoles y de algún modo seguir siendo sexy.

—Hola —sus hoyuelos parecen abrirse ante mí como agujeros negros en miniatura cuando sonríe, arrastrándome irresistiblemente hacia ellos.

—¿Nos vamos a quedar aquí? —echo un vistazo hacia el recibidor, donde Lily nos está mirando y susurrándole algo a Gino. Un movimiento en la esquina me llama la atención y veo a Oscar saludarme con una sonrisa de superioridad.

—No —Cam frunce el ceño y abre la puerta para que yo salga.

Mientras caminamos bajo la luz del sol ya me siento más ligera, hasta que recuerdo por qué estamos aquí. He cancelado las últimas dos veces que ha intentado hacerme cumplir mi parte del trato. Está perdiendo la paciencia. Aun así, no puedo evitar hacer un intento por retrasarlo un poco más.

—¿Algún día dejará de odiarme tanto?

—¿Lily?

—Ajá.

Los ojos de Cam me convierten en un papel muy delgado: débil, transparente y, por lo que veo, completamente inútil. A una parte de mí le gusta todo lo que implica estar cerca de él, pero cuando me siento así, la otra parte grita frustrada porque no puedo elevar mis muros como quisiera.

—No te odia, pero creo que se preocupa por mí.

Asiento y mi quijada se tensa. Lily es más perceptiva

de lo que pensé. Puede ver debajo de la máscara que tanto me esfuerzo en mantener.

—Cree que soy peligrosa.

La risa de Cam me sorprende.

—Sí, pero no como estás pensando.

—¿Cómo sabes qué estoy pensando? —me detengo y lo miro, con mis muros tan altos como puedo.

—Fácil —Cam se estira para tocar mi hombro pero, en vez de hacerlo, vuelve a meter la mano en su bolsillo. Me mira a los ojos y continúa—: Solo quiero decir que sabe cómo me siento respecto a ti. Y es desconfiada y sobreprotectora.

Parpadeo y respiro. Y respiro de nuevo. Mi mente se niega a procesar lo que está diciendo. Mis muros se derrumban y me quedo ahí, expuesta. No se me ocurre nada que decir.

Después de mirarme por lo que parece una eternidad, se da vuelta y me ofrece su brazo.

—¿Esto está mejor? ¿Es más cómodo para ti?

Las palabras se me siguen negando, pero entrelazo mi brazo en el suyo y me sorprende descubrir que es más cómodo tener mi piel contra su camisa que tocar su piel directamente.

—Gracias —murmuro.

No parece importarle que no diga nada más. De los libros que Nana me había llevado, solo un par tenían romance. Sé que se supone que debo responder algo cuando un chico habla de lo que siente por mí, pero no tengo idea de qué. El calor que va llenando mi pecho y baja por mis brazos realmente no está ayudándome a descubrirlo. Mis mejillas están calientes, y ahora que he desviado la mirada, no puedo ver a Cam a los ojos. *Eww.* Perfecto. Con los comentarios de Sam en mi cabeza, nunca encontraré las palabras correctas.

–¿Tienes hambre? –la voz de Cam es tan cálida que desearía poder envolverme en ella.

–¿Hambre? –repito, aún incapaz de mirarlo a los ojos.

–Ruth's Deli está en la esquina. Es un excelente lugar de sándwiches donde ponen tiras cómicas en la mesa. Es divertido.

Esta vez se detiene y lentamente levanta mi mentón con un dedo hasta que mis ojos se encuentran con los suyos. Son tan diferentes, tan abiertos. Puedo verlo como él me ve, aun cuando no quiero que lo haga. Puedo ver que lo que dijo sobre sus sentimientos por mí es verdad.

Y por primera vez me doy cuenta de que algo dentro de mí quiere que sea verdad, desea que yo lo merezca.

–Yo no... no quiero... –ahora que sé lo que quiero decir, mi voz no está cooperando.

–Ah, podemos ir a otro lugar –Cam comienza a dar la vuelta hasta que aprieto su brazo y lo arrastro hacia el siguiente edificio. Esta es una calle mucho más transitada que la otra. No quiero decir esto con docenas de personas empujándome para pasar.

—¿Qué pasa? —Cam se inclina con una expresión seria—. ¿Algo anda mal?

—No —trago saliva con dificultad y suelto su brazo, frotándome las manos. Al fin salen las palabras, pero es aún más difícil de lo que pensé estar tan vulnerable, confiarle los sentimientos que apenas entiendo—. No quiero que Lily tenga razón.

Me sostiene la mirada, pero no responde. Me pregunto por un momento si me escuchó, luego se acerca lentamente hasta que sus brazos, su pecho, sus manos y cada parte de él están a un suspiro de mí. No me alejo. Su olor me envuelve de una forma que sus brazos aún no pueden. Huele a calor. Huele a vida y a felicidad. No puedo alejarme.

—No tiene razón —su aliento se siente cálido contra mi cabello. Estar tan cerca de él aleja mis fantasmas. Es como si todo pudiera ser como siempre he querido. Las pesadillas al fin pueden acabarse si tan solo doy un paso adelante y dejo que me abrace.

Mi razón se abre paso hacia la superficie y discute con mi deseo de ser feliz. Ni siquiera Cam puede hacer milagros. Y yo, como se me ha demostrado una y otra vez, *soy* peligrosa.

Hago a un lado las dudas y cierro los ojos, inhalando una vez más su aroma. Congelada a un centímetro de mi posible refugio, me aferro a la esperanza de que él pueda tener razón.

16

Ruth's Deli es tan genial como dijo Cam. Hay tantas opciones para tu sándwich que es abrumador. Algunas incluso suenan inventadas. Cuando Cam me pregunta si quiero pimientos banana, sonrío, esperando que sea una especie de chiste. He escuchado sobre las bananas y sobre los pimientos, pero ¿un pimiento banana? ¿A quién se le ocurrió que esos dos deberían ir juntos? Cuando me doy cuenta de que habla en serio, niego con la cabeza y me quedo con lo conocido.

—Solo tomate y lechuga, por favor —digo, mirando hacia abajo e intentando no parecer tan incómoda como me siento. Cam me guiña cuando nuestras miradas se cruzan.

—Buena elección.

Mi sándwich es increíble, pero las mesas son mi

parte favorita. Había pasado una hora en una tienda de cómics mientras seguía a Brothers, pero nunca había visto realmente los cómics. Estas son tiras de periódicos y parecen más enfocadas en el humor, así que las devoro. Cam me sonríe mientras leo cada una bajo la superficie de vidrio de nuestra mesa. Algunas no las entiendo por completo, pero aun así es sorprendente cómo meten tanta información y humor en las pequeñas cajas.

Cada vez que una mesa se desocupa, voy a ella con mi bebida y leo los cómics que están ahí. Después de una hora, Cam levanta una mano cuando me levanto para cambiarme de mesa otra vez.

–Aún no –espera a que vuelva a sentarme, su expresión es seria por primera vez desde que entramos–. Es hora de responder mis preguntas.

Asiento y froto mis nudillos contra mis jeans, moviendo el bulto que forma el perno en mi bolsillo, para tranquilizarme. Tenía la esperanza de que Cam abandonara el tema, pero entiendo por qué no lo hará. Si fuera él, tampoco lo haría.

Estudio el punto a la mitad de la mesa donde nuestras manos se encontrarían si yo fuera otra chica. La forma en que sus ojos se cruzan con los míos lanza un cosquilleo por todo mi cuerpo. Me encanta y al mismo tiempo me horroriza cómo me hace sentir. Esto es arriesgado, quizás incluso estúpido.

Probablemente estúpido.

Sus ojos me estudian. Esperando por el permiso que ha permanecido inminente desde que nos conocimos. Si quiero que mi vida cambie, tengo que ajustar mis acciones. Tengo que aprender a confiar en la gente que me demuestra que merece mi confianza, comenzando ahora.

–Adelante. Haz tu primera pregunta.

Cam habla con voz baja. Es tranquilizante, aunque su pregunta me aterra.

–¿De qué estás huyendo?

–Pensé que ya había respondido e...

Niega con la cabeza.

–No, no lo hiciste.

–Bueno, está bien –respiro profundo, resistiéndome al impulso de ponerme de pie y salir corriendo. Él se inclina para adelante. Casi como si supiera lo que estoy pensando–. Me han pasado cosas malas toda mi vida. Intento empezar de cero.

Los ojos de Cam muestran el dolor que he sentido cientos de veces, y es casi peor verlo ahí que en el espejo.

–Segunda pregunta: ¿qué clase de cosas malas?

Acaricio una vieja cicatriz en uno de mis brazos doblados. La línea blanca y delgada ya casi no se ve, pero el recuerdo del dolor sigue tan fresco como el día que me la hicieron.

–Los Padres eran gente horrible. Les gustaba lastimarnos. Nos tenían encerrados en el ático y no le decían a nadie que existíamos.

Las palabras salen a borbotones y me sorprende que sea capaz de decirlas. Hacen que me duela como si mis viejas heridas se hubieran reabierto. Una nueva agonía me llena, pero al mismo tiempo me alivia. Ya no tengo que cargar sola las heridas. Levanto la mirada para ver el horror en los ojos de Cam y no puedo hacerle frente. Mis ojos bajan hacia la mesa donde su antebrazo se tensa y distiende, una y otra vez.

Quizás no debí haberle contado. Esta carga no le corresponde. Lo duda, luego estira su mano y limpia una lágrima de mi mejilla que yo ni siquiera sabía que estaba ahí. Contemplo su mano, aturdida. Creí que ya no era capaz de llorar. Había aprendido a no hacerlo; me habían enseñado a no hacerlo.

–Lo siento tanto –su voz está llena de mi dolor–. Dijiste "nos" –Cam cierra los ojos al hablar, como si realmente no quisiera saber.

–Mi hermanito y yo –la rabia hierve en mi interior, no por Cam, sino por la idea de hablar sobre Sam con alguien. Él es *mi* recuerdo, lo único bueno de mi vida pasada. Me parte el corazón pensar en exponer su vida a la opinión de otros, incluso la de Cam.

Sé que puede ver mi resistencia cuando asiente y no me presiona para hablar de eso.

–Cuarta pregunta –Cam busca en mi rostro la aprobación para seguir adelante. Cuando inclino mi cabeza, continúa–. ¿De dónde vino Sanda?

Hago un gesto de dolor y niego con la cabeza.

—No estoy segura de que me corresponda contar esa historia.

—Tiene nueve años y cicatrices, Charlotte —sus ojos se posan por un instante en la cicatriz de mi brazo, pero es tan rápido que casi me pregunto si lo imaginé—. Dudo que sea buena idea preguntarle a ella.

Suspiro. Tiene razón. ¿Por qué siempre tiene razón?

—Era una huérfana en otro país. Por lo que sé, la secuestraron, la trajeron aquí y se la vendieron a gente mala. Yo la saqué de una situación que tenía demasiado en común con mi vida.

—Tu *antigua* vida.

—¿Eh? —hago un gesto desconcertado.

—Esa ya no es tu vida. Ahora nadie va a lastimarte —Cam se ve como si quisiera destruir algo, pero no tengo miedo. Conozco ese sentimiento. He hecho cosas movida por ese sentimiento.

—Ah, sí —intento sonreír, pero se siente falso—. Pero lo vi otra vez.

—¿A quién?

—Al hombre de Angelo's. Creo que estaba en el parque de afuera de mi casa anoche.

Hay un destello en sus ojos, y es más intenso de lo que nunca había visto en ellos.

—¿Habló contigo?

—No.

–¿Pudiste verlo mejor? ¿Sabes quién es?

Niego con la cabeza.

–No, pero llevaba el mismo sombrero, el mismo abrigo.

–¿Qué estaba haciendo?

–Fumando.

–¿Cuánto tiempo estuvo ahí?

–Se fue unos minutos después de que lo vi.

Cam niega con la cabeza.

–Entonces, ¿era un tipo con un sombrero y fumándose un cigarro en el parque?

Exactamente. Tamborileo mis dedos contra la mesa. Si no fuera por mis estúpidos instintos, estaría de acuerdo con él.

–Sé que parece una locura.

–No –pero su rostro se relaja y sé que no está tan preocupado–. Después de todo, sería una locura que no estuvieras un poco nerviosa.

Me encojo de hombros y estudio el cómic en la mesa frente a mí, y digo:

–Espero que solo sea eso.

Cam se mueve hacia adelante hasta que levanto la vista para encontrar su mirada.

–Si lo vuelves a ver, prométeme que me llamarás, a cualquier hora.

La sinceridad en su rostro lanza un calor que me recorre hasta los pies.

–Lo prometo.

–Bien –mantiene sus ojos fijos en los míos–. Quinta pregunta: ¿cómo manejas esto tan fácilmente sola después de haber estado encerrada en un ático toda tu vida?

Me echo hacia atrás un poco, sorprendida. Realmente no pensé que lo estuviera manejando bien.

–Si lo hago, creo que es gracias a Nana –parece confundido, pero espera a que continúe–. Mi abuela vivió con nosotros un par de años antes de que me escapara.

–Espera. ¿Tu abuela sabía lo que estaba pasando y no te sacó de ahí? –está más enojado, si eso es posible–. Eso está tan mal.

–No, no. No entiendes –espero hasta que se calma un poco antes de continuar. Las palabras salen rápido porque se las he repetido a Sam cientos de veces–. Solo fue a vivir con nosotros porque se estaba muriendo de cáncer y los Padres querían su dinero. Antes de eso, no sabía sobre nosotros. Cuando estuvo ahí, se enojó tanto, pero también era vieja y frágil. Cuando llamó a la policía, los Padres los convencieron de que ella estaba alucinando. Luego la golpearon. Para cuando despertó, ellos ya habían desconectado el teléfono de la casa. Los vecinos más cercanos estaban a kilómetros y a ella le costaba trabajo hasta subir las escaleras del ático, imagina ir por ayuda. Ya no podía luchar por nosotros, así que, en vez de eso, me preparó para luchar.

Él suelta un largo aliento.

–¿Cómo?

–Subía al ático a escondidas por la noche y me llevaba libros. Me recordaba el mundo de afuera, el de antes de que el Padre me pusiera allá arriba, y también que los demás no son como los Padres. Nos contaba historias. Es difícil de explicar, pero realmente ayudó, hasta que descubrieron lo que estaba haciendo.

Cam cierra los ojos y respira.

–¿Qué le hicieron?

–La encerraron en su dormitorio. Nos dijeron que le quitaron sus medicinas, la comida y el agua –observo la mesa para esconder el dolor que me sobrecoge cuando pienso en ella. Trazando el borde de uno de los cómics con la punta de mi dedo, termino–: murió una semana después.

–Parece fuerte –se ve triste–. Como tú.

Levanto los ojos y parpadeo, sin saber cómo responder a eso.

Él cambia de tema.

–Pregunta seis: ¿cuál es tu color favorito?

Suelto una carcajada, tan fuerte que me cubro la boca con la mano.

Cam sonríe e inclina la cabeza de lado.

–Vamos. Me muero por saber.

Mi sonrisa es más grande de lo que nunca ha sido. Se siente tan normal estar aquí con él, tan lindo.

–No tengo idea.

–¿Ninguno?

—Honestamente nunca lo había pensado —tuerzo la boca y pienso—. Hoy diría que plateado, quizás.

—Interesante elección. ¿Por qué?

Hablo en susurros como si le estuviera diciendo un gran secreto.

—¿Esto cuenta como una de tus preguntas?

Sus ojos brillan detrás de su expresión de falsa seriedad mientras lo piensa.

—Difícil decisión, solo me quedarían tres.

—Lo sé —abro más los ojos y asiento—. Esta es una decisión importante. Tómate tu tiempo.

La enorme sonrisa en su rostro mientras se echa hacia atrás y busca mis ojos derrite cada parte de mí hasta que me convierto en un charco de Piper. Es patético. Me burlaría de mí si no fuera... pues, yo.

—Bueno, dime.

—Me recuerda la luz de la luna —ahora que pienso por qué, no es tan gracioso—. No estoy acostumbrada a estar afuera. Todo brilla. Todo es plateado bajo la luz de la luna.

La sonrisa de Cam disminuye, pero no desaparece. Me gusta eso.

Acercándome un poco más, bajo la voz.

—¿Puedo hacerte una pregunta?

—Depende —dice, y su sonrisa ha vuelto con toda su fuerza—. ¿Va a contar como una mía también?

—No —me sorprende el miedo que sale a la superficie

cuando pienso en decirle lo que me he preguntado–. Y si no quieres responder, lo entenderé.

Cam niega con la cabeza.

–Después de las preguntas que tú me has respondido, te contestaré lo que quieras.

Reúno valor y lo digo rápido, para que no se me atore en la garganta.

–Dijiste que tu papá te enseñó lo que sabes, cómo falsificar documentos y las cosas de las computadoras. ¿Qué le pasó?

Gira hacia otro lado antes de responder.

–Trabaja con maleantes. ¿Entiendes? ¿La mafia? ¿Crimen organizado? –cuando asiento, comienza de nuevo–. Como sea, ha estado con ellos desde siempre. Oscar quiere que yo también trabaje para ellos, pero no lo haré. Y les seguiré diciendo que no. He visto cómo cambiaron a mi papá y no dejaré que eso me pase a mí.

Cam se detiene y baja la mirada hacia la mesa. Sé que no ha terminado, así que espero a que continúe.

–Se la pasan dándole más y más responsabilidades a papá. Siempre había sido a quien recurrían cuando se trataba de documentos y trámites, pero luego quisieron más y presionaron con más fuerza. Antes de que yo naciera, antes de que mamá muriera, él estaba en la Marina –Cam se desliza hacia atrás y mete las manos en los bolsillos de su abrigo–. Hace un par de años, por esa experiencia, decidieron que querían usarlo también.

—¿Su experiencia en la Marina? —levanto una ceja y espero que me lo aclare.

—Sí. Cuando descubrí que lo estaban entrenando para sicario, no lo pude tolerar. Así que me fui y me mudé con mis abuelos —se ve furioso y profundamente triste—. Siempre supe que lo que estábamos haciendo era contra la ley, pero aun así, creía que él era una buena persona. Una persona mejor que alguien que puede... no creo que algún día logre comprender cómo pudo matar a alguien. Quitarle la vida a otra persona requiere oscuridad, maldad en el alma, ¿sabes? No importa quiénes sean.

Sus palabras retumban y el mundo a mi alrededor deja de girar. *Oscuridad. Maldad.* Sí, sé de eso personalmente. Mi corazón se desploma y no puedo soportar la agonía. Mis oídos arden y me hundo en algo demasiado conocido... una intensa necesidad de escapar.

Aunque respondí sus preguntas, Cam no tiene idea de quién soy.

Alejándome de golpe de la mesa, me levanto y llego a la puerta antes de escuchar su voz.

—¡Espera!

Tras salir a la calle, lo veo de pie junto a nuestra mesa. El dolor en su rostro es igual al mío, y desearía haber sido más inteligente. Pude haberlo salvado de esto. Pude habernos salvado a los dos. Lily tiene razón al pensar que soy mala para Cam. Siempre ha tenido razón sobre mí.

–Lo siento –cierro la puerta y corro hacia mi casa hasta que estoy jadeando y fingiendo que el dolor en mi pecho es por el agotamiento y no por todo lo que acabo de perder.

Mientras subo las escaleras, lucho por olvidar todo sobre Cam: su olor, la calidez de su tacto, cómo desaparecen todas mis preocupaciones con una mirada.

Apenas estoy recuperando el aliento cuando una caja negra frente a mi puerta me lo roba de nuevo. Garabateada en una nota en la caja y con una letra extraña y tensa, una palabra:

PIPER

17

Mi mano se niega a levantar la caja. Mi mente recorre a toda velocidad cada pesadilla en mi vida y se detiene en la única pregunta que importa.

¿Quién sabría que me llamo Piper?

Mis manos tiemblan tanto que me toma media vida quitar los seguros. Cuento hasta diez. Inhalo, exhalo, inhalo, exhalo. Mi estómago, manos y pies son bloques de hielo. Me obligo a moverme lentamente. Si finjo estar tranquila quizás lo estaré. Siguiendo mi nuevo ritual, voy hacia la ventana, reviso el parque, para asegurarme de que nadie está viendo, y cierro las cortinas por completo.

Pongo la caja sobre mi mesa y la contemplo. No importa qué tan tranquila finja estar, sigo aterrada de abrirla.

La levanto, pero mis dedos están alterados; y cuando la tapa se abre, toda la caja se me cae y aterriza con un golpe seco sobre la alfombra color crema a mis pies. Es como sangre, sangre por todas partes, charcos de color rojo se extienden sobre la alfombra frente a mí. Doy unos pasos torpes hacia atrás y caigo de rodillas. Entonces la veo. Una rosa roja muy abierta saliendo de la caja en el suelo. Pétalos de rosa.

Trago aire y mi cabeza punza por la falta de oxígeno. Soltar de golpe la tensión me hace reír mientras recojo los pétalos en una pila y los regreso a la caja con la flor ahora medio desnuda. Me duele el corazón al pensar que pudo haber sido Cam, pero estuvo conmigo esta noche.

¿Quién más pudo haber sido? Quizás hizo que alguien la trajera, pero es raro que usara el nombre de Piper. Parece demasiado inteligente para eso, demasiado cuidadoso. Miro a mi alrededor y veo la tapa en el suelo debajo de la mesa. Cuando me inclino para recogerla, mi sangre se hiela. Hay cuatro palabras, recortadas con profundos tajos en la seda negra del interior de la tapa.

CONOZCO TU SECRETO

El mundo a mi alrededor se detiene de golpe. Nada de esto tiene sentido, pero solo puedo pensar en una cosa; y Sam y yo decimos su nombre al mismo tiempo: *Sanda.*

Tras lanzar la caja a la basura, abro torpemente los seguros y corro escaleras abajo. Luchando para calmar mi respiración agitada, golpeo la puerta de Janice. Los segundos se arrastran sin respuesta: 1... 2... 3... 4... Pego mi oreja contra la madera y contengo la respiración con la esperanza de escuchar un movimiento, una voz, un paso. Deberían estar aquí. Debería protegerla.

—¡Sanda! —mi voz es una súplica desgarradora, desesperada—. ¿Janice? ¿Estás ahí?

No hay respuesta.

Encuéntrala ya, Piper.

Camino por el recibidor, forzando a mi mente revuelta a que se tranquilice con el movimiento rítmico de mis pies. No están aquí. Janice no dijo nada sobre llevarlas a alguna parte. ¿Dónde podrían estar? O salieron o...

O quien sea que haya dejado mi caja se la llevó.

La idea infecta mi cerebro como un virus, haciendo que el miedo se extienda por cada nervio. Se cuela por mi espalda y cubre mis pies de hielo mientras acepto la posibilidad de que podría ser verdad.

La puerta en el recibidor se abre detrás de mí y corro hacia allá, esperando ver a Sanda. Los ojos furiosos de Cam me reciben, pero cuando ve mi rostro, su ira se derrite.

—¿Me enviaste una caja? —tomo su brazo y lo conduzco, para que cruce la puerta.

—¿Qué? —niega con la cabeza y se da vuelta, intentando descifrar de qué estoy hablando.

Aprieto su antebrazo entre mis dedos, pero los músculos no ceden mucho.

–Una caja que tenía una rosa y decía mi nombre, mi nombre *real*. ¿Tú la enviaste?

–No, no lo hice –la quijada de Cam se tensa, pero no puedo leer el sentimiento en su expresión.

–¿Tienes el teléfono de Janice? –intento apretar menos su brazo, pero mis dedos no cooperan–. ¿El celular?

Saca su teléfono, presiona algunos botones y lo pone en mi palma. La preocupación sustituye al fuego en sus ojos mientras me observa presionando el teléfono con fuerza contra mi oreja.

Me toma un momento darme cuenta de que puedo escuchar el timbre de Janice viniendo de algún lugar cercano. Lanzándole el celular a Cam, presiono mi oreja contra la puerta de Janice, pero no viene de ahí. Me doy vuelta, escuchando; luego la puerta del vestíbulo se abre detrás de Cam y Janice entra, buscando el teléfono que suena en su bolso.

–Hola –finalmente saca su teléfono y parpadea dos veces mirando la pantalla antes de levantar los ojos hacia Cam, sorprendida–. ¿Me estás llamando?

–Sí –dice Cam, y me mira con severidad–. Pero no estoy del todo seguro del porqué.

Sanda y Rachel cruzan la puerta detrás de Janice. Una sonrisa llena el rostro de Sanda cuando me ve.

El aliento por el que había estado luchando, al fin, entra en mis pulmones y la tomo en un apretado abrazo.

–Uh, no –dice Janice mientras se frota las manos–. Lo siento, Charlotte. No pensé que volverías a casa tan temprano. Llevé a las niñas al parque.

–E-está bien. Ella está bien. Ella está bien –acaricio el cabello de Sanda con mis dedos e intento desacelerar mi pulso hasta un ritmo normal. Los ojos de Janice me miran compasivamente.

–Solo está preocupada –la voz de Cam suena cansada y tengo miedo de ver su rostro, así que aprieto a Sanda con más fuerza–. Estoy seguro de que tú lo entiendes.

Cuando me alejo, los ojos de Sanda son de miedo y niego con la cabeza y le sonrío.

–Está bien, pero necesito que me des tu número para poder llamarte si esto vuelve a pasar –saco el teléfono de mi bolsillo e ingreso el número que me da Janice. Dice que lo siente más de tres veces y finalmente se mete en su casa.

Cam me observa, esperando, pero no estoy segura de qué espera.

–Gracias por tu ayuda –tomo la mano de Sanda y avanzo hacia las escaleras.

–¿Eso es todo? –su voz está llena de incredulidad. Me detengo, pero no me doy vuelta–. Sanda, ve a ver si la puerta de tu departamento está cerrada.

Sus ojos pasan de mí a él, pero espera para que yo le dé permiso.

–Está abierta –cierro los ojos con fuerza por un breve

momento y luego suelto su mano–. Adelante. Subiré en un minuto.

Ella asiente y sube las escaleras. Espero hasta que cierre la puerta antes de girar hacia Cam. En su rostro hay una tormenta de emociones y no puedo afrontar la frustración que veo ahí. Bajo la mirada al suelo y espero.

Él camina de un lado a otro durante al menos un minuto antes de soltar un gruñido grave, se acerca a mí y toca mi cara con la palma de su mano. Mi corazón salta en mi pecho y no estoy segura de si es de pánico o de alivio. Cierro los ojos, pero no me muevo.

Su aliento se siente cálido en mi rostro. La tensión en su voz me lastima.

–¿Por qué siempre tienes que huir?

–¿Por qué sigues queriendo estar conmigo cuando sabes que es una mala idea?

Alejándose, baja la mano y me observa de cerca.

–¿Lo es?

–Sí.

–¿Por qué?

Gruño y me alejo un paso, incapaz de pensar con claridad mientras su calor me distrae. Nada está mejor de lo que estaba cuando me fui del Deli. Nada se ha resuelto. Él aun me odiará cuando descubra lo que he hecho.

–No funcionará.

–No creo eso.

–No tienes que creerlo, pero yo sí –me doy vuelta y

subo los dos primeros escalones antes de que él hable de nuevo.

–No hemos terminado. Aún me debes tres respuestas.

–Bueno, pero no esta noche –giro para quedar frente a él y ya no puedo contenerlo. Mi voz se quiebra por el sentimiento–. Por favor, Cam. Es demasiado. Esta noche ya no más.

Veo cómo su deseo de discutir se derrumba bajo mis palabras.

–Descansa –suspira, y yo observo sus hombros caídos hasta que sale por la puerta y desaparece.

XXX

Una vez que estoy segura de que es lo suficientemente tarde, solo me toma veinte minutos empacar todas mis posesiones.

–No entiendo –Sanda me sigue de un lado a otro, frotándose los ojos mientras yo recojo nuestras vidas y las echo en la maleta. El kit de primeros auxilios, el dinero, la manta eléctrica, nuestra ropa... todo lo que creo que podríamos necesitar. Niego con la cabeza sin darle más explicaciones mientras reviso otra vez que el perno esté en mi bolsillo. Ella no necesita entender. Solo necesita estar a salvo.

Cierro todos los seguros y no me doy cuenta de lo

pesado de mi respiración hasta que uno de los candados se empaña. Sosteniendo la mano de Sanda, bajo corriendo las escaleras y salgo a la calle. No sé a dónde vamos. Ni siquiera estoy segura de que eso importe, pero tenemos que alejarnos. Antes de que alguien nuevo nos atrape, nos lastime.

La ciudad se extiende sobre nosotras, amenazadora y persiguiéndonos. Cada rincón oscuro frustra nuestra huida. Los edificios parecen inclinarse más con cada paso, amenazando con colapsarse y enterrarnos aquí, volverse una tumba tamaño ciudad, nuestra prisión para la eternidad.

Doy vuelta a la izquierda en una esquina y noto un murmullo chirriante mezclándose con el choque de las ruedas de mi maleta. Solo cuando me detengo para ver qué es, me doy cuenta de que el murmullo soy yo y de que el chirrido es el sonido de las pantuflas de Sanda sobre la acera. Las lágrimas caen por sus mejillas y unos sollozos temblorosos estremecen todo su cuerpo, pero no habla. Mi corazón se destroza con cada gota.

Otros han sido responsables por lastimarla en el pasado, pero todo este dolor es culpa mía y no sé cómo detenerlo sin sacrificar su seguridad.

¿Esta es la vida que estoy construyendo para ella? ¿Una donde recorre en pantuflas una calle oscura a mitad de la noche? ¿Llorar junto a mí sin que me dé cuenta? Estoy demasiado ocupada escapando para decirle que se ponga zapatos o que no tema. Dejé que creyera que podríamos tener un futuro, que podría tener amigos e ir a la escuela. Y luego dejé que una caja negra lo destruyera todo.

Eres más fuerte que esto, Piper. Sé más fuerte por ella.

Arrodillándome, la envuelvo en mis brazos.

–Lo siento. Lo siento tanto.

Sanda se acurruca contra mí y mi blusa inmediatamente se moja con sus lágrimas.

–¿T-tenemos que irnos?

Se merece todo lo que le prometí: una vida real y un hogar real. Las dos lo merecemos, y estoy tan cansada de huir. Correr hacia la seguridad que parece eludirme sin importar qué tan lejos vaya. ¿Será alcanzable o moriré en la carrera hacia algo que no existe? Sentándome en la acera junto a la maleta, siento a Sanda sobre mi regazo y dejo que mi corazón agitado se tranquilice. Por primera vez desde que escapé, me permití establecerme en un lugar. Quizás nunca me he sentido en casa, pero Fili es lo más cerca que he estado de ello. Si quiero construir una vida aquí con Sanda, más vale que comience a defenderla.

Haré lo que debí haber hecho antes de que Sam muriera. Esta vez pelearé antes de que sea demasiado tarde, antes de que pierda a Sanda también. Me quedaré y haré todo lo que pueda para protegerla. No permitiré que nadie más la lastime. No permitiré que destruyan nuestra nueva vida, y me niego a romper la promesa que le hice.

Niego con la cabeza y froto mi mano por su espalda.

–No. Nos quedamos.

XXX

–Bienvenidos a Angelo's. ¿Mesa para dos? –palabras que salen con facilidad, parece que ya no asusto a la gente como antes.

Después de acomodarlos en su mesa y darles sus menús, regreso a la recepción. Es bueno que este trabajo se haya vuelto más fácil porque solo estoy moviéndome de un modo automático. Mi mente se niega a estar presente. Solo puedo pensar en la caja con el mensaje, el hombre en el parque con su cigarro, Sanda y mi decisión de quedarme.

–Hola, linda –el olor a humo y a alcohol agrede mis sentidos y doy un paso atrás involuntariamente. Un tipo un poco mayor que yo está de pie en la entrada de la recepción. Mis instintos se activan cuando me doy cuenta de que está tapando mi ruta de escape y de que se inclina hacia mí como si no pudiera mantener el equilibrio.

–Lo siento. No lo vi –intento rodearlo para tomar un menú, pero el hombre se cae contra mi brazo y lo empujo hacia atrás–. ¿Mesa para uno o espera a alguien?

–Aun si esperara a alguien, lo dejaría por ti, nena.

Sus palabras se enciman y sus ojos no se enfocan por completo en mi cara. No tengo tiempo ni paciencia para este perdedor, pero lo último que necesito es darle a Lily otra razón para odiarme.

–Estoy trabajando –contengo el aliento y me estiro de nuevo junto a él para tomar el menú, y esta vez él echa su otro brazo alrededor de mi cuello. Su peso lanza mi cara hacia su pecho. Mi piel se eriza y cada movimiento que Cam me ha enseñado corre a mi cabeza al mismo tiempo. Me toma un momento decidir qué parte de él quiero lastimar primero.

–Pero qué a gusto –mi cabeza se levanta de golpe ante la acidez en la voz de Lily y entierro mi codo en la caja torácica del tipo. Él se aleja con una expresión adolorida. Gino aparece de quién sabe dónde, lo toma por el brazo y lo acompaña a la salida y hacia la calle.

–¿Lily? ¿Necesitas algo? –respiro mientras el aire se aclara y Gino vuelve a la cocina. Quiero agradecerle, pero ni siquiera se da vuelta para verme.

–Cam está tan preocupado por ti que llamó y me pidió que viera si estás bien –sus ojos pasan de mí a la puerta por la que acaba de salir el tipo–. Me aseguraré de dejarle saber que solo estás muy ocupada con *otras cosas* como para contestar tu teléfono.

–Lily... –me detengo, negándome a defenderme contra algo tan absurdo. Tiene que saber que estaba intentando quitarme al tipo de encima; simplemente cree que soy mala para Cam y buscará cualquier evidencia que pueda encontrar para demostrar que tiene razón. Me doy vuelta hacia los menús y comienzo a organizarlos, deseando que ella se vaya.

–Sabía que esto pasaría –murmura y se ríe. El sonido es mordaz mientras da la vuelta al pódium y gira para quedar frente a mí–. Mi primera impresión fue incorrecta, por cierto. Suzanna hubiera sido perfecto –camina tranquilamente hacia la oficina sin mirar atrás, su espalda recta y la cabeza alta, triunfante.

Tomo mi teléfono del compartimento debajo del pódium. Cinco llamadas perdidas de Cam desde esta mañana. Una pareja de personas mayores entra. Echo mi teléfono de vuelta en el compartimento y me volteo hacia ellos, poniéndome mi mejor sonrisa no atemorizante.

–¿Mesa para dos?

18

Las voces de Cam y Lily cruzan la puerta de la oficina con tanta claridad que los puedo escuchar desde la mitad del pasillo. Claro, probablemente ayuda el hecho de que ambos están gritando. He pasado la última hora de mi turno reuniendo el valor para renunciar y ahora me congelo, sin saber si quiero estar esperando aquí afuera después de su discusión. Aunque mis instintos se inclinan hacia la huida, me planto en mi lugar. Aprecio que Cam me haya conseguido este empleo, pero trabajar con alguien que me odia simplemente no lo vale, y después del episodio de esta noche no espero a que mejore. Necesito renunciar; esperaré aquí hasta que llegue mi oportunidad.

Y luego nunca volveré.

—No importa lo que haya hecho —la voz de Cam es

más baja ahora que cuando yo había entrado al pasillo. Está intentando calmarse. No estoy segura de cuándo llegó. Debe haber entrado por la puerta trasera en algún momento de mi turno–. El punto es que nada de esto es tu problema.

–Ya verás –el tono de Lily está entre la súplica y la orden–. Algún día, pronto, verás que tenía razón respecto a ella.

–No me desees eso, Lily.

La puerta se abre y retrocedo rápidamente por un ángulo justo antes de que la escuche hablar de nuevo, esta vez desde el pasillo que acabo de dejar.

–Intenté advertirte –dice Lily mientras avanza furiosamente por el pasillo hacia el comedor vacío.

–Lily –digo antes de que pueda llegar a la puerta principal.

Ella gira hacia mí, con una mueca de desdén en el rostro.

–Renuncio –mi voz es tranquila, pero firme.

Lily pone los ojos en blanco, cruza la puerta y se voltea para cerrarla con seguro. Puedo ver sus labios moviéndose al otro lado del vidrio y probablemente puedo adivinar lo que está diciendo mientras se da vuelta y camina lentamente hacia la oscuridad.

El frente del restaurante está tranquilo. Ya hemos limpiado nuestras secciones y acabamos nuestros deberes de la noche. Puedo escuchar al personal de la cocina terminando y el *clang* ocasional de una olla o cazuela cuando la guardan. Fuera de eso, todo está en silencio.

–¿Qué harás con la niña? –dice Gino desde uno de los sectores más cercanos y giro para verlo. No me había dado cuenta de que estaba ahí.

–¿Qué?

–Si renuncias, ¿vas a dar a la niña? –se levanta y se acerca hasta que estoy contra la pared.

Mis manos están empapadas y frías al reconocer a quién se refiere. Mi voz es tranquila y respondo:

–¿Cómo sabes sobre ella?

–Te lo dije. Pongo atención. –Sus ojos me miran hacia abajo y no puedo leer ninguna emoción detrás de ellos. Está por decir más cuando Cam entra por el pasillo. Gino cierra la boca y cruza el comedor hacia la cocina.

Estoy confundida y asustada, pero Cam ni siquiera nos mira ni a mí ni a Gino. Sus ojos están fijos en la puerta, su mente sigue pensando en Lily.

–Renuncio –pienso que debería decirle a él también.

–No te culpo. No entiendo qué le pasa –no se mueve, pero su voz suena triste y perpleja–. Es más que su sobreprotección normal, es otra cosa. Solo han pasado seis meses desde que murió Anna. Supongo que no lo está manejando muy bien.

–No es la única aquí que se está portando de forma extraña –me refiero a Gino, pero me doy cuenta de que podría pensar que hablo de él.

Se voltea hacia mí, exasperado.

—¿Has oído eso de *el burro hablando de orejas?*

No tengo idea de qué está hablando, así que espero. Cuando no respondo, Cam acerca una silla hacia la mesa más cercana y espera a que me siente. Acomodando la silla para que pueda ver la puerta de la cocina, me siento, y Cam toma el lugar frente a mí. No creo que nunca antes haya habido tanta tensión entre nosotros. Me lastima.

—Estoy listo para mis tres últimas respuestas —dice, y luego espera con atención para que le cuente mis más oscuros secretos.

—¿Y si yo no? —murmuro.

—Lo estás. Y necesito saber por qué te fuiste corriendo —se estira, toma mi mano en la suya y la aprieta suavemente. Está tan tibia y es mucho más grande que la mía. Disminuye la tensión con oleadas de calma. Además de las de Sam y Sanda, solo había tomado la mano de Nana. Eran pequeñas y frías. Observo la de Cam y paso mi pulgar por su dorso, maravillada por la diferencia. Con mi hermano, lo estaba protegiendo, pero con Cam es más como si él me estuviera protegiendo a mí.

No tengas miedo. Solo dilo.

Respirando profundamente, cuento hasta diez en mi cabeza mientras suelto el aire. Con tanto que he sobrevivido en mi vida, seguro puedo con esto. Quizás me equivoco... quizás él entenderá. Nana siempre me decía que yo era la fuerte. Es hora de encontrar esa fuerza dentro de mí y demostrarlo. Cerrando mi mano libre en un puño, controlable y apretado, rozo mis nudillos sobre el bulto del perno en mi bolsa. Enfoco cada milímetro de mi energía en no permitir que mi mente piense en las cosas que mi boca está por decir. Cualquiera que sea la reacción de Cam, será mejor saberlo ahora. Necesito enfrentarlo antes de que me apegue aún más, antes de que el dolor de su rechazo sea intolerable.

Observo, postergándolo, hasta que los últimos sonidos salen de la cocina. Luego el personal apaga las luces y sale por la puerta trasera. Quedan unas pocas luces encendidas y hacen que la habitación se sienta más pequeña y más intimidante. Cam no me presiona y ni siquiera habla. Solo espera hasta que estoy lista.

—Bueno. Ya no habrá conteo de preguntas —digo—. Solo te contaré lo que importa.

Lo duda.

—Siempre y cuando eso incluya por qué huiste ayer y por qué crees que esto no funcionará.

—Sí lo incluye.

Él asiente y espera. Sé que me dará tanto tiempo como necesite con la condición de que no huya. Pero esto es como ser lastimada por los Padres. Lo único que puedo hacer es esperar a que pase rápido y lidiar con el daño después.

—¿Recuerdas que te conté sobre los Padres, el ático y

mi hermano? –mi voz tiembla tanto que no estoy segura de cómo puede entenderla, pero él asiente y veo un destello de rabia en sus ojos. Esta vez, cuando hablo, sale con más fuerza, con más facilidad–. No te conté todo.

Bajo la mirada a la mesa y envuelvo mis dedos sobre los suyos en un esfuerzo por extraer un poco de fuerza de ellos antes de avanzar.

–No solo hui. Escapé. Nunca me habrían dejado ir, no hasta que estuviera muerta. Ya había visto eso con mi hermano. Así que los maté... antes de que ellos pudieran matarme.

La habitación a nuestro alrededor se queda tan silenciosa como una tumba. Pasan minutos antes de que al fin pueda responderme.

–¿Mataste a tus padres?

–Si puedes llamarlos así, sí –hay un odio puro y duro en mi voz y no puedo dejar de notar la forma en que Cam se mueve un poco para atrás cuando hablo.

Sácalo todo ahora y ve qué pasa. Tiene que saberlo todo hoy. Es la única forma.

–Eso no es todo. Tuve que hacer lo mismo para salvar a Sanda.

–¿Tuviste qué? –su voz es apenas un susurro, como si no tuviera suficiente aire para intentar algo más fuerte.

–Intentó lastimarme y no lo dejé.

La mano de Cam se ha aflojado en la mía. Ya no me está sosteniendo ni tranquilizándome, se queda reticentemente en mi mano. La suelto y su mano cae sobre la mesa. Él no se mueve.

–No sé qué quieres que diga –ni siquiera suena como Cam. Su voz es grave y ajena–. Me estás diciendo que mataste personas. ¿Cómo se supone que responda a eso?

–No tienes que decir nada. Prometí decirte todo y lo hice –saco el valor para mirarlo a los ojos y desearía no haberlo hecho. Un par de murallas esconden toda emoción, todo menos el dolor–. Ahora ya sabes por qué hui cuando me contaste sobre tu padre. Sabía que te sentirías igual respecto a mí.

La confusión sube a la superficie solo por un momento, antes de que la esconda de nuevo detrás de su barrera cuidadosamente construida.

–No sé. Voy a necesitar un tiempo.

–No te preocupes. Por esto te dije que no iba a funcionar –escucho el temblor en mi voz y me odio por mostrarle esa debilidad. Por él dejé a un lado mi regla principal: no se puede confiar en la gente. No debí permitir que se acercara tanto. Ahora mi corazón se está hundiendo en las consecuencias de mi error–. Si decides ir a la policía, no te culparé, pero no esperaré a que lleguen.

–No lo haré –sus hombros caen hacia adelante y sus ojos van hacia su mano vacía que aún descansa sobre la mesa de madera.

Le creo. Con sus *hobbies*, él tampoco necesita que la policía ande hurgando en sus asuntos. Aun así, es difícil enfocarme en algo cuando estoy totalmente deshecha por dentro.

Echando mis hombros hacia atrás, recobro la compostura antes de ponerme de pie. Mi voz es gélida. Me sorprende que no baje la temperatura del aire que me rodea.

–No volverás a saber de mí, pero pensé que, después de todo, merecías una explicación.

Se pone de pie, pero no dice nada mientras camino hacia la puerta y salgo a la noche.

Me detengo camino a casa para comprar un nuevo teléfono de prepago, solo hago una pausa para guardar el número de Janice. Es el único de mi antiguo teléfono que planeo usar o contestar en el futuro. Luego tiro el viejo en la basura y sigo caminando.

Eres buena, Piper. No le creas a alguien que dice que no lo eres.

Las palabras de Sam son más de lo que puedo soportar. Antes de llegar a casa, antes de que Sanda esté ahí para verlo, me detengo en un espacio tranquilo entre dos edificios y me apoyo contra la pared de ladrillo antiguo para sostenerme. Mis dedos encuentran las grietas de argamasa entre los ladrillos. Las recorro con las puntas, usándolas para mantenerme erguida. La pared aún irradia el calor del sol, aunque hace mucho que ha comenzado la noche. Intento llenarme de él, absorber la vida y la fuerza de esta ciudad a través de mi piel.

Me dio vida cuando llegué aquí. Necesito que me salve de nuevo. Los minutos se estiran mientras estoy parada bajo la sombra de los rascacielos, intentando meterme en la cabeza lo pequeña que soy en realidad... aunque la herida en mi corazón parece imposiblemente grande.

19

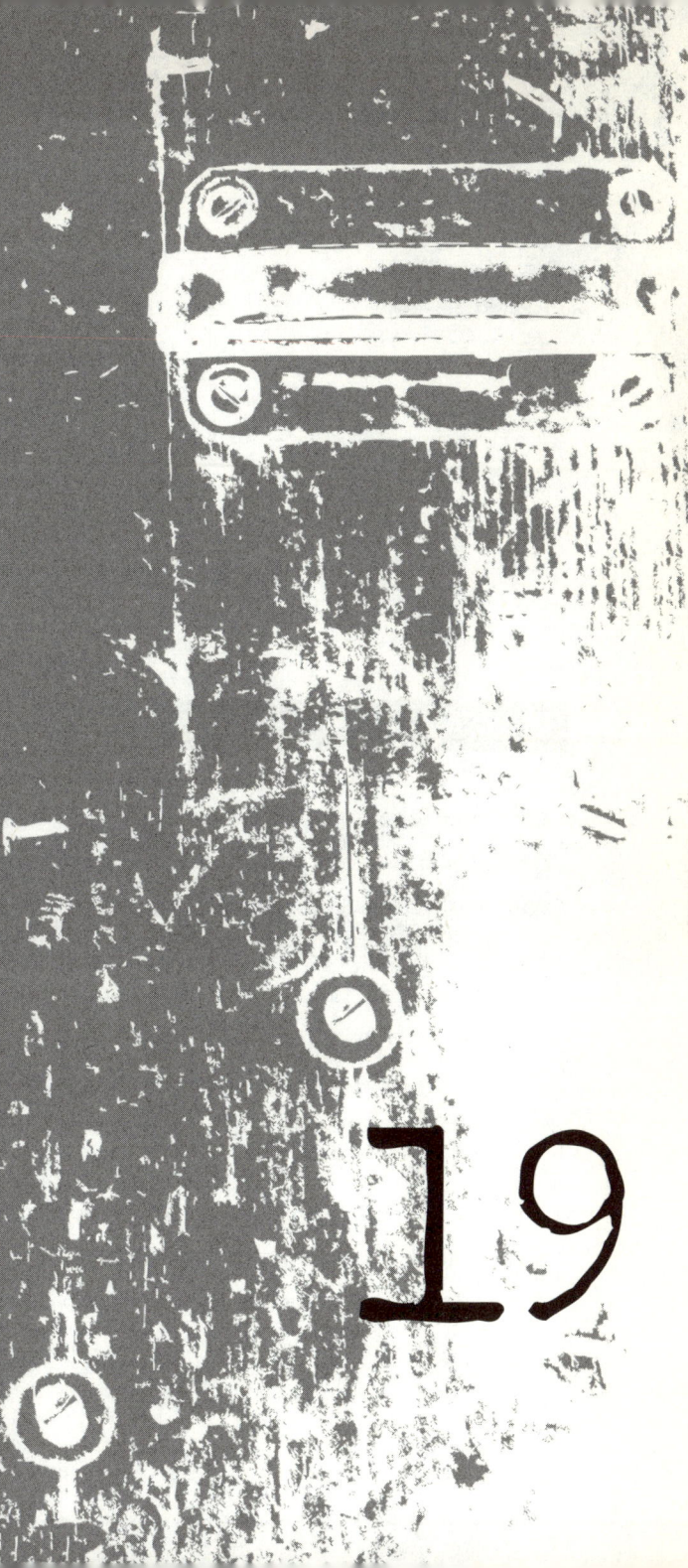

Sanda camina en silencio junto a mí. La bolsa de víveres que va cargando es tan grande como ella, pero contengo el impulso de tomarla. Sus ojos están llenos de determinación, y sé que será feliz cuando llegue a casa sin ayuda. Una oleada de dolor me llena mientras pasamos junto a la calle del Estudio de Jessie y Sanda la mira con nostalgia. No debería ser castigada por mis errores, pero no puedo volver. No ahora.

Encontraré a alguien más que nos enseñe a protegernos. Alguien como Jessie y menos como... La sola idea de su nombre aún duele demasiado, pero los últimos días lejos de él han reemplazado un poco el dolor con una saludable dosis de rabia. Él insistió, rogó y suplicó que le dijera. Incluso después de haberle dicho que era algo que no querría saber. Tiene tanta culpa como yo.

Mientras doblamos la esquina hacia el departamento, la bolsa se resbala de los dedos de Sanda y cae con un golpe seco a sus pies. Me alegra haber decidido que llevara la bolsa con el pan y el queso, en vez de con algo que se pudiera romper. Ella se congela y yo me inclino para recogerla.

–Está bien. No pasa nada –digo, sosteniendo la bolsa frente a ella, pero está viendo más allá de mí, hacia nuestro edificio. Volteo la cabeza y veo a Cam sentado en nuestros escalones. Saluda con la mano y Sanda levanta la mirada buscando la mía.

–¿Deberíamos correr? –pone su pequeña mano en la mía–. Podemos volver a casa después.

Sanda es demasiado perceptiva. No le he dicho nada, salvo que renuncié a mi trabajo y que ya no íbamos a tomar clases con Cam. No debí haber ocultado mis emociones en los últimos días tan bien como esperaba.

–No –digo, mientras ella toma la bosa caída de mis manos–. Él no debería estar aquí.

Caminamos la última parte de la cuadra hacia nuestra casa e intento gobernar mis emociones.

–Hola, Sanda –la sonrisa de Cam es amplia debajo de sus lentes oscuros–. Las extrañé hoy en la clase.

Sanda lo mira a él y luego a mí, luego sube las escaleras y entra a nuestro edificio sin decir una palabra.

Cam suspira y sus hombros se echan hacia adelante, derrotados.

—¿Puedo ayudarte con tus bolsas?

Echa sus lentes sobre su cabeza, y lo que veo en sus ojos me sorprende. Es desesperación, una necesidad torrencial. Me sacudo la forma en que mi corazón late más rápido y lo rodeo.

—No, gracias. Estamos bien.

—Permíteme... —Cam envuelve mi brazo con sus dedos mientras paso y yo me suelto de un impulso.

—Dije que no —la angustia irradia de la piel donde sus dedos me tocaron y retuerce mi alma. Duele más que cualquier quemadura.

—Necesito cinco minutos, por favor —habla con una voz baja y suave, y sin importar qué tan enojada esté, no puedo rechazarlo cuando suena así de triste. Pero casi lo hago cuando me doy cuenta de lo mucho que quiero resistirme.

—Déjame llevar esto arriba —susurro.

Sanda me espera en el vestíbulo. Me observa con temor creciente en tanto subimos juntas las escaleras interiores. Mientras giro hacia la puerta, finalmente habla.

—No tienes que hacerlo. Tú me dijiste eso. Nunca tienes que hacerlo.

Me detengo en la puerta, pero no me doy vuelta.

—Lo sé.

—P-pero me alegra que lo hagas.

Mirando por encima de mi hombro, la veo observando sus pies, incómoda.

–¿Por qué?

Me lanza una mirada y el extremo de su boca se curva.

–Sonríes con él.

Apoyo mi cabeza contra el marco de la puerta e intento pensar en un argumento contra eso. Finalmente, solo me encojo de hombros y abro la puerta.

–Vuelvo en un momento.

Bajando dos escalones a la vez para que no me sienta tentada a darme vuelta, golpear la puerta y correr mis siete seguros, me preparo para lanzarme de lleno y terminar con esto de una vez. ¿Él quiere hablar? Bien, hablaremos.

Sigue en los escalones del frente cuando bajo y ni siquiera alcanza a ponerse de pie antes de que yo comience a hablar.

–¿Qué quieres? ¿Qué haces aquí?

Cam se voltea para quedar frente a mí y su quijada está relajada, pero sus emociones se translucen en sus ojos. Desvío la mirada. No quiero ver qué siente, ya no.

–Quiero hablar contigo.

–Pues habla. Estamos hablando –mis manos están sobre mi cadera, tengo que enfocarme en relajar mis dedos, para no causarme magullones.

–Sí, algunos de nosotros lo estamos haciendo bastante rápido –Cam niega con la cabeza y se para frente al árbol hacia el que tengo dirigida la mirada, pero volteo hacia otro lado mientras él gruñe entre dientes–. Mírame, Piper.

El sonido de sus labios pronunciando mi verdadero nombre se siente tan íntimo que me hace encogerme de dolor. Estamos solos, y esta vez, no es un accidente. Es más como un secreto compartido entre los dos.

—No —digo.

—¿Por qué no? ¿Tienes miedo? —reconozco que es broma, pero le ofrece una salida a mi rabia y levanto la barbilla para mirarlo con odio.

—No —veo una maraña de emociones en su cara y me pregunto si la mía está igual. Luego realmente lo veo a él. Las ojeras lo hacen verse triste y vacío. Sus mejillas parecen un poco más delgadas.

Me observa con severidad.

—¿Por qué no? A mí no me queda duda de que yo sí tengo miedo.

Mi estómago se desploma hasta mis pies y me sorprende que no se escuche. Las palabras para responderle llegan lentamente, cada una abriéndose paso a cuchilladas.

—Si tienes miedo de mí, no debiste venir.

Él parpadea y niega con la cabeza.

—No tengo miedo de ti.

—No entiendo —me dejo caer sobre el primer escalón—. La rabia es reemplazada por dolor—. ¿Por qué estás aquí?

—Porque no me asusto tan fácil como crees —se sienta junto a mí, pero gira para poder quedar frente a frente—. Y de nuevo no contestas mis llamadas. ¿O tiraste el teléfono?

No lo puedo escuchar. Me niego a permitir que esto vaya más lejos. Abrirme así de nuevo no vale el dolor contra el que aún estoy luchando. Recuerda la regla: no se puede confiar en la gente.

—No tienes que llamarme de cualquier modo —elevando mis ojos hacia los suyos, intento dejar en claro que hablo en serio—. Se acabó. Ya no te necesitamos.

Él hace un gesto de dolor, pero no mira hacia otro lado.

—Sí me necesitas, pero más que eso, Sanda me necesita.

Esta vez no puedo verlo a los ojos.

—Ella me necesita *a mí*.

—Sí, pero también me necesita a mí —voltea su cuerpo completo hasta que está apoyado contra el pasamanos y me observa—. ¿Qué pasa si alguien más intenta lastimarla?

—Hay otros lugares adonde podemos ir.

—¿El instructor de defensa personal entenderá por lo que ha pasado? —Cam frunce el ceño—. ¿Le vas a explicar sus cicatrices a alguien más?

—Nunca —sale tan rápido y duro que me duele cuando mis dientes se cierran de golpe al terminar de decirlo.

—Exactamente —se echa hacia adelante—. Si no me vas a dejar ayudarte, no me impidas ayudarla a ella.

Mi cabeza cae hacia adelante, y odio que tenga razón. Me toma todo un minuto encontrar la capacidad para decirlo en voz alta.

–Está bien –giro hacia él y espero hasta que tengo toda su atención–. Necesitas saber que nada ha cambiado. Te veremos para las clases. Nada más.

La expresión de triunfo de Cam titubea un poco.

–Charlotte...

–No. Sin eso, no hay trato. ¿Recuerdas eso? La última vez que me obligaste a algo se arruinó todo –mis palabras salen más amargas de lo que esperaba, pero no me importa.

–Yo no...

–¿Estás de acuerdo o no? –me pongo de pie y espero–. Es todo lo que necesito saber.

–Sí –se levanta y se sacude los pantalones.

Asiento y camino hacia las escaleras sin decir otra palabra. Mientras la puerta está por cerrarse detrás de mí lo escucho agregar:

–Por ahora.

XXX

Cam baja las manos y se yergue de una posición defensiva. No sé cuánto tiempo ha estado viéndome así.

–¿Qué haces? –dejo mi pose y giro mis hombros hacia atrás, intentando aliviar el nudo del tamaño de una montaña en la base de mi cuello.

–No. ¿Tú qué haces?

Niego con la cabeza.

–No entiendo.

–O no estás prestando atención, o no soy tan buen maestro como pensé –toma su toalla de la pared y se voltea con una sonrisa–. Y sé que no es lo segundo.

–Estoy cansada –dándole un trago a mi botella de agua, le echo una mirada a Sanda. Está pateando y golpeando el saco de boxeo en la esquina como si su vida dependiera de ello.

Solo me queda esperar que no sea así.

He pasado las últimas noches intentando descubrir quién me ha enviado la caja. He decidido quedarme y pelear por una vida real, pero es difícil defenderse si no conoces a tu enemigo. Un escalofrío recorre mi espalda al pensarlo. Cam dijo que no fue él. Podría ser Lily, pero ¿por qué? Debe haberle dicho a Gino sobre Sanda, ¿qué más le dijo? ¿Podrían estar intentando asustarme? Considero el mensaje en la tapa: "conozco tu secreto". Tampoco tiene mucho sentido en la teoría de Lily. Lo poco que sabe de mí no es amenazante. Pero fuera de Lily y de Cam, ¿quién me llamaría *Piper*?

Da unos golpecitos al fondo de mi botella hasta que mis ojos vuelven a él. La sonrisa se ha ido.

–Te he visto cansada. Por favor. Esto es más que eso.

Me tomo mi tiempo con la bebida, intentando que se me ocurra la respuesta correcta. Cuando veo que mi mano no deja de temblar, bajo la botella.

Negarlo. Siempre es una buena opción.

—No sé de qué hablas.

Él inclina la cabeza hacia el frente y espera, obviamente no me cree.

—Sí, claro. Puedes hablar conmigo. No puedes hacer esto sol...

—Recuerda nuestro trato.

Gruñe entre sus dientes apretados.

—Sin duda no dejarás que se me olvide.

Vuelvo a mi posición y espero, negándome a que me moleste.

Cam me sigue, pero por la contracción muscular puedo ver en su mejilla que no le gusta esto para nada. Qué mal. Se lanza hacia mi brazo, pero me alejo con tiempo suficiente. Me acerco para aplastar su pie, pero él me rodea por atrás, así que cargo mi peso hacia mi codo y lo lanzo hacia su estómago con todas mis fuerzas. Viéndolo venir, me suelta y da un salto hacia atrás antes de que se estrelle.

El sudor corre por mi cuello, pero continúo con rabia. Esta es la válvula de escape perfecta para mi frustración e ira. Si no miro los ojos de Cam, puedo fingir que es alguien más. Alguien que quiere lastimarme a mí y a Sanda. No hay posibilidades de que vaya a dejar que eso pase.

Para cuando terminamos, estoy tan cansada que apenas puedo mantener los ojos abiertos. Salimos con prisa, ignorando la solicitud de Cam de que lo deje acompañarnos a casa. Entre las últimas noches llenas de exaltación y pesadillas y el exhaustivo ejercicio al que Cam me acaba de someter, se necesitan todas mis energías para seguir poniendo un pie frente a otro. Sanda camina tan silenciosa como un fantasma detrás de mí por las escaleras. Cuando llegamos al descanso, toma mi mano y me acerca hacia ella.

–¿Qué le pasó a nuestra puerta?

–¿Qué? –mis ojos se elevan de golpe. Largos rasguños han arrancado la pintura en un costado de la puerta alrededor de la cerradura. Partes de la madera están astilladas y quebradas, y los seguros mismos están golpeados.

Solo una palabra sale de mis labios.

–No.

20

La adrenalina late en mis venas. Estoy más despierta de lo que me he sentido en días, pero respiro profundo y mantengo la calma, por Sanda.

—Te voy a llevar abajo a jugar con Rachel por unos minutos mientras reviso esto, ¿de acuerdo?

Sanda asiente, pero sus ojos están pegados a los arañazos en la puerta.

—Ven. Todo va a estar bien.

Sus dedos aprietan los míos.

—Quiero quedarme contigo, Charlotte.

La recibo con un fuerte abrazo.

—Te quedarás conmigo. Solo serán unos minutos. Lo prometo.

Se siente como si me tomara media vida explicarle la situación a Janice.

—Ay, no —dice Janice. Su mano revolotea de un lado a otro antes de que se la ponga sobre el pecho—. ¿Crees que alguien se metió?

—Parece que alguien lo intentó, pero no creo que hayan entrado. ¿Has visto a alguien hoy?

—No. Fui a comprar las cosas de la escuela de Rachel y acabo de llegar a casa —Janice toma el teléfono de la mesa—. ¿Quieres que llame a alguien?

—No —digo con demasiada urgencia, y luego lo disimulo con una sonrisa—. Como dije, no creo que hayan entrado. Cuanto mucho, arruinaron un poco mi puerta. No vale la pena molestar a nadie por eso.

Inclina la cabeza, pero parece preocupada. No estoy segura de si se refería a Cam o a la policía, pero supongo que a Cam. Por lo que sé de su historia, Janice probablemente no quiere llamar la atención más de lo que yo quiero hacerlo.

Echo un vistazo y veo a Rachel que le está mostrando a Sanda unos nuevos atuendos escolares, pero los ojos de Sanda están puestos en mí.

—Gracias. Volveré pronto —miro directamente a Janice y susurro—: cierra con llave, solo por si acaso —y no me muevo hasta que me dice que sí con un firme movimiento de cabeza.

Subo las escaleras y saco mis llaves, aferrándome a ellas con fuerza en mi palma, para que hagan poco ruido. El aire se siente más frío aquí arriba. Abrir cada seguro en silencio es dolorosamente lento. Por primera vez, desearía tener menos candados. Por fin, la puerta se abre de par en par y la dejo así.

Si grito esta vez, quiero asegurarme de que alguien me escuchará.

Entrando al departamento, pego mi cuerpo contra la pared a la izquierda y me deslizo junto a ella hacia el estante más cercano. Tomando un sujetalibros de metal con una mano, respiro profundamente mientras espero a que mis ojos se enfoquen. En cuanto puedo ver con claridad, me muevo por la sala con fluidez y agilidad, pero no encuentro a nadie.

Mis pasos son suaves y silenciosos, esforzándome para escuchar cualquier ruido en las habitaciones que me rodean. Mentalmente, repito partes del poema de Nana: "... se levantará en perfecta luz... se levantará en perfecta luz; he amado demasiado las estrellas para temerle a la noche".

La calle afuera parece más ruidosa en el silencio. No escucho nada más. Reviso detrás del sofá, en el armario de los abrigos, y avanzo por el pasillo hacia mi dormitorio. Entonces lo veo. La ventana de la escalera de incendios está rota... solo dos seguros. Maldigo entre dientes. Con todo lo que estaba pasando, me había olvidado de poner más que no se pudieran alcanzar por la ventana.

Alguien lo encontró. Mi punto más débil.

Corre.

Le digo a Sam que se calle y, esta vez, me escucha. No sale ningún sonido del dormitorio. Cada aliento parece tan ruidoso en mi cabeza, pero sé que no es así. El sigilo es mi aliado. Cuando llego al final del pasillo, pongo mi espalda contra la pared. Respirando profundamente, me preparo para lo que podría encontrar y levanto el sujetalibros como un arma.

Cuando echo un vistazo por un ángulo y nadie me ve, exhalo. Reviso debajo de la cama y en el clóset. Los ojos de la Marioneta Piper reflejan la luz de la luna hacia mí como pocitos de plata en la oscuridad, pero no hay nadie más. Estoy sola. Quien sea que haya roto la ventana debe haberse ido. Quizás nunca entraron siquiera. Nada obvio está fuera de lugar.

Camino por el pasillo y enciendo los interruptores de luz. Cuando casi estoy en la puerta, la veo, y el aire se atora en mi pecho. A la mitad de la mesa de la cocina está otra caja negra. Exactamente como la que había arrojado a la basura unas noches antes. Ahogo un grito y mis rodillas se sienten débiles.

Sí entraron. Alguien estuvo aquí, en mi departamento, en el único lugar donde me he sentido segura en la vida.

Conteniendo la respiración, me acerco lentamente a la mesa hasta que veo el nombre PIPER escrito en la tarjeta que está encima.

—No —susurro, retrocediendo hasta que me desplomo sobre el sofá al otro lado de la habitación—. Aquí no.

El sillón me acuna mientras cierro los ojos y presiono mis palmas contra mis orejas. Necesito un momento. Solo uno… para fingir que la nueva vida por la que tanto he luchado, por la que he matado, no se está desenredando conmigo dentro.

Todo está en silencio, tanto en mi departamento como en mi cabeza. No escucho nada más que mis sonidos. Mi respiración. El latido de mi corazón. Hasta la ciudad está en silencio. Estoy infinitamente sola. Me recuerda el dolor insoportable y las lágrimas sin llorar. Me recuerda el ático, cuando Sam ya se había ido.

Una de las cosas a las que nunca quiero volver.

Alguien sabe mi antiguo nombre y tuvo la suficiente determinación para meterse en mi departamento y dejar esto. No fue Lily. No tiene sentido. Renuncié y estoy evitando a Cam tanto como es posible. Ya no soy su problema. Este es un enemigo, y uno que no se rinde fácilmente.

Mis instintos me dicen que corra. Cada vello en mi cuerpo se eriza, como si estuviera intentando escapar, aunque yo sigo aquí. Mi estómago se revuelve una y otra vez. ¿Y si el peligro me sigue adonde sea que vaya? ¿Y si soy la razón por la que Sanda está en riesgo? Como con Sam, siempre ha sido la gente que me rodea la que no está a salvo. Siempre por mi culpa.

No. Ya había tomado esta decisión, y me niego a ser gobernada por el miedo. Ya no, esta vez no correré.

Mis ojos se abren de golpe y veo la temida caja que sigue sin abrir sobre la mesa. Está ahí, esperando. Me levanto y me acerco a ella.

Con las manos temblorosas, levanto la caja y quito la tapa. Una rosa fresca completamente abierta está en su interior, y los pétalos de un rojo profundo se vuelven sangre en mi mente de nuevo, haciendo que mi estómago se revuelque. Quiero tanto cerrar los ojos, pero recuerdo todo lo que pasé para llegar aquí, las golpizas y el dolor. Las quemaduras y los cortes, los magullones y los huesos rotos, tantas veces que tuve que ser valiente por Sam.

Esta vez necesito ser valiente por mí, por mí y por la niña que intento salvar.

Inspecciono la caja con los dedos temblorosos. Luego, recortadas en la seda negra del interior de la tapa, están cuatro nuevas palabras que explican todo lo que se ha puesto tan enfermizamente mal con la vida que intento construir:

LA SEGURIDAD ES ILUSORIA

XXX

Al día siguiente, Janice y Rachel tienen más compras por hacer para la escuela. Como Sanda está inscrita para empezar las clases la próxima semana, la han invitado a ir con ellas. Quiero estar ahí con Sanda, pero necesito arreglar la ventana y encargarme de los seguros en la escalera de incendios primero.

Mi mente no ha dejado de pensar en el mensaje en la tapa desde anoche. Las implicaciones me hacen sentir físicamente enferma. La mueca de desdén en el rostro del Padre al decirme palabras similares está como un tatuaje dentro de mis párpados. Cada vez que parpadeo lo veo, un torturador, cuando debió ser mi protector.

No quiero creer que está vivo. Simplemente pensar que podría estarlo me hace querer meterme bajo las cobijas y esconderme cubierta por la oscuridad. Aun si sobrevivió, ¿podría haberme encontrado aquí? Tiemblo y niego con la cabeza. Tiene que ser alguien más, pero ¿quién?

El Padre dijo que yo nunca podría estar a salvo de él. ¿Eso es lo que significa este mensaje? ¿Es una amenaza o una advertencia? ¿Podría ser de alguien más?

Pero decía Piper.

Sam cree que el Padre ha vuelto. El Padre sabía que yo me llamaba *Piper* a mí misma, se me castigó por eso. Si Sam tiene razón, si el Padre sobrevivió, entonces es imposible matar a ese hombre. Sin duda lo intenté. Quitándome esa lúgubre idea, pienso en Brothers. Sabe que estoy aquí en la ciudad y por tanto, si de algún modo sobrevivió al fuego, él es el que tiene más sentido, pero ¿cómo sabría que me llamo Piper?

—¿Estás segura de que quieres que vaya? —Sanda toma mi mano, sacándome de los pensamientos que me atormentan. Ninguna de las dos durmió bien, ni siquiera luego de haber empujado todos los muebles de la sala contra la escalera de incendios. Es demasiado inteligente para no saber que algo anda mal sin importar cuántas veces le asegure lo contrario. Me arrodillo frente a ella.

—Sí. Yo voy a estar aquí haciendo cosas aburridas —sonriendo, toco las puntas de su lacio cabello negro—. Instalando nuevos seguros. Asegurándome de que nadie pueda hacernos daño.

Los ojos de Sanda se llenan de lágrimas que no caen mientras respira nerviosamente. Sus palabras entre susurros me parten el alma.

—Sabía que no estábamos a salvo.

—Eres muy inteligente, pero ahora lo estaremos —le aseguro mientras aprieto su pequeña mano—. Encontraré la manera de mantenerte a salvo.

Dejo a Sanda con Janice, entregándole algo de dinero para ropa para la escuela. Janice tiene una expresión sorprendida cuando le doy el fajo de billetes que había sacado de la caja de seguridad. En vez de meterme en una discusión sobre cuánto cuestan los uniformes cuando honestamente no tengo idea, le digo que me devuelva lo que no use. Rachel está dando saltitos, lista para salir por la puerta.

—¡Hola, Charlotte! ¡Gracias por dejar que Sanda nos acompañe! —exclama Rachel mientras se acerca, echa ambos brazos alrededor de mi cintura y me sonríe–. Este va a ser el mejor día del mundo.

Sonrío ante su entusiasmo.

–Bien, eso espero.

Cuando se va dando saltos a tomar su pequeña bolsa rosa del sofá, vuelvo a notar la diferencia entre las niñas. Rachel siempre ha tenido quien la cuidase, nunca ha dudado de que es amada. Ese tipo de cosas hacen una enorme diferencia. Sanda está junto al sofá frotándose las manos y mirándome. Se ha vuelto más segura con cada día que pasa con Rachel, pero este nuevo miedo la ha hecho retroceder.

Es una niña dulce que se merece más que el miedo y el dolor a los que está acostumbrada. Yo *encontraré* la manera de darle eso.

Le sonrío a Sanda hasta que su boca se curva y me despide con un movimiento de mano antes de que Rachel la arrastre a la otra habitación para ver su ropa nueva. Su pequeña señal de resiliencia es exactamente lo que yo necesitaba ver.

–Gracias –le digo a Janice, y ella niega con la cabeza.

–Por favor, es tan fácil estar con ella...

–No, en serio –interrumpo–. No podría hacer esto sin ti.

Por un momento hay emoción en los ojos de Janice, pero luego asiente con tristeza.

–Parece que está mucho mejor contigo que con quien sea que haya estado antes. Sé exactamente lo importante que es eso –su voz se convierte en un susurro, y gira, para asegurarse de que Sanda ya no esté escuchando detrás de ella–. Las he visto... en sus brazos. Le pregunté. Lo que estás haciendo por esta niña, con eso basta para agradecerme.

Parpadeo mientras me da un abrazo incómodo y luego me encamina hacia la puerta.

21

Cam está sentado en los escalones de afuera cuando llego a casa de regreso de la ferretería. Comienzo a subir la escalera y paso junto a él exitosamente sin decir una palabra, pero a la mitad, me doy cuenta de que me está siguiendo. Me detengo y me giro para quedar frente a él, luchando contra el brillo alegre en mi corazón que provoca su simple presencia. ¿Por qué los corazones son cosas tan tontas?

–¿Necesitas algo?

–Janice me llamó. Dijo que alguien intentó meterse a tu departamento anoche.

Intento no dejar que me afecte la preocupación en su cara.

–Está bajo control.

–Déjame ayudarte –sus ojos observan la bolsa que

estoy sosteniendo, y una sonrisa lenta se dibuja en su cara–. Después de todo, tu casera me envió. Considérame el chico de los mandados.

Abro la boca para discutir y luego la cierro de nuevo. Sin duda piensa rápido, debo reconocer eso. Una risa baja se escapa de mi garganta. Se siente mejor de lo que debería, así que la sigo rápidamente con un "no".

Me quita la bolsa de la mano antes de que pueda reaccionar.

–Lo siento, señorita. Estoy haciendo lo que la casera me pidió. Si tiene un problema con eso, tendrá que arreglarlo con ella.

Estoy sin palabras y enojada, intentando encontrar la manera de salirme de esto. No quiero explicarle a Janice por qué me negaría a dejar que Cam me ayude, y me da la impresión de que él es lo suficientemente necio para obligarme a hacerlo.

–Ugh, bueno –subo las escaleras presionando los pies, y cuando llegamos al descanso, escucho que sus pasos se detienen. Me doy vuelta y lo veo contemplando los arañazos de la puerta.

Quito los seguros y entro, pero él se queda afuera examinando la puerta y los seguros con una expresión sombría. Finalmente, gira para quedar frente a mí.

–Entonces, ¿intentaron con ganas, pero no entraron?

Mis mandíbulas se tensan. Me doy vuelta y avanzo hacia la ventana. Nadie me está mirando desde el parque;

cierro las cortinas e inhalo. Cam siempre sabe cuando estoy mintiendo, así que mantendré la boca cerrada.

Cierra la puerta y camina hacia el lado opuesto de la habitación, así que supongo que ya dejó el tema, que se quedó en paz, pero cuando levanto la mirada, está observando la montaña de muebles frente a la puerta de la escalera de incendios. Sin una palabra, comienzo a quitar piezas de la pila. Bloquear la puerta fue lo único que nos hizo sentir seguras anoche, pero no vamos a pasar más de una noche con un vidrio roto. Alguien va a venir en una hora para reemplazarlo y, antes de que lleguen, quiero tener instalados los nuevos seguros.

El rostro de Cam está tan pálido. Parece una estatua. Ni siquiera veo el subir y bajar de sus hombros, por lo que parece una eternidad. Para cuando he retirado dos sillas y una mesita, ya no puedo ignorarlo.

–¿Cam? –la preocupación expulsa su nombre y deja una dulce sensación de ardor en mis labios.

Se voltea para verme y sus palabras son tan suaves que apenas puedo entenderlas.

–¿Por qué no me llamaste?

Echo mis hombros hacia atrás.

–Ya te dije. Está bajo control.

Cuando Cam se me acerca, puedo ver su cara tensándose y distendiéndose a los lados.

–Alguien estuvo en tu departamento. ¿Cómo está eso bajo control? ¿Quién hizo esto?

Contemplo sus ojos, ignorando lo mejor que puedo el miedo y la preocupación que veo en ellos. Por más que desee poder confiar en él, no puedo arriesgarme otra vez.

–Puedes irte si te molesta. Yo instalaré los nuevos seguros.

No se mueve mientras retiro la bolsa de sus dedos y la vacío en la mesa. Nunca en mi vida he usado una herramienta, pero este es tan buen momento para empezar como cualquier otro. Tomando uno de los clavos, lo sostengo contra el marco de la puerta y experimento lanzando el martillo hacia él. Mi pulgar explota de dolor y el clavo cae al suelo con un pequeño sonido metálico. Me obligo a no decir ni una palabra mientras presiono mi pulgar punzante contra mis labios y escucho una ligera risita detrás de mí.

–Eres más terca que yo. ¿Sabías eso? –su voz es cálida y tranquila detrás de mi oído, pero no respondo.

Estudiando el diagrama en el anverso de la caja del nuevo seguro por unos segundos, levanto mi martillo de nuevo. Cuando lo lanzo hacia un nuevo clavo, la herramienta desaparece de mi mano. Restregándome los ojos, levanto la mirada y encuentro a Cam sonriéndome.

–A un lado.

–No sé si ya lo notaste, pero estoy algo ocupada –ni parándome de puntillas puedo alcanzar el martillo que él sostiene sobre su cabeza. Se queda ahí, esperando a que yo termine de intentar recuperar la única herramienta en mi departamento.

Me tiro en el sofá y lo miro con odio mientras se acerca, pone el clavo en el mecanismo del seguro y lo hunde en el marco de la puerta de un solo golpe.

—Lo estaba haciendo bien.

—Claro, pero creo que vale la pena conservar tus dedos —me mira mientras acomoda el otro clavo.

Sosteniendo el pulgar de mi mano izquierda, observo el azul que empieza a extenderse debajo de la superficie de mi uña y me encojo de hombros.

—No está tan mal.

No me permito hacer un gesto de dolor cuando doblo el dedo y el dolor recorre mi brazo.

Odiamos los magullones.

Cam inhala y luego suelta el aire con fuerza como una miniexplosión. Trabaja en silencio por un rato, pero por primera vez desde que le dije todo, no es incómodo. Cuando termina, se aleja de la puerta de la escalera de incendios y me pasa el martillo.

—Ahí tienes. Eso ayudará.

Más seguros es mejor. Revísalos, para asegurarte.

Los tres nuevos seguros que brillan en la salida de emergencia están posicionados para que no se los pueda alcanzar por ninguna ventana rota. Asiento. No es suficiente, pero es una mejora. Cuando me pongo de pie y pruebo cada uno de los seguros, Cam se para detrás de mí. Al terminar me doy vuelta y él se acerca más y quita un mechón de cabello de mis ojos.

–Necesitas saber –no se mueve cuando retrocedo un paso– que si quien haya hecho esto está empeñado en lograrlo, nada de lo que hagas lo detendrá.

Trago una bocanada de aire con una súbita necesidad de más oxígeno.

–Lo sé.

XXX

Estoy convencida de que revisé los seguros al menos dos veces antes de irme, pero no puedo dejar de obsesionarme con eso. No quiero que me reciban más sorpresas en casa esta noche.

Quizás debimos revisar una vez más, Piper.

Qué daño podría hacer revisar una vez más.

Entro a Angelo's por lo que espero sea la última vez. Mi cheque estará en la oficina al fondo, pero espero que Lily no esté ahí.

Moviéndome sigilosamente por el pasillo, siento que el alivio relaja mis músculos tensos cuando veo la oficina abierta y vacía. La caja de cheques está en el escritorio, y busco hasta que encuentro el nombre *Charlotte Thompson*. Meto mi cheque en mi bolsillo, esperando poder salir antes de que nadie sepa que estuve aquí.

–Ojalá pudiera decir que me sorprende que te hayas presentado.

No tuve suerte. Debí saber que estaba siendo demasiado fácil.

La ira recorre mis venas ante el tono de Lily. Es demasiado. No necesito sus comentarios que me juzgan por encima de todo. Por eso renuncié, para empezar.

–¿Cuál es tu problema? –le pregunto.

–Tú –cruza la puerta y se para junto al escritorio.

Dando un paso hacia ella, bajo la voz.

–Pues tú te estás volviendo el mío, así que basta.

La risa de Lily es fría y amarga.

–¿Crees que no he visto a las de tu tipo antes? Cam tiene un corazón demasiado bueno. Se clava con las pobres chicas en desgracia...

–*No* soy una chica *en desgracia* –escupo las palabras y el asco que me provocan, pero ella apenas se detiene.

Se inclina hacia adelante y su rostro queda a solo unos centímetros del mío.

–Las chicas como tú siempre terminan traicionándolo, lastimándolo. No eres distinta. Pronto te verás como la basura problemática que yo siempre he sabido que eres –dice con rabia.

–¡Lily!

Ambas nos damos vuelta para encontrar a Cam de pie en el pasillo fuera de la puerta. Mirando con dureza a su prima, parece furioso y apenado al mismo tiempo.

Sus ojos ni siquiera se detienen en los míos cuando pronuncia el nombre que me dio.

–Charlotte, te acompañaré a la salida. Lily, más tarde me encargo de ti.

Paso a su lado, furiosa, y él tiene que trotar para alcanzarme. Cuando salimos al aire fresco, no disminuyo el paso. La brisa fría en mi cara no ayuda para calmar la sangre que hierve en mi interior. Él me sigue el paso por un rato.

–Espera.

–No.

–Lo que ella dijo... –Cam toma mi mano, pero yo la quito como si me quemara.

–No me importa. No es importante –corro por la calle, aferrándome a las sombras, dejando que la ciudad me esconda de él, que me guarde como su más oscuro secreto. No reduzco el ritmo hasta que he doblado varias esquinas, hasta que estoy segura de que ya no me está siguiendo.

XXX

Mi mano está levantada para llamar a la puerta de Janice, pero Sam me detiene.

Revisa primero, Piper. Asegúrate de que todo esté bien. De que sea seguro para ella.

Mis ojos van a la escalera y asiento. Por más que quiero ver que ella está bien, ya se ha demostrado más de una vez que el departamento de Janice es más seguro que el mío.

Sanda ya ha visto suficiente.

Cuando llego a la puerta, exhalo el aire que había estado conteniendo y no me había dado cuenta de eso. Está intacta y no hay nuevos rasguños, buena señal.

Quito los seguros, dejo de nuevo la puerta abierta y enciendo las luces. Reviso la escalera de incendios y todo está en su lugar. Reviso la mesa, debajo de ella y detrás del sofá. No hay nuevas entregas sorpresa.

Las nuevas cerraduras funcionaron. La seguridad es buena, Piper.

Pero no me siento segura. Algo está raro, algo anda mal. Es como una vibración centrada en la médula de mis huesos que me dice que siga buscando. Reviso de nuevo el lugar. Esta vez noto la única diferencia que no había visto al principio. Hay un pequeño bulto detrás de la cortina de la ventana. No se mueve, pero eso no impide que una bola de miedo puro se atore en mi garganta. Es demasiado pequeña para ser una persona, incluso un niño... pero ¿qué es?

Acercándome lentamente, aparto la tela pesada, deseando que sea un simple abultamiento en la cortina o algo igualmente no amenazador. Cuando veo lo que está debajo, retrocedo unos pasos ahogando un grito. La cortina abierta cae contra mi más reciente sorpresa, la deja meciéndose al vuelo. La Marioneta Piper de Sam cuelga a unos metros del suelo. Sus cuerdas están colgadas de un clavo en la pared. Respiro con dificultad y me sostengo del respaldo de mi sofá con las dos manos. Han puesto cinta negra sobre sus ojos, para formar unas X.

El mensaje es claro. Está indefensa. Está muerta.

Sam comienza su tarareo nervioso en mi cabeza mientras descubro de dónde salió la marioneta. El único lugar en el departamento que no he revisado: mi dormitorio, mi clóset... donde se esconde la caja de seguridad y cualquier esperanza de mi nueva vida.

Manteniendo mi respiración suave y tranquila, voy a la cocina y saco un cuchillo de la gaveta. Todo mi mundo se hiela como si una tormenta de nieve lo hubiera azotado, para dejarlo congelado e inmóvil. La gaveta está vacía. Todas las armas que podría usar se han ido.

Tomo el sujetalibros de metal de nuevo y me deslizo por el pasillo. Una tabla rechina bajo mis pies cerca de la puerta abierta en el recibidor y me congelo, esperando, poniendo atención a cualquier movimiento, pero no escucho nada. Llego al final y echo un vistazo a mi habitación. Está oscuro, demasiado oscuro para mis ojos acostumbrados a la luz.

Metiendo la mano por un ángulo, enciendo el interruptor. No pasa nada. *Clic, clic...* intento de nuevo: *clic, clic*. El sonido es tan fuerte en medio del silencio que suena como una sirena alertando a todos de mi presencia. Mis latidos llenan mi cabeza y hacen eco. Casi desaparece la voz de Sam. Intento tragar saliva, pero mi boca está demasiado seca para lograrlo.

Vuelvo por el pasillo, apagando a mi paso todas las luces de mi departamento con las manos temblorosas, y luego de unos segundos, mis ojos se focalizan. Echo un vistazo por la esquina de nuevo. Mi dormitorio está en penumbras, pero con la luz de la calle que se cuela por las cortinas, puedo ver la cama y el tocador. Nada está fuera de su lugar. Entrando, dejo el sujetalibros en la cama y meto la mano bajo la almohada. Mis dedos se cierran sobre la barra de hierro que me ayuda a dormir. Mis rodillas caen al suelo con un sonido seco y me asomo a la sombra debajo de la cama. No hay nadie aquí. Solo queda un lugar por revisar: el clóset.

Necesito una ventaja. En el clóset está más oscuro que aquí, así que voy y silenciosamente abro las cortinas hasta que la luz de la calle brilla directo sobre la puerta del armario. Cruzo la habitación con lentitud y pongo mis dedos sobre la manija. Quiero huir, renunciaría a mi limitado guardarropa y a la caja de seguridad con el dinero si pudiera evitar abrir ese clóset de nuevo. Cualquiera que sea el regalo que me hayan dejado esta vez, estoy segura de que no lo quiero.

Abro la puerta de un impulso y doy un paso atrás por si algo va a saltar sobre mí. La luz brilla en mis ojos y tengo que parpadear un par de veces antes de darme cuenta de que es un reflejo de la lámpara de la calle. ¿Un espejo? ¿Por qué alguien pondría un espejo en mi clóset? Entonces veo muchos reflejos diferentes meciéndose ligeramente con el viento.

Se siente como si hubieran conectado una aspiradora a mis pies y esta hubiera chupado la sangre de mi cabeza. Retrocedo unos pasos torpes y lucho por mantenerme de pie. Los reconozco, cada uno de ellos. Más de una docena de cuchillos de todas las formas y tamaños, todos de mi cocina, ahora cuelgan en mi clóset. Cada uno está suspendido de una cuerda y detenido con varios ganchos.

Las palabras de la última caja llenan mi mente: "La seguridad es ilusoria".

Alguien que debería estar muerto me ha dado mi propio clóset de la tortura.

Está jugando conmigo, disfrutándolo. Y ni siquiera estoy segura de quién es. ¿Por qué me daría esto? ¿Es una pista de lo que tiene preparado para mí?

Las imágenes de Sanda atada, amordazada y con una venda en los ojos en el clóset de Brothers azotan mi cerebro y me dan náuseas. Pero Brothers no era el único. El Padre también tenía un clóset lleno de sus juguetes. Y yo pasé la mitad de mis noches atada junto a él. Los recuerdos de un dolor insoportable me hacen correr a la ventana. La abro y respiro el frío unas cuantas veces antes de que mi estómago acepte calmarse.

Cuando al fin puedo estar derecha y tranquilizar mi respiración, cierro la ventana. Vuelvo al clóset y me doy cuenta de que los reflejos brillantes no son lo único nuevo. Debajo de los cuchillos, a la vista, está otra caja negra. La furia hierve en mi interior y cruzo la habitación en dos pasos. Tomo la caja, le arranco la tapa y las arrojo a las dos con tanta fuerza como puedo contra la pared opuesta. La rosa explota en un baño carmesí sobre mis sábanas gris claro e intento recobrar el control. Me debato entre el terror absoluto y las ganas de matarlo, por jugar conmigo de esta manera.

Recojo la tapa y la estudio con la luz que reflejan los cuchillos. Un súbito frío me llena de la cabeza a los pies. Esta vez el mensaje recortado en la seda negra de la tapa es mucho más malicioso:

SE ACABARON LAS ESCONDIDAS

Lo escucho en el silencio de mi habitación. Un tablón cruje en el pasillo. Hay alguien aquí. Mi corazón se acelera y todo a mi alrededor se vuelve más lento, pero no lo suficiente para salvarme.

¡Corre! ¡Ya!

Estoy acorralada. Solo hay un lugar donde me puedo esconder lo suficientemente rápido, y me pregunto si preferiría morir que entrar allí en forma voluntaria. Se escucha una pisada en el pasillo, más pesada, más cerca.

Sea quien sea, se está acercando. Inclinándome tanto como puedo, entro al clóset con las puntas afiladas de los cuchillos raspándome los brazos, picándome el cuello, colgando sobre mi cabeza. Y cierro la puerta.

22

Un cuchillo de carnicero cuelga frente a mi cara. Cada vez que me muevo, incluso cada vez que respiro, hay un ligero tintineo de los cuchillos que se tocan. Cierro los ojos por un momento y maldigo en silencio cuando me doy cuenta de que debo haber dejado mi barra de hierro en la mesa.

Un cuchillo particularmente afilado pincha mi codo y busco la cuerda que lo sostiene. Escucho otro paso, más cerca, en mi dormitorio. Mediante un rápido movimiento, tomo el cuchillo y lo uso para cortar su propia cuerda con un ademán de mi muñeca. Sosteniendo el filo frente a mí, decido que será mejor que tome a mi visitante por sorpresa que al revés.

Se escucha otro paso, esta vez fuera de la puerta del clóset. Si quiero esa ventaja, tengo que actuar ahora. Intento mentalizarme. Puedo hacerlo. ¿Para qué he estado tomando las clases de Cam si no es para esto? Puedo. Lo haré.

Inclinándome por debajo de la mayoría de los cuchillos, salgo de golpe por la puerta. Derribando a la fuerte y claramente masculina figura al otro lado. Sé por el dolor y el súbito calor que me he cortado un poco los hombros, pero no me detengo a revisar. No puedo darle oportunidad de entender qué está pasando. Tiene una capucha sobre su cara. Lo golpeo en el estómago con mi rodilla y escucho cómo sale el aire ruidosamente. Luego presiono mi cuchillo contra su cuello y le quito la capucha.

Cam jadea con los ojos muy abiertos. El alivio y la confusión extinguen la salvaje adrenalina en mi sangre y me echo hacia atrás, sorprendida, aún con mi cuchillo en su lugar. Él gira, toma mi muñeca y me quita el cuchillo de la mano con un golpe antes de echarme al suelo con sus fuertes brazos y piernas.

–¡Charlotte! –grita mientras lucho para quitármelo de encima–. Detente y te suelto.

Respiro con profundidad y vuelvo a hacerlo mientras me tranquilizo y mi pulso se desacelera hasta un ritmo normal. Sus ojos buscan en los míos y lo miro con odio, intentando descubrir por qué se metería en mi departamento sigilosamente en la oscuridad. Me quito el cabello de la cara con un soplido y lo observo.

–Ya me detuve.

Él me suelta y se sienta en el suelo junto a mí. Ahora que no estoy luchando contra él, lo veo observar el clóset y ver los cuchillos colgando en su interior. Sus ojos van del clóset a la explosión de pétalos de rosa en mi cama y a los cortes ensangrentados en mis hombros. Luego se estira y levanta la tapa de la caja, leyendo las palabras en su interior.

Cam dirige sus ojos hacia los míos, su voz murmura:

−¿Qué demonios está pasando?

Levantándome hasta quedar sentada, reviso el daño. La mayoría de los cortes son pequeños y superficiales. Solo unos cuantos necesitarán atención.

−¿Qué importa?

Él señala hacia el clóset con incredulidad.

−¿Cómo puedes pensar que esto no importa?

Inclino el mentón.

−Permíteme reformular. A ti, ¿qué te importa?

−¿Cuántas veces tengo que decirte que me importas antes de que lo entiendas?

Su tono enojado solo hace que quiera pelearme con él, atacarlo.

−¿Cuántas veces tengo que decirte que me dejes en paz antes de que me hagas caso?

Me mira con severidad, y el fuego en sus ojos se siente como el único calor que queda en el departamento:

−Siempre una vez más... hasta que me hagas creer que lo dices en serio.

Estoy demasiado confundida, demasiado enojada, para siquiera intentar entender lo que está diciendo, así que enfoco mi atención en mi herida más reciente.

—Como sea, ¿por qué estás aquí? —presiono una parte de mi blusa contra uno de los cortes más profundos, intentando detener el sangrado—. Y te apareciste en Angelo's. ¿Me estás siguiendo?

Toma una toalla de una canasta de ropa doblada en la esquina y la presiona contra mi hombro.

—Sí.

—¿Qué? ¿Por qué? —lo observo con el ceño fruncido e intento quitarle la toalla, pero me echa una mirada tan obstinada que dejo de luchar.

—Déjame ver. ¿Quizás porque un psicópata se la pasa metiéndose en tu departamento? Ah, y ¿qué era lo otro? —se inclina hacia mí hasta que su cara llena mi campo de visión y luego baja la voz, pero no su intensidad—. Claro... y porque *me importas*.

Su respiración sale entrecortada y agitada, y su calor cubre mi cara. No tengo las palabras correctas para responder a eso, al menos no ahora. Sin respuesta, tomo la toalla, me pongo de pie y camino hacia la sala. Él va detrás de mí, encendiendo la luz con mucha fuerza mientras pasamos. Voy a la ventana y observo el parque al otro lado de la calle buscando una figura entre las sombras, un cigarro encendido, cualquier señal de vida. ¿Aún está aquí? ¿Observando? ¿Esperando? No hay nada.

Cuando cierro la puerta del departamento de golpe y me tiro al sofá, Cam se sienta junto a mí.

Hay dolor en su expresión cuando me mira a los ojos.

–¿Podemos declarar una tregua por unos minutos al menos?

Lo miro. La mitad de mí quiere estar en desacuerdo, decirle una y otra vez que no lo necesito a él ni a su tregua. La otra mitad aún está escondida en el clóset con los cuchillos y sabe que esto podría sobrepasarme. Mi decisión es no decir nada.

–Podrías no necesitar mi ayuda. No lo sé porque no me dices nada –Cam cierra los ojos y frota sus manos contra su frente–. Pero necesito saber qué está pasando. Saliste sangrando de un clóset lleno de cuchillos y me atacaste. Por favor ten la cortesía de explicarme.

Ya no tienes que pelear sola, Piper.

Saco mi kit de primeros auxilios del baño y lo llevo al sofá.

–Bueno, pero hablaremos mientras me hago las curaciones. ¿Qué quieres saber?

–¿Cómo entró esta vez?

Niego con la cabeza. La puerta principal estaba intacta, al igual que la de la escalera de incendios.

–No tengo idea.

–La tarjeta en la caja dice *Piper* –Cam tiene la misma expresión concentrada que he visto en su rostro cuando falsifica documentos. Baja el mentón, saca otra venda del kit y examina un corte largo en mi otro brazo–. ¿Quién más sabe ese nombre?

–Aquí nadie, en realidad. Tú, Lily, Sanda –hago un gesto de dolor mientras limpia una de mis heridas más profundas–. Lo cual es otra razón por la que esto no tiene sentido.

–¿Cuántas cajas has recibido?

–Tres.

–¿En momentos distintos?

–Sí.

Rechina los dientes y presiona un vendaje contra mi piel un poco más fuerte de lo necesario.

–¿Todos tenían ese adorable mensaje escrito en el interior de la tapa?

–No –me estremezco mientras recojo el kit de primeros auxilios. Me enfoco en las preguntas de Sam y en mis respuestas. Resuelve el problema, no dejes que el miedo tome el control.

Toma la caja de entre mis manos y la pone en el suelo a sus pies, luego voltea hacia mí con expresión lúgubre.

–Dime.

Apoyo mi cabeza sobre el respaldo del sillón y mis ojos se posan en el techo encima de mí.

–Decían: "Conozco tu secreto", "La seguridad es ilusoria" y "Se acabaron las escondidas".

Pronunciar las palabras me hace sentir náuseas. ¿Se

acabaron las escondidas para él o para mí? No puedo enfrentar la posibilidad de que podría ser el Padre, aunque mi nombre y uno de los mensajes suenan a que podría ser él. Si es Brothers, me robé a Sanda y lo dejé en un incendio, y ahora quiere que pague. El cansancio y la derrota me llenan. Lo que esta persona hizo en el clóset requirió tiempo. ¿Cuánto debió haber pasado aquí, en mi casa, tocando mis cosas?

Poniendo el brazo sobre mis ojos, intento cubrirme de mi vida. Esto no es para nada como la nueva vida por la que he luchado. No, es demasiado parecida a la vida que siempre conocí. Quizás lo merezco. Quizás soy un imán para las personas malas.

–¿Qué crees que significa? –Cam apoya el costado de su cabeza sobre el sofá junto a la mía.

–Quizás no está muerto –mi voz tiembla y ni siquiera intento disimularlo. Giro para ver a Cam y solo está a unos centímetros. No entiendo por qué, pero su presencia me da fuerza–. Y sabe quién soy, dónde vivo... todo.

–¿Quién?

Mi respuesta suena como un murmullo tranquilo.

–No estoy segura todavía. Nada de esto tiene sentido –ahora cierro los ojos, incapaz de verlo más. Sé cómo se siente sobre lo que he hecho. No quiero ver sus juicios y su decepción de nuevo.

Cam mete las puntas de sus dedos debajo de los míos, pero no hace ningún otro movimiento.

–Mírame, por favor.

Abriendo los ojos, lo observo y espero.

–Te prometo que, sea lo que sea que esté pasando, estaré aquí. Te conozco. No me importa lo que hayas hecho, no te mereces esto. No voy a ir a ningún lado, no importa lo que pase –espera. Sus ojos son mares de sentimientos embravecidos antes de pedirme–: Dime.

–No puedo –quito mi mano, pero me toma de la otra.

–¿Por qué no? –levanta la voz lo suficiente para descontrolarme.

–Ya lo sabes –le grito.

–Entonces esto debería ser fácil –su voz se suaviza–. ¿Quién está haciendo esto?

Levanto los ojos para encontrarme con los suyos.

–Probablemente una de las personas que maté.

Cam no parece horrorizado, no se voltea ni desvía la mirada de mi rostro. No huye ni se enoja. No hace nada de lo que yo esperaba. En vez de eso, se acerca y habla.

–Si es así, tus métodos de asesinato son seriamente ineficaces.

Parpadeo, y el extremo de su boca se levanta ligeramente. No puedo evitar reírme, y cuando lo hago, se siente muy bien. Él también suelta una carcajada, y ambos nos estamos riendo. Me doy cuenta de la ironía y me abrazo el estómago porque no puedo parar. Estamos en mi departamento con un clóset lleno de cuchillos, mi hombro sangra, casi acuchillé a Cam, un psicópata me está siguiendo, y no podemos dejar de reírnos. Es tan inapropiado, tan perverso y oscuro y hermoso.

Pasa un minuto completo antes de que podamos respirar de nuevo. Cuando la risa se ha ido, puedo ver lo que queda en los ojos de Cam: miedo absoluto. Estirando su brazo, me acerca a su pecho y me abraza. Me aplasta contra él con tanta fuerza que casi me lastima y, al mismo tiempo, me afianza de una manera que nunca había sentido. Sin sus brazos, me destruiría. La tensión en mí se suelta como un resorte que ha estado apretado por demasiado tiempo. Una parte de mí quiere aferrarse a él como él se aferra a mí, la otra parte quiere empujarlo y escapar. No hago ninguna de las dos. En vez de eso, enfoco mi energía en intentar entender su reacción.

¿Podría ser posible? ¿Después de todo lo que sabe, no cree que yo sea un monstruo? La idea es tan dulce como la luz del sol el primer día que salí del ático, irreal. Pero ese es el punto. No es real. Justo ahora, cuando teme por mí, puede ignorar lo demás. Pero otro día, sin peligro acechando a la vuelta de la esquina, no podrá. Y no puedo ignorar eso.

–Lamento tanto todo –Cam presiona sus labios contra mi cabello, y sé que si no lo alejo ahora, nunca podré hacerlo. Empujando con mis manos, presiono suavemente su pecho hasta que se echa hacia atrás, y cambio de tema.

–Cuando encontré a Sanda en la ciudad, el hombre que la tenía la encerraba en un armario bajo las escaleras y tenía un clóset lleno de armas que usaba para torturarla.

Cam hace un gesto de dolor y sus puños se aprietan con tanta fuerza que puedo ver las venas hinchándose en sus antebrazos.

–¿Entonces crees que es él? ¿Y que por eso hizo esa cosa en tu clóset?

Me encojo de hombros.

–No necesariamente. Quizás es común en los psicópatas como él. El Padre también tenía uno. O sea, no van a dejarlo todo por cualquier parte. Además, ni siquiera sé cómo podría encontrarme el captor de Sanda. Mucho menos, saber que mi nombre es... era Piper.

Siempre serás Piper.

Cam va a la ventana y se asoma por la pequeña ranura entre las cortinas. Por su expresión, parece que estuviera librando una batalla en su cabeza. Cuando habla, no se mueve.

–¿Puedo hacerte una pregunta?

Ignoro mi primera reacción de levantar más barreras entre nosotros para protegerme. Prácticamente ya conoce todos mis secretos, de cualquier manera. Cuando respondo, mi voz suena dudosa.

–Bueno.

Mantiene los ojos en el mundo de afuera.

—¿A cuántos más has...?

Me consterna el darme cuenta de que esta no es una pregunta injusta.

—No, a nadie más. Eso es todo. Lo juro.

—¿Había alguna otra manera? —sus ojos encuentran los míos y la luz de la calle se refleja en ellos. Hay una esperanza y miseria en su expresión que me descontrola y no respondo de inmediato—. ¿Tenías que matarlo?

—No entré con la intención de hacerle daño —replico. Sus ojos son tan penetrantes que no puedo soportar su intensidad de su mirada. Observo las vetas en los tablones bajo mis pies—. Volvió cuando yo estaba adentro, intentando rescatarla.

—Guau —suelta un silbido largo y bajo. Me estudia hasta que me siento incómoda y tengo que desviar la mirada—. ¿Y entonces? ¿Eres una especie de justiciera? ¿Salvas a los que están en problemas? ¿Los vengas?

—No —susurro con demasiada urgencia.

Quizás.

—No —repito, más fuerte esta vez, y Cam inclina la cabeza a un lado—. Estaba intentando ayudarla. Él me atacó y yo me defendí. Cuando lo derribé al suelo, soltó su cigarro, y eso comenzó el incendio.

Merecía morir.

Un gemido amargo escapa de mi garganta.

—Sin duda sería bueno saber si sí en este momento.

—¿Si sí qué?

–Uh –niego con la cabeza, pidiéndole a Sam que se calle por un momento. Necesito recomponerme, dejar de hablar conmigo misma. Señalo hacia el dormitorio y el caos que dejamos ahí–. Si murió.

Cam se aleja de la ventana asintiendo y camina decididamente hacia el dormitorio.

–Creo que puedo ayudarte con eso.

–¿Puedes? –mis ojos se desorbitan y comienzo a levantarme, pero luego él se detiene y gira hacia mí.

–Antes de que lleguemos a eso, tenemos que reducir nuestras opciones –dice. Puedo ver en su rostro que está formulando un plan–. ¿Podría ser alguien más? ¿Amigos o familiares suyos que pudieran saber lo que hiciste? –pregunta Cam.

–No. No creo que yo haya conocido nunca a ningún conocido suyo –digo, negando con la cabeza e inclinándome para recoger el kit de primeros auxilios antes de ponerme de pie.

–Perdóname por preguntar esto, pero ¿cómo mataste a tus padres? –cuando, impactada, giro de golpe para quedar frente a él, agrega–: El tipo de Sanda, si alguien llegó a ayudarlo, si el fuego no fue tan grave, o si no estuvo inconsciente por mucho tiempo, podría haberlo librado. ¿Había alguna manera en la que tus padres pudieran haber sobrevivido?

Trago saliva con dificultad, y la imagen del cuchillo ensangrentado pasa por mi mente. Uno de los que ellos habían usado en mí cientos de veces, pero la sangre que veo no es mía. Las palabras se deslizan entre mis dientes.

—Poco probable.

—No dijiste que fuera imposible.

Suelto el aire a chorros y me tiro de nuevo en el sofá.

—Nada es imposible cuando se trata de ellos.

—Bueno. Entonces comenzaremos mañana —vuelve a sentarse junto a mí y echa su brazo sobre el respaldo del sofá.

—¿Comenzar?

—A averiguar quién es este psicópata.

Sin dudarlo, niego con la cabeza.

—No. Este es mi problema, no tuyo. No necesito ayuda.

—Claro —asiente—. Y voy a dormir en tu sofá hasta que lo averigüemos.

—No —protesto. Me levanto y voy hacia la puerta para indicarle la salida, pero él llega primero, pone su mano sobre ella y me detiene.

—Si no es por ti, déjame hacerlo por Sanda —en sus ojos hay súplica y amabilidad—. Merece la oportunidad de tener una vida normal. Tú ya la salvaste. Déjame ser su héroe esta vez.

El sonido que sale de mí es mitad suspiro, mitad gruñido, pero él sabe que ya ganó. Sonriendo, se apoya contra la puerta y mueve la mano para tocar las puntas de mis dedos con las suyas.

—Bueno —murmuro, y alejo mi mano de un impulso,

negando con la cabeza. Su sonrisa vacila un poco, no mucho, y veo el conocido brillo de la determinación en sus ojos. Lo he mantenido a una distancia bastante segura, y de algún modo en una noche, ha derribado la mayoría de las barreras que construí para refugiarme. Pero me niego a quedarme completamente desprotegida, y mantendré en pie esta última decisión con todas mis fuerzas. Es la única protección que me queda.

–Ayúdame a limpiar, luego iré por Sanda.

XXX

Mientras arrojo el resto de los pétalos de rosa en la basura, escucho a Cam moviéndose en mi dormitorio y el sonido del metal contra metal. No hemos hablado desde que decidimos que se podía quedar, ambos ocupados en limpiar la pesadilla en un silencio sombrío. No puedo ver el clóset, no por ahora. Me siento en el sofá con la Marioneta Piper en mi regazo. Cerrando los ojos, espero. Tras unos minutos, él se sienta y pone un brazo junto al mío. Sin tocarnos, pero lo suficientemente cerca para que sienta su presencia aun con los ojos cerrados.

–Lo detendremos. No sé cómo, pero lo haremos.

Trago saliva y presiono mi cabeza con más fuerza contra el almohadón del sofá, deseando que pudiera hundirme en él y desaparecer de esta locura para siempre.

Quiero esconderme de los nuevos horrores en mi departamento y en mi vida, pero como decía el mensaje, ya no puedo esconderme de ellos.

De hecho, estoy segura de que soy la única que puede detenerlos.

23

Dejar que Cam duerma en el sofá fue la mejor idea del mundo. No creo que yo haya dormido tan bien desde que vi por primera vez a Sanda en el parque. Sentirse a salvo es algo maravilloso, una sensación desconocida. Desde que me escapé de los Padres, con mi nuevo acosador esto es lo menos segura que he estado, pero con Cam no se siente así. Solo espero que dejarlo que se quede no sea ponerlo en riesgo también a él. Aunque tampoco se habría ido si le hubiera rogado, porque lo intenté.

Cam fue a su casa a darse un baño y para ver a Jessie, y yo dejé a Sanda con Janice. Cam llamó a su tía anoche para decirle que se iba a quedar con una amistad, pero considerando que su tía ya le habló tres veces esta mañana, estoy bastante segura de que sospecha que algo anda mal. Cuando cruzo la puerta del edificio, me está esperando con ropa limpia. Su cabello está húmedo. Antes de que pueda decirle nada, se levanta y comienza a andar.

—¿Vienes? —dice sin mirar atrás.

Observo su espalda por un instante antes de correr detrás de él. Se siente extraño. Normalmente él intenta alcanzarme, no al revés.

—Espera, ¿a dónde vas?

—Tenemos mucho que hacer —Cam se da vuelta y camina de espaldas, para poder verme mientras corro hacia él.

—¿Como qué?

—Pensé que deberíamos comenzar en la Biblioteca Pública.

Trago saliva e intento con todas mis fuerzas enfocarme en el plan. No emocionarme. ¿Una biblioteca real? Solo he leído sobre ellas en libros... irónico, lo sé. He querido buscar una desde que llegamos a la ciudad, pero con Sanda nunca he tenido el tiempo.

—Pero ¿por qué?

No disminuye su ritmo.

—Vamos a buscar los registros de tus padres y averiguar si el villano de Sanda sobrevivió a tu pequeña fogata.

Me congelo.

—¿Tienen ese tipo de información en la biblioteca?

Una sonrisa triste cruza su rostro. Se detiene y atraviesa los pocos metros que nos separan.

–Tienen computadoras. Podemos buscar las noticias. Me hubiera ofrecido a hacerlo en mi casa, pero después de que no llegué anoche, pensé que sería raro llevarte conmigo. La tía Jessie no me dio mucho espacio para respirar mientras estuve ahí, así que la biblioteca es nuestra mejor opción. Por suerte para ti, tengo debilidad por las chicas lindas con problemas graves –detiene un pie frente a mí y se inclina hacia adelante, su voz se convierte en un susurro–. Estoy encantado de ayudarte.

–Gracias. Necesito un buen *amigo* –puedo ver por su expresión que captó mi indirecta nada sutil, pero asiente sin decir nada. Alejando la confusión que me llena cuando está tan cerca de mí, doy un paso a un lado y camino junto a él. No puedo darme el lujo de desenmarañar mis sentimientos en este momento, pero es un buen chico, y por más que odie reconocerlo, sí necesito su ayuda.

XXX

La Biblioteca Pública en el Rittenhouse Square es más pequeña de lo que esperaba. Ocupa los dos primeros pisos de un rascacielos de departamentos, lo cual explica por qué no me había dado cuenta de que estaba ahí. Aun así, me encanta de arriba abajo. Cada nivel está lleno de repisas sobre repisas de libros. Todo el lugar huele a libros. La amo. Quiero vivir aquí con todos los otros mundos a los que solía escaparme.

Cam camina directo hacia las computadoras sin mirar las repisas. Estoy segura de que las computadoras son útiles pero, junto a todos estos libros cálidos y hermosos, parecen tan frías e indiferentes.

En cuanto Cam comienza a teclear, recuerdo lo que dijo que podían revelarnos esas frías máquinas. Me coloco a su lado y observo la pantalla. Antes de que siquiera pueda comenzar a preguntarme qué diablos es un *Google*, él comienza a disparar preguntas entre susurros como una ametralladora extremadamente silenciosa.

–¿Dónde vivían tus padres? ¿Estado? ¿Dirección? Cualquier cosa que puedas darme.

Trago saliva con dificultad.

–Wyoming. El pueblo más cercano se llamaba Greenville.

Tiene la mirada fija en mí mientras sus dedos se deslizan por el teclado.

–¿Hace cuánto?

–Mayo del año pasado.

–¿Puedes decirme sus nombres?

–Douglas y Betty Nelson –digo los nombres que jamás había pronunciado y bajo los ojos al suelo con la mirada perdida. La única razón por la que sé sus nombres es porque Nana me los dijo. Intento ignorar el miedo que se cuela hasta mi médula. No deberían seguir teniendo este poder sobre mí. No se lo permitiré.

–Betty está muerta.

No levanto la mirada, pero la presión en mi pecho se relaja un poco.

–¿Cómo?

No responde, y me pregunto si tiene tanto miedo de decirme como yo de escucharlo.

–Aún no he encontrado los detalles. Sigo revisando.

–¿Y él?

Las manos de Cam se detienen. Sus hombros se tensan mientras se acerca a la computadora. Echo un vistazo a la pantalla y todo se detiene: mi respiración, mi sangre, mi corazón, mi cerebro. Cada parte de mí que el Padre intentó controlar. Sus ojos fríos como el hielo me observan. La imagen es de hace un mes. Sonríe con desdén por mi fe en que podría sobrevivir a él. Se burla de mi intento de escape.

Sam tararea tan fuerte en mi cabeza que ahoga cualquier otro sonido. Su voz asustada retumba en mi cráneo como lo hacía en el ático. Estamos solos, Sam y yo. El Padre está aquí y nadie nos protegerá... al igual que yo no pude proteger a Sam.

–¿Charlotte? –la voz de Cam suena distante y aterrada. Su brazo cae sobre mis hombros y ni siquiera reacciono. Estoy de regreso en el ático y todo por lo que he trabajado parece tan inalcanzable, tan lejano. Su voz es un susurro en el viento, llamándome hacia él por los kilómetros y estados que nos separan, aunque su aliento cálido toca mi oreja–. Por favor, tienes que respirar.

Sus dedos rozan mi barbilla y gira mi rostro hacia él. Sus ojos color avellana sustituyen a los azules del Padre. El calor y la preocupación que veo ahí me traen de regreso mientras mis ojos comienzan a enfocarse. Inhalo profundamente todo el aire que puedo y parpadeo unas cuantas veces mientras me aplasta entre sus brazos.

–Gracias a Dios –susurra Cam contra mi frente.

El aire en mis pulmones es como un portal que me devuelve al presente, aunque no me lleno. Estoy aquí ahora, en la ciudad de Filadelfia que respira y está llena de vida, no en el bosque desolado y en los caminos vacíos de Wyoming. Soy libre y este es mi hogar.

Saco el perno de la bolsa de mi pantalón y lo envuelvo con fuerza en mi palma. Juntando las fuerzas para levantarme, me salgo del abrazo de Cam y me acerco a la pantalla de la computadora. Obligando a mi voz a no temblar, enfrento esta nueva verdad. Este nuevo mundo que parece más oscuro y peligroso porque ahora sé que, en alguna parte de él, el Padre está vivo.

–Está vivo –digo.

–Sí –responde Cam. Se para detrás de mí como una viga de apoyo dentro de una pared. No puedo verlo ni sentirlo, pero de alguna manera su presencia me mantiene erguida–. Pero no está aquí. Este no es él.

Alejo la vista de la pantalla, pero aún tiemblo al sentir los ojos del Padre en mi espalda.

–¿Cómo puedes saber?

—Porque está en la cárcel —Cam dobla las rodillas ligeramente hasta que levanto los ojos para encontrarlos con los suyos—. Está acusado por el asesinato de su esposa.

Niego con la cabeza. Ya nada parece tener sentido. Tengo las puntas de mis dedos sobre todas las piezas del rompecabezas, pero no puedo acomodarlas para formar una imagen completa.

—Pero él no...

—No puedes saber eso —Cam se encoge de hombros—. Los detalles de su muerte aún no son públicos. Quizás ambos sobrevivieron y él la mató por rabia después de que tú te escapaste. En cualquier caso, eso responde nuestra pregunta.

Puedo ver en los ojos de Cam lo mucho que quiere que esa posibilidad sea verdad, pero yo no. En lo más profundo de mi ser necesito haber sido yo. Tan terrible como suena, quiero que hayan sido mis manos las que le pusieron fin a su crueldad. Después de todo lo que ella hizo, después de que no le haya importado que me estuviera muriendo de hambre, después de que me llevó a vivir con él y permitió que me encerrara en un ático... después de todo lo que el Padre hizo y de cómo ella lo apoyó. Eligió las drogas sobre mí y luego al Padre sobre mí. Una y otra vez demostró que sus necesidades, sus adicciones eran más importantes para ella que yo. Luego, después de haber permitido lo que él le hizo a Sam, yo, su escudo, me convertí en un arma. Quiero ser la que le robó la vida para compensar por todo lo que ella me robó.

Una chica va de una fila de estantes en un costado de la sala a la otra. De pronto me doy cuenta de que no estamos solos. La gente va de un lado a otro silenciosamente por los pasillos, estudiando libros, escribiendo en sus teclados. Me hacen sentir expuesta. Quiero que se vayan, para poder ordenar toda esta información nueva y convertirla en algo lógico, en algo que pueda entender o controlar.

Solo una cosa importa en este momento: el Padre puede seguir vivo, pero se ha convertido en el prisionero que yo solía ser. No puede venir por mí, ya no puede hacernos daño a mí ni a la gente que me importa, ya no. Y si el Padre no está entrando a mi departamento y dejándome regalos negros con mensajes oscuros, ¿entonces, quién?

—Busca al hombre que tenía a Sanda —susurro.

Cam asiente de forma sombría. Con dos clics la cara del Padre desaparece de la pantalla y puedo respirar con más facilidad.

—¿Qué puedes decirme?

—Estaba en Clarion Street.

—Bueno, ¿y cuál fue la fecha?

—¿Hace cinco semanas, quizás? —intento repasar las últimas semanas buscando más detalles, pero mi cerebro se niega a cooperar y vuelvo sin nada–. Su nombre es Steve Brothers, si eso sirve de algo.

Teclea en su computadora por un momento.

–No hay nada con ese nombre, pero eso no significa nada. Déjame ajustar un poco estas fechas.

Después de unos cien clics más, se detiene.

–¿Es este?

Una foto en blanco y negro del edificio calcinado de Brothers aparece en la pantalla. Es aún más escalofriante sin color.

–Sí.

Cam despliega el artículo. Ojeo las palabras tan rápido como mis ojos pueden leerlas, pero por más que he intentado enseñarme a leer velozmente, aún no puedo seguirle el paso a Cam. Solo comprendo algunas palabras por aquí y por allá mientras baja la página con rapidez. De pronto la pequeña flecha en la pantalla se congela sobre un párrafo:

"Por un golpe de suerte, el incendio ocurrió
a mediodía cuando ninguno de los habitantes de los tres departamentos del edificio estaba en casa.
No se reportaron heridos ni decesos".

Apretando las manos sobre mis costados, lo leo una y otra vez. Con cada repetición espero que diga algo distinto que la última vez, espero que diga que está muerto.

Recuerdo la oscura emoción en sus ojos cuando me vio por el espejo en su departamento. Está vivo y en la ciudad, y tan solo eso lo convierte en el principal sospechoso.

Cam baja la barbilla y me mira a los ojos. Por su expresión me doy cuenta de que ha estado hablando. No escuché ni una palabra, nada además de mi corazón desplomándose al suelo del sótano de la biblioteca debajo de nosotros, cayendo con un horrible ruido seco hasta el fondo.

–¿Qué dijiste? –pregunto.

–Es demasiada información para procesar de golpe –su entrecejo se arruga y roza sus nudillos en mi antebrazo–. Estás helada. ¿Estás bien?

–No. ¿Esperarías que lo estuviera?

Cam se quita la chaqueta y la envuelve sobre mis hombros. Está llena de su calor y de su olor. Apretarla sobre mí me hace sentir considerablemente mejor.

Tantas cosas que no encajan en esto. ¿Cómo sabría mi nombre real o cómo descubrió dónde vivo?

–¿Estás seguro de que esto es cierto? ¿Hay alguna posibilidad de que no lo vieran?

Los sollozos de Sam llenan mi cabeza con imágenes del departamento de Brothers. No quiere admitir la posibilidad más de lo que yo quiero hacerlo.

Cam niega con la cabeza y me ofrece una sonrisa triste.

–No. No está muy bien visto dejar cuerpos perdidos en un incendio. Estoy seguro de que buscaron bien.

Mis dedos aprietan más la chaqueta alrededor de mi cuello. Está llena del calor de Cam. Él está cálido y yo estoy fría, por fuera y por dentro.

–Sí, soy bastante mala matando gente –murmuro lo suficientemente bajo para que hasta Cam tenga que esforzarse para escuchar.

–No estoy seguro de que eso sea algo malo –dice, y se ríe.

–No se ve tan bueno ahora –cuando mis manos tiemblan en los botones de su chaqueta, su sonrisa desaparece; aparta mis manos y me la abotona antes de volver a la computadora.

–Déjame revisar un par de cosas más –echa un vistazo a su alrededor para asegurarse de que nadie esté viendo y saca un pequeño cuadrado negro de su bolsillo. Lo mete en uno de los agujeros en el frente de la computadora debajo del escritorio.

–¿Qué es eso? –pregunto.

–Es una memoria –ante mi expresión confundida, agrega–: tiene unos programas que me ayudan a buscar más información de lo que puede una persona común.

En pocos segundos un montón de cajas nuevas aparecen en la pantalla y él las recorre tan rápido que me marea. La mitad está en otro lenguaje que ni siquiera parece usar palabras completas.

Tras un minuto, dejo de ver la pantalla y observo la expresión de Cam. La forma en que su ceño sigue haciéndose más profundo me llena de temor. Finalmente se mueve un poco hacia atrás, presiona algunas teclas, y la imagen vuelve a ser con la que comenzamos. La memoria desaparece en su bolsillo y niega con la cabeza.

–Steve Brothers no existe.

Mi respiración se atora en mi garganta.

–¿Entonces *sí* está muerto?

–No. Nunca estuvo vivo. Al menos, no el Steve Brothers que recibía correos en esa dirección.

No puedo lograr que mi garganta suelte el aire, y mis palabras son un susurro.

–No entiendo.

–Revisé cada registro que existe de él: no hay tarjetas de crédito ni contratos de celular. La policía lo está buscando porque encontraron unos *artículos de interés* al limpiar tras el incendio, pero todo lleva a un callejón sin salida. Es una identidad nueva, descuidada, falsa. Steve Brothers es menos real que Charlotte Thompson.

–Entonces, ¿quién es? –mi voz es un susurro mientras voy comprendiendo las implicaciones. Quién sabe cuánto tiempo ha estado haciendo esto con diferentes nombres en diferentes lugares. ¿A cuántos otros niños ha lastimado o matado? Niños como Sanda. Niños como Sam. Echo el perno de vuelta en mi bolsa mientras la rabia da pie a la fuerza.

—No sé ni tampoco los policías saben —se restriega la palma contra el ojo—. Pero supongo que ya descubrimos quién te está dejando tus regalos.

—Bien. Entonces es Brothers o el tipo que se hace llamar así. Sabe dónde vivo. Ha estado en mi casa —bajando la mirada, evito los ojos de Cam. No creo que pueda soportar que me miren en este momento. Enderezo la espalda y avanzo hacia las puertas de la biblioteca—. Es hora de asegurarnos de que no va a volver.

24

—¿Podrás encontrarlo? —pregunta Cam—. Claramente es bueno para esconderse —sus piernas largas alcanzan fácilmente a mis pasos rápidos mientras doblamos la esquina hacia nuestro destino.

—No sé —respondo, sin levantar los ojos. Temo que intentará detenerme si me ve preparándome para pelear. Hasta mi voz suena lúgubre—. Pero sé bien por dónde comenzar.

Solo puedo pensar en una manera para detener a Brothers, y eso es hacerlo pasar del cazador a la presa. Al menos hará que sea mucho más difícil que pase tanto tiempo metiéndose en mi departamento si está cuidándose las espaldas todo el tiempo. Pero nada de eso importa si no puedo descubrir dónde se ha estado escondiendo.

–¿Estás seguro de que quieres ser parte de esto? –no dejo de caminar, pero estoy lista en caso de que Cam lo haga. Debería darse la vuelta e irse. Es lo correcto, lo inteligente–. Entiendo si no quieres.

Cam no responde y tiemblo, temiendo lo que dirá cuando lo haga. Pero su chaqueta cálida me envuelve de nuevo y ahí tengo mi respuesta.

XXX

El bar está casi vacío. Supongo que no es exactamente el mejor punto de encuentro un domingo por la tarde. Además del barman, hay un tipo desmayado sobre una mesa cercana y otro jugando *pool* solo al fondo.

Cuando entro, los ojos enrojecidos del barman pasan de mí a Cam. Se encoge de hombros y nos ofrece dos vasos de dudosa procedencia. Una etiqueta con el nombre de JIM cuelga en diagonal sobre su camisa.

–¿Qué van a tomar?

–Necesito saber sobre uno de tus clientes. Su apellido es Brothers y ha estado aquí más de una vez, a veces con una niña –mantengo la voz baja, estirándome sobre la barra, para que pueda escucharme.

Juro que veo un destello de reconocimiento en sus ojos al escuchar el nombre, pero se da vuelta y restriega su toalla sucia sobre un par de vasos.

—Si no van a pagar, tienen que irse.

Meto la mano en mi bolsillo, saco un billete de cien dólares y lo pongo de una palmada sobre la barra.

—¿Ahora sí lo recuerdas?

El dinero desaparece en el bolsillo de Jim en un segundo, y se acerca un poco más. Su aliento huele a que bebe más licor del que les sirve a los clientes, y lucho contra el impulso de retroceder dos grandes pasos.

—Sí, lo conozco. ¿Es todo?

—No —una oscura emoción por lo que puede pasar me recorre—. ¿Lo has visto recientemente?

—Sí, viene bastante seguido —Jim mete el borde de la toalla en la cintura de sus jeans, y me alegra no haber pedido nada de beber—. Pero no hablo con él más de lo necesario. Tenemos unos clientes muy locos.

Escucho la risita disimulada de Cam detrás de mí y dice entre dientes:

—No me digas.

—Se mudó hace poco más de un mes y estoy intentando localizarlo. ¿Tienes alguna idea de dónde vive ahora? —pregunto.

Jim niega con la cabeza y su papada se sigue moviendo cuando su rostro ya se ha detenido.

—Nah. Pero vuelve con más dinero mañana y te presento a su amigo. Siempre viene entre semanas.

Me acerco más, finjo que aún puedo respirar y que mi garganta no está amenazando con cerrarse solo por estar cerca de él, y sonrío. Jim me devuelve la sonrisa y veo un par de dientes faltantes en cada lado.

—Quiero sorprenderlo. No te importa guardar en secreto nuestra conversación, ¿verdad, Jim? —saco otro billete de cien y, con el extremo, golpeo su pecho.

—Nop. Soy bueno para los secretos.

—Ya lo creo.

XXX

Mi mente es un desastre mientras caminamos de regreso a mi departamento. Lo que descubrimos en la biblioteca, además de Jim y del bar, hicieron que quisiera darme cien baños con agua hirviendo. Aun con Cam durmiendo en mi sofá, las pesadillas me atormentan. Esta mañana había despertado, gritando, de un mundo lleno de cuchillos colgantes, el Padre, Brothers y sangre... tanta sangre. Sanda escondida en la orilla mientras Cam intentaba detenerme, pero yo lo alejé. Esa es la respuesta. Es la única forma de mantenerse a salvo del dolor.

Solo que no estoy segura de si quiero estar a salvo si lo que se necesita es alejarlo una y otra vez.

No puedo mirarlo a los ojos mientras camina junto a mí. Estoy bastante segura de que encontrará los míos vacíos, atormentados. No quiero que sienta lástima por mí. Soy más fuerte que eso.

—Estoy confundida —la verdad sale sin pensarla. Mi cerebro está demasiado abrumado para luchar con la honestidad.

—Lo sé —Cam no necesita que le explique. Esto ha estado sobre nosotros como una nube negra. Sabe exactamente a lo que me refiero—. Estaba equivocado. No sé si yo habría hecho algo diferente en esas situaciones. Hiciste lo mejor que pudiste con lo que tenías y no hay nada malo en eso. Lo siento.

Mi alivio al escuchar sus palabras no es ni de cerca tan dulce como debería ser. Tantas cosas se han interpuesto entre nosotros. Si nunca le hubiera contado sobre mi pasado, si Sanda y yo nunca hubiéramos estado en peligro... Hay tantos "si", y al final de cada uno está algo que desearía poder tomar de él en este momento. Algo que nunca le he pedido a nadie: un momento de paz, un momento de protección, de seguridad entre sus brazos. Desearía poder tomarlo ahora sin consecuencias para ninguno de nosotros, pero sé que no puedo. El nuestro es un mundo donde las elecciones ya se han tomado y no podemos retroceder sin arriesgarnos los dos.

Aun así, aunque lucho contra él a cada paso, sigue a mi lado, subiendo las escaleras hacia mi departamento.

Apenas pronuncio una palabra antes de cruzar la puerta que sostiene abierta para que yo pase.

—Gracias.

Un hecho queda cuando todo lo demás desaparece.

No permitiré que ni Cam ni Sanda se conviertan en un daño colateral de la matanza de mi vida.

XXX

Sanda y Rachel van dando saltos por delante de nosotros todo el tiempo de camino a la escuela. Nunca había visto a Sanda tan feliz. Cam fue a casa por ropa limpia porque le prometí pasar por el estudio y recogerlo en cuanto termine.

Mentí.

—Es mi primer día. ¡Mi primer día real! ¿Puedes creerlo? —Sanda regresa, aprieta mi mano y suelta unas risitas.

—Sip. Es real —sonrío, y Janice se ríe junto a mí mientras Sanda corre para entrelazar su brazo con el de Rachel.

El grito emocionado de Rachel probablemente puede escucharse a una cuadra a la redonda.

—¡Estoy tan emocionada! Los primeros días son los mejores.

—Quiero caminar a casa contigo —me grita Sanda—. Vendrás a recogerme de la escuela, ¿verdad?

—Claro —mi mano tiembla y mis dedos son torpes mientras lucho por sacar el sobre de mi bolsillo y sostenerlo frente a mí. Reflexioné sobre esto toda la noche. En su interior tiene todo lo que Janice necesitará si algún día no vuelvo a casa. La combinación de mi caja de seguridad, una carta para Sanda y las instrucciones de lo que está en la caja y qué hacer con ello. Es un plan *por si acaso*, y espero que nunca tenga que usarlo. Estirando mi brazo, presiono el sobre en la mano de Janice.

—¿Qué es esto? —voltea el sobre, pero está en blanco de los dos lados.

—Es para ti. Si algo me llega a pasar, por favor, ábrelo —pongo una sonrisa en mi rostro cuando Sanda gira para verme otra vez.

—¿Qué quieres decir con "si algo me llega a pasar"? —siguiéndome el juego, Janice sonríe también, pero se aferra al sobre ansiosamente.

—La persona que lastimó a Sanda ha vuelto. Voy a encontrar una manera de detenerlo —espero que esto sea suficiente explicación para Janice, porque es la única con la que me siento cómoda.

Hay un millón de razones para encontrar a Brothers. He estado huyendo y escondiéndome desde que salí del ático. No sé si puedo volver a eso o forzar a Sanda a vivir de ese modo sin perder partes de mí misma: la cordura, la seguridad, la esperanza que tanto he luchado por recuperar. Encima de eso, está un deseo intenso de dejar de ser una víctima... de luchar. Aunque sea lo último que haga, debo asegurarme de que el hombre que pasó el último año lastimando a Sanda nunca tendrá la oportunidad de dejar esas cicatrices en ningún otro niño.

Janice me observa, mordiéndose el labio. Le echa un vistazo a las espaldas de las niñas que se ríen frente a nosotras.

–¿Estás segura de que no necesitas ayuda?

Niego con la cabeza y mi mandíbula se tensa.

–No confío en la policía y tengo miedo de que puedan llevarse a Sanda si voy con ellos y les doy la información suficiente para detenerlo. Tenemos demasiados secretos que podrían descubrir, y esta vida se desmoronaría sobre nosotras. Además, tú misma lo dijiste, está mejor conmigo. Pero te prometo que no dejaré que él se acerque a ninguna de ustedes. Pase lo que pase.

Janice mete el sobre en su enorme bolso, pero no vuelve a hablar hasta que casi llegamos a la escuela.

–Bueno, pero por favor, cuídate. Te necesita más de lo que imaginas.

–Lo prometo.

XXX

Caos infantil es la única forma en la que se puede describir el área verde frente a la escuela. Hay niños por todos lados, corriendo, jugando y riéndose... tanta alegría. Un chico con cabello rubio que cuelga sobre sus enormes ojos azules se lanza hacia mis piernas y tengo que luchar para controlar mis emociones. Me sonríe y todo en él se parece tanto a Sam, salvo la sonrisa. Sam nunca tuvo una sonrisa tan grande. Nunca tuvo una razón para tenerla.

–Ups, perdón –y en un instante ya no está, salió corriendo detrás de otro chico hacia las puertas de la escuela.

Sanda me toma la mano, y recuerdo por qué estoy aquí. Me inclino. Su miedo ha vuelto al ver a los otros niños y se retrae cuando alguno pasa demasiado cerca.

–¿Y si tengo miedo?

–Está bien tener miedo –recuerdo algo que Nana solía susurrar en mi oído cuando subía a visitarnos en el ático–. De cualquier modo, eres lo suficientemente fuerte para ser valiente. Si puedes hacer eso, puedes hacer cualquier cosa.

Sanda mira a su alrededor de nuevo y asiente, pero aún está temblando. Meto la mano en mi bolsillo y saco el perno. Tomo una de sus pequeñas manos y presiono el negro metal contra su palma. Sus ojos se llenan de sorpresa y niega con la cabeza.

–No. Esto...

Asiento y cierro sus dedos con un suave apretón.

–A mí ya me dio lo que necesitaba. Cuando tengas miedo, apriétalo o frótalo y recuerda todo a lo que has sobrevivido. Eres fuerte, Sanda. No lo olvides.

Sus ojos oscuros parpadean mientras me miran unas cuantas veces antes de guardarse el perno. Luego una sonrisa tímida llena su rostro.

—No lo olvidaré. Gracias, Charlotte.

—Bien —le doy un abrazo breve—. Ahora, intenta recordar todo lo que pase. Quiero escuchar todos los detalles cuando salgas.

—Me esforzaré —asiente y se echa su mochila morada sobre los hombros.

Un pequeño pelirrojo se acerca a su madre en la acera a unos metros de nosotras y escucho que ella le dice: "Recuerda, no hables con extraños".

Sé que nunca tendré que recordarle eso a Sanda.

—Una cosa más —digo, y sus músculos se tensan mientras espera, preparada para salir corriendo de regreso a casa si lo pido—. Diviértete, ¿sí?

—¡Nos vamos a divertir muchisisísimo! —grita Rachel acercándose a nosotras y toma a Sanda de la mano.

Se sonríen entre ellas por un momento y luego Sanda se da vuelta hacia mí.

—Lo prometo.

La campana suena y los niños corren de todas partes hacia la puerta de entrada. Sanda espera mientras varios pasan junto a ella, pero luego se despide de mí con un movimiento de mano y sigue a Rachel hacia la entrada.

—¡Adiós, Charlotte! ¡Te veo al salir de la escuela!

25

Esta vez hay un poco más de gente en el bar, pero en cuanto Jim me ve, no disimula una inesperada sonrisa y se me acerca.

–Bienvenida de nuevo. Tu amigo te ganó. Está en las maquinitas.

Mis ojos se elevan y veo que "las maquinitas" es una pequeña área al fondo con dos juegos feos y maltratados. Frente a ellos y apoyado contra la pared, está Cam.

Cuando cruzo la habitación, me doy cuenta de que está más enojado de lo que lo he visto y digo con un suspiro:

–¿Por qué viniste?

–Prometiste que no harías esto –sus brazos están cruzados sobre su pecho y no deja de presionar su antebrazo izquierdo con su mano derecha, como si necesitara desesperadamente aplastar algo.

—Mentí —me acerco porque veo a un tipo en una mesa cercana que nos encuentra más interesantes que el partido de fútbol que había estado viendo–. Por favor, vete a casa. No quiero que estés aquí.

No mueve ni un músculo, pero su sonrisa es tan oscura que es casi aterradora.

—No voy a dejar que hagas esto sola.

Por más que quiera que se vaya, que esté a salvo, entiendo que discutir este punto no me va a llevar a ninguna parte.

—Bueno —golpeo su pecho con un dedo–. Pero si sales lastimado, te voy a matar.

En su cara aparece una sonrisa perversa y asiente.

—Lo mismo digo.

Mientras caminamos adonde está Jim, mis ojos hacen una rápida revisión del lugar. Los fans del fútbol al fondo, tres tipos solos en la barra, el mismo tipo que sigue desmayado en la mesa de la esquina... empiezo a preguntarme si está muerto.

—¿Está aquí?

—No estoy seguro —Jim se encoge de hombros y empieza a limpiar un poco de agua derramada sobre la barra con una toalla cercana–. ¿Trajiste a tu amigo Benjamín?

Sacando el dinero, lo pongo sobre la barra con mi mano encima y espero a que Jim responda mi pregunta.

—Sí, allá —mueve su cabeza hacia un tipo con camisa blanca y corbata azul sentado al otro lado de la barra. En su bolsillo están bordadas en rojo las *palabras* LLAVES & SEGUROS BRADY'S. Tiene la vista fija en el líquido café de su vaso y los ojos ligeramente rojos, pero aun así es el último del que hubiera sospechado como amigo de Brothers.

–¿Nombre? –no quito la mano de encima del dinero.

–Sean Brady.

–Gracias –meto las manos en mis bolsillos y recorro la barra.

–No te pierdas –Jim ni siquiera levanta la mirada mientras mete el nuevo billete en su bolsillo y va a limpiar las mesas al otro lado de la habitación.

–Creo que tenemos un amigo en común –digo mientras me siento en la silla junto a Brady, y Cam se para detrás de nosotros.

–Lo dudo –responde Brady. Por más borracho que parece, su respuesta es ágil y su tono alerta. También hay un ligero acento en su voz, pero no logro descifrar de dónde.

–Puedo recompensarte si me dices dónde se ha estado escondiendo y mantienes nuestro encuentro en secreto.

–Eso también lo dudo –aún no ha despegado los ojos de su vaso. Una y otra vez, mueve el hielo en un sentido y luego en la dirección opuesta.

Me volteo para ver a Cam, que levanta una ceja. Cuando asiento, mete su dedo en la parte de atrás de la corbata de Brady y la impulsa con una mano mientras empuja entre los omóplatos del tipo con la otra. De inmediato puedo saber que Cam me ha estado ocultando cosas en sus clases. Es mucho más fuerte de lo que pensé. Los ojos de Brady se desorbitan y suelta unos sonidos ahogados ante la súbita falta de oxígeno. Echo un vistazo al bar, pero la única persona que está poniendo atención es Jim, y cuando ve que me doy vuelta para quedar frente a él, rápidamente pasa su atención a la mesa que tiene enfrente.

–¿Estás seguro de que no quieres ayudarla? –la voz de Cam es baja y tranquila. El rostro de Brady se pone rojo mientras lucha para aflojar la corbata que se interpone entre él y el resto de su vida. Entonces Cam lo suelta. Brady tose un par de veces antes de darle un trago a su bebida.

–Bueno, bueno. No quiero problemas –se gira en su banquillo, aparentemente incómodo de tener a Cam donde no pueda verlo–. No me dijo que tenías un guardaespaldas.

Sus palabras hacen que el tiempo se haga lento mientras veo los ojos de Cam y noto cómo rechinan sus dientes. Cierro los párpados con fuerza antes de preguntar.

–¿Quién no mencionó…?

–Steve Brothers –me mira con cuidado cuando vuelvo a abrir los ojos, con una extraña expresión en su cara, algo entre miedo y satisfacción.

–Él sabía que vendría –mis palabras son casi un susurro mientras voy entendiendo lo que eso significa.

Brothers es tan similar al Padre. Demasiado inteligente, demasiado adicto al placer que extrae de mi miedo y mi dolor.

Cam frunce el ceño, levanta el borde de la corbata de Brady y la detiene entre dos dedos. El hombre la libera de un impulso y levanta las manos, cubriéndose detrás de ellas.

—Solo soy el mensajero —Brady espera a que Cam baje las manos a sus costados antes de meter la mano en su bolsillo y sacar un teléfono—. Me pidió que te diera esto.

Cam extiende una mano, pero Brady se lleva el teléfono al pecho.

—No. Dijo que es para ella.

Intento leer las intenciones detrás de esos ojos rojos, pero lo único que puedo saber con seguridad es que les cuesta trabajo enfocarse en mí.

—¿Por qué querría ese teléfono?

—No lo sé. Dijiste que lo estabas buscando. Quizás así es como lo encontrarás —traga saliva y su mirada pasa de Cam a mí—. Brothers no es nada mío. Y puedes apostar a que no le volveré a hacer favores.

Me siento intranquila e insegura. Brothers sigue siendo más hábil que yo. Juega conmigo, mueve mis cuerdas como la marioneta en mi clóset. Cada movimiento que hace me tuerce un poco más, atándome hasta que tiene ganas de jugar de nuevo. Hay tantas cosas mal con esto, pero quizás tenga que seguirle el juego por un rato. Estirando la mano, espero a que Brady ponga el teléfono en mi palma y exhale una bocanada densa de olor a alcohol.

—Ahora, ¿por qué no se van, para que pueda disfrutar mi trago en paz? —Brady se encorva sobre su vaso y comienza a girarlo de un lado a otro sin volver a mirar en nuestra dirección.

Cam y yo caminamos en silencio la mitad del trayecto hacia el departamento. Mi mente repasa una y otra vez cada una de las cajas que dejó Brothers, cada mensaje, intentando entenderlos: "Conozco tu secreto", "La seguridad es ilusoria", "Se acabaron las escondidas". Y luego me construye un clóset de la tortura y me deja un teléfono. Un terrible hecho es innegable: sabía que yo ya había ido antes al bar. Obviamente me ha estado vigilando más de cerca de lo que pensé.

¿Por qué no me acorrala, me mata, se lleva a Sanda y logra su venganza? Conozco la respuesta, aunque desearía no hacerlo. Quiere algo más de mí. Algo que no le daré, pero no creo que me deje en paz hasta que lo consiga. Brothers ha demostrado que, sobre todas las cosas, es persistente.

—Creo que deberías dármelo —escucho la tensión en la voz de Cam.

—No tenías que estar ahí.

—Podría conseguir alguna información. Ver si ha hecho llamadas desde ahí. Ese tipo de cosas.

Abro el teléfono y entro al historial de llamadas. He pasado suficiente tiempo con mi teléfono para entender su menú básico. Cuando lo guardo en mi bolsillo es como un ancla que me arrastra al fondo, una cuerda más que me ata a Brothers.

–Nada. Y yo me quedo con el teléfono.

Su mandíbula se tensa y me mira fijamente a los ojos.

–Bueno. Después de que recoja una ropa extra, me voy a quedar en tu departamento indefinidamente. No me voy a separar de tu lado hasta que ese teléfono suene.

Puedo ver que no tiene caso discutirle eso. Además, por ahora, probablemente estemos más seguros juntos.

–Bueno.

XXX

Cam corrió a casa de Jessie totalmente frustrado cuando me negué a ir con él. Lo vi trotar por la calle desde mi ventana, hasta sus pasos se veían enojados. Desearía que se quedara lejos, seguro, pero al mismo tiempo me alegra que se apresure. Odio estar tan sola e indefensa. Brothers me tiene acorralada. Mi única idea para encontrarlo no funcionó exactamente como esperaba. Parece que no puedo quitarme el frío y no importa en qué lugar de mi departamento esté, siento como si el teléfono de Brothers me estuviera observando.

Me envuelvo con mi cobija eléctrica, con la esperanza de que detenga mi temblor. Cuando al fin comienzo a sentirme normal, el nuevo teléfono suena y otra vez, estoy helada. Lo levanto del tocador con las manos temblorosas. Al abrirlo no puedo pensar en ningún saludo, así que solo escucho. Una respiración lenta y una risa débil salen de la línea antes de que hable.

–Me alegra que hayas recibido mi regalo –las palabras se deslizan tanto que casi parece que estuvieran mojadas.

–¿Qué quieres?

–Qué directa. Una de las cosas que más me gustan de ti –pronuncia cada vocablo lentamente, casi con flojera. Me hace querer gritar–. Siempre vas al grano.

–Responde mi pregunta –me obligo a inhalar despacio.

–Quiero que pagues, Piper. ¿O quiero cobrarte? Es muy confuso –dice con una carcajada.

Todo mi cuerpo se tensa, pero lucho para permanecer en calma. Respiro con lentitud, inhalando y exhalando. No puedo dejar que sepa lo mucho que me asusta.

–¿Por qué me dices así?

–Porque así te llamas.

–Sé que así me llamo. ¿Cómo lo sabes tú? –espero, pero la única respuesta es el silencio–. Bueno, pero yo también quiero algo.

–Dime –respira pesadamente en el auricular y me da náuseas.

–Quiero que dejes en paz a Sanda.

–De acuerdo.

Me siento en el borde de mi cama mientras mi mente lucha por captar lo que no estoy entendiendo.

–¿De acuerdo? –repito.

–Las dejaré en paz a las dos. Si nos reunimos y tenemos una pequeña charla primero.

–¿Por qué querría reunirme contigo? –mi tono es chillón e intento recuperar el control.

Se queda en silencio por un momento antes de decir:

–Me gusta lo que hiciste con su cabello.

–No –estoy de pie. Me aferro al teléfono con fuerza para que no se escape de mis dedos–. No la tienes.

–No la tengo –suena seguro–. Aún no, pero podría. O podría decirle a la policía que de pronto tienes a una niña que vive contigo. He visto las cicatrices y soy un ciudadano preocupado, ¿sabes? Me pregunto qué descubrirán cuando comiencen a indagar en tu pasado. Me pregunto si la dejarán quedarse contigo después de eso.

Tenemos que detenerlo. No más heridas. No más dolor.

Cerrando los ojos, vuelvo a sentarme en la cama, derrotada. Ya le he quitado todo, así que soy la única que tiene algo que perder: Sanda. Mis dedos claman por meterse en el teléfono, lastimarlo, matarlo.

Cuando continúa, su tono ha perdido toda calidez.

–De cualquier modo, no estarás ahí para protegerla.

–¿Dónde quieres que nos veamos?

Me da una dirección en Camden. Estoy demasiado conmocionada, por lo que tengo que repetirla tres veces para asegurarme de tener los números correctos.

–Encuéntrame ahora –meto el papel en mi bolsillo, intentando decidir qué armas podría esconder en algún lugar de mi cuerpo. Cam y Sanda no están aquí. Están a salvo y necesito que permanezcan así. Sobreviva o no a nuestra conversación, me aseguraré de que Brothers no les vuelva a hacer daño–. Quiero que esto termine.

–Siempre con tanta prisa. Necesitas aprender a apreciar los pequeños detalles. Yo puedo enseñarte.

No respondo. Ni siquiera quiero pensar en sus palabras. Lo único que sé es que necesito asegurarme de que, para cuando Sanda regrese de la escuela, Brothers no estará ahí para esconderse en las sombras, esperando a llevársela o a lastimarla.

Si logro mi propósito, nunca volverá a salir de las sombras.

–Te veo pronto.

Cerrando el teléfono de Brothers, lo meto en un bolsillo y echo mi teléfono en el otro. Me pongo una camiseta holgada sobre mi blusa sin mangas, tomo la barra de hierro de debajo de mi almohada y la meto en la parte de atrás de la cintura de mis pantalones. Corriendo a la cocina, no me permito detenerme ni pensar siquiera. Si pienso, sé que el miedo me abrumará, y no puedo permitir que eso pase. No en este momento. Tomo el cuchillo más pequeño, lo envuelvo en un paño delgado y me lo meto en el calcetín.

Cuando llego a la puerta, me detengo de golpe. Todos los seguros están abiertos. ¿Los dejé así y no me di cuenta? Siempre fui tan cuidadosa con eso. Reviso el departamento, pero está vacío. Estoy sola. Ignorando la confusión, cierro y me voy.

Lo único que importa ahora es descubrir cómo sobrevivir a una conversación con un maniático.

26

Nunca he estado en Camden y desearía no tener que ir. Me paro en la estación del subte esperando que pueda superar mi miedo y abordar mi tren cuando llegue. Estamos bajo tierra, encerrados, y debo subirme en un tren lleno de extraños. ¿Y si nos quedamos atorados? Estar atrapada bajo tierra suena peor que estar cautiva en el ático. Al menos, podía ver el cielo nocturno. Al menos, sabía que solo me encerraban paredes, y no paredes y ocho metros de tierra asfixiante.

Mi ansiedad me dificulta la respiración, y por un instante me arrepiento de haberle dado mi perno a Sanda. Pero ese pensamiento es como los trenes que cruzan la estación, desaparece casi en cuanto llega. Ya no lo necesito; ella sí. Es momento de ser fuerte sin él. Mis manos se tensan a mis costados mientras mi tren baja la velocidad hasta detenerse. Las puertas se abren. Me espera. Cierro los ojos e intento imaginar mi vida aquí cuando Brothers ya no esté, un futuro donde Sanda y Cam y yo estamos a salvo, un futuro sin miedo. Cuando abro los ojos, mis nervios se han tranquilizado y me subo al tren. Me alivia ver que no está demasiado lleno ni demasiado vacío, y poco después salimos de la estación y el tren avanza por el exterior mientras cruzamos el río Delaware. Salir a la luz del día me ayuda a respirar más fácilmente.

Cuando llego a la dirección que él me dio, me quedo en un silencio anonadado. Este edificio es peor que el antiguo departamento de Brothers. Si aquel es el veneno en mi nueva vida, esta es la mordida infectada y putrefacta. El edificio es como los que lo rodean: viejo y con un olor a basura y deterioro. Sus ladrillos que alguna vez fueron blancos están amarillentos, como los dientes de un fumador. Papeles tirados cubren la cama de flores que, como el edificio, hace mucho que perdieron la vida.

Aun bajo el sol, estoy helada por un frío que me penetra hasta lugares que el calor del sol no puede alcanzar. Paso rápidamente junto a las ventanas tapiadas y subo las escaleras hacia la entrada antes de poder cambiar de parecer. En el *lobby*, un directorio enlista números de oficinas y a los viejos inquilinos que se han ido. Al verlo, mis pasos pierden velocidad y luego se detienen. Él ha quitado todas las vocales y las reemplazó con una

X mayúscula. La forma en la que están colocadas, y la imagen en mi cabeza de la Marioneta Piper, hacen que se me erice la piel. Es como si una docena de ojos muertos me observaran desde la pared. Es un mensaje para anunciarme que está aquí.

Está esperando.

Cruzo el *lobby* y doy la vuelta en el segundo pasillo a la izquierda. Por más cuidadosa que sea, cada paso hace eco a mi alrededor, anunciando mi presencia. El mundo parece lentificarse mientras avanzo por el pasillo. Mi mente busca otra respuesta, aunque sé que esta es mi única oportunidad de ponerle fin a esto. Enfrentarlo sola... y ganar. Es la única forma en que esto terminará sin lastimar a alguien que quiero. Al final, llego a una puerta con un letrero de BODEGA, exactamente como él dijo. Este es el lugar.

Mientras levanto los dedos para girar la perilla, escucho voces apagadas que vienen del interior. Brothers no está solo. Bajo la mano y doy un paso atrás. Aun con todo lo que Cam me ha enseñado, ¿cómo podría enfrentar a más de una persona?

Cada vello de mi cuerpo está erizado, como si fuera más inteligente que yo, como si supiera que no tiene caso e intentara escapar de lo que viene. No puedo definir si es miedo o el hecho de que estoy tan cerca de Brothers. De cualquier modo, algo me molesta. Quisiera poder correr. No hay una parte de mí que quiera estar aquí haciendo esto. Pero no tengo más opción. Hasta ahora, Brothers solo ha estado intentando asustarme para que haga lo que él quiere, pero se cansará de eso tarde o temprano, y no le permitiré decidir que se llevará a Sanda como el siguiente paso en su juego.

Las voces se detienen, y desearía haber entendido alguna palabra. Observo la puerta. Hay algunos seguros, todos hacia afuera. Mi corazón se acelera, latiendo con fuerza contra el muro en mi pecho.

Esta puerta no está diseñada para que la gente no entre. Está diseñada para encerrar a alguien. Un destello de esperanza brilla en mi mente.

Es un ático para él. Enciérralo para siempre.

Mi mente rebusca entre las implicaciones. Esto podría no resolver nada. Es una bodega, pero igual podría haber una ventana. Aún más importante: no está solo. ¿Puedo dejar a alguien, a quien sea, atrapado en una habitación con Brothers hasta que se maten el uno al otro o se mueran de deshidratación? ¿Y si es otro niño?

Suspiro y apoyo mi frente contra la pared. Sería tan fácil, pero no puedo hacerlo por tantas razones. No puedo dejarle nada a la suerte. Necesito estar segura. Esta vez, me aseguraré de que nunca pueda volver por nosotras.

Inhalo en silencio y reviso la perilla. Todo está abierto. Si puedo tomarlos por sorpresa, eso quizás podría ser mi mejor posibilidad.

Sacando la barra de hierro de mis pantalones, pongo mi otra mano en la perilla. Con tres respiraciones rápidas, le doy la vuelta, lanzo mi peso contra la puerta y entro de golpe a la habitación.

La luz ya era bastante tenue, pero en cuanto entro, una figura oscura corre hacia un costado y la apaga. La falta de ventanas hace que todo se quede en la más profunda oscuridad, como una cripta. La oscuridad me busca, quiere atraparme. La habitación es más grande de lo que esperaba. No puedo ver la pared del fondo desde donde estoy parada. Fuera de los anaqueles de metal llenos de cajas de embalaje directamente detrás de la puerta, no puedo ver nada. Hago lo único que puedo, cierro la puerta de una patada, me escondo detrás de un anaquel y espero a que Brothers vuelva a encender la luz.

La oscuridad es silenciosa, pero también hay mucho ruido. Escucho una respiración rápida que está cerca... demasiado cerca. El agua gotea de los tubos en la pared justo detrás de mí. Cae erráticamente, cada golpe inesperado me pone los nervios de punta. Me deslizo contra la pared, intentando protegerme lo mejor que puedo en la total oscuridad. La pared está cubierta de mugre bajo las puntas de mis dedos, pero hago lo mejor para ignorarlo. Sam lloriquea en mi cabeza.

Esto es malo. No debimos haber venido.

–Esto realmente no es lo que yo tenía en mente –la voz de Brothers se escucha a unos metros a mi derecha y giro hacia ella. Doblando las rodillas, avanzo lentamente hacia adelante, levantando la barra sobre mi cabeza otra vez. Una palabra más, un aliento pesado, y lo tendré. El latido de mi corazón retumba en mis oídos. Estoy preparada y lista para atacar. Entonces escucho un *clic* y vuelvo a lanzarme detrás del estante mientras la oscuridad desaparece.

Parpadeando ante la luz del tenue foco que se mece encima de nuestras cabezas, aprieto mis dedos sobre la fría barra de metal. Espero alguna palabra o sonido, pero no escucho nada. Asomándome entre dos cajas, veo los ojos color café de Brothers mirándome directamente. Puedo ver las quemaduras de cigarro en su cuello desde aquí.

—Creo que deberías soltar eso ante de que alguien salga lastimado.

—Esa es la idea —gruño e intento decidir cuál es la mejor manera de rodear el estante de metal entre nosotros.

—No seré yo —Brothers me lanza una sonrisa oscura que hace que me retuerza—, ni tú —levanta su muñeca y veo el negro cañón de metal de una pistola. Mis brazos tiemblan con tanta fuerza que casi suelto la barra. Odio las armas.

Pero no apunta hacia mí. Está apuntando hacia la pared opuesta a nosotros. Retrocedo un paso y mi respiración se atora en mi garganta cuando miro al otro lado del estante. Me lleno de gratitud por no haber decidido cerrar la puerta e irme. Cam está sentado contra la pared más lejana. Tiene una tela sucia metida en la boca. Sus muñecas están rojas y lastimadas por luchar contra la cuerda que lo ata. Sus ojos avellana están abiertos de par en par mientras me contempla y espera.

Saliendo de detrás del anaquel, me paro entre Cam y Brothers. El monstruo mueve sus ojos y su arma hacia mí, pero no habla. Su mano libre cuelga sobre su costado, cerrándose en un puño y luego relajándose y cerrándose de nuevo. Veo el extremo de una venda saliendo por el borde de su manga. Definitivamente no escapó del fuego intacto. Una vena pulsa en su frente y sus mejillas están ruborizadas. Parece molesto y frustrado. No firme y seguro como sonaba en el teléfono.

No sé qué esperar. Su rabia me confunde. Mis movimientos son seguros, la mano que sostiene la barra es firme, pero mi voz tiembla cuando hablo.

–¿Tú lo trajiste aquí?

Brothers me mira con desprecio como si acabara de decir las palabras más estúpidas jamás pronunciadas.

–No. Te quería a ti, no a él.

Detrás de mí, puedo escuchar la respiración agitada de Cam acompasada con la mía y entonces me doy cuenta. La puerta abierta de mi departamento... debió haber regresado y escuchó la llamada. Un pequeño gruñido escapa de mis labios.

–Eres imposible.

Cam frunce el ceño, pero supongo que es difícil

discutir con una mordaza en la boca. Desearía más que cualquier otra cosa que, esta vez, no se hubiera metido en mis asuntos. Probablemente estaría preocupado, pero en casa. Estaría a salvo.

Me muerdo el labio inferior. No importa, está aquí ahora. Cuidarme lo ha metido en esto. Debí haberme opuesto con más fuerza. Debí haber rechazado su ayuda en la biblioteca y debí negarme a hablar con Brady mientras él estuviera ahí, algo, lo que sea. Si nunca me hubiera conocido, estaría con Lily o con su tía en el estudio. Lo sé. Es peligroso dejar que la gente se acerque a mí.

Siempre se mueren.

–¿Entonces, por qué no lo dejas ir? –bajo mi barra de hierro y queda colgando en mi costado. De cualquier modo, no me va a proteger contra un arma–. Y podemos tener esa conversación que querías.

–Él no debía estar aquí –la voz de Brothers es más alta que antes. Mantiene su pistola apuntada hacia nosotros y comienza a andar de un lado a otro por la pared opuesta. Noto una cojera que definitivamente no estaba ahí antes del incendio. Sus ojos pasan de Cam a mí, iracundos y enloquecidos. Este hombre no es para nada como el Padre. Frío, calculador, cruel, el Padre nunca perdió el control ni actuó sin conocer el plan completo y contemplar todas las eventualidades. Cuando Nana llamó a la policía, sin duda fue inesperado, pero él estaba listo para enfrentarlo. A Nana la drogaron hasta que perdió el conocimiento frente a nosotros, luego a Sam y a mí nos ataron, amordazaron y nos echaron al ático. El Padre estaba abajo, relajándose y viendo un aburrido programa de televisión que yo podía escuchar por las rendijas de la ventilación antes de que los policías siquiera llegaran al camino de entrada. Él siempre fue demasiado inteligente, demasiado tranquilo... demasiado ineludible.

Con Brothers las cosas no han salido como las había planeado y no sabe cómo manejarlo. Es inteligente cuando puede dominar a todos como si fueran piezas de ajedrez, pero cuando las piezas no juegan según sus reglas, pierde el control y no sabe cómo recuperarlo. Está entrando en pánico. No piensa lógicamente, está inestable.

Y en cierto sentido, es aún más peligroso.

Cojea de un lado a otro, como una especie de animal enjaulado. Cada vez que da un paso, el arma rebota en sus manos y puedo escuchar un clic. Tengo miedo de que se dispare.

Clic... clic... clic... clic...

Mi mente busca desesperada una manera de canalizar su energía, de calmarlo.

–Bueno, finjamos que no está aquí. ¿De qué querías hablar?

Brothers se detiene y se da vuelta para mirarme. Sus ojos se aclaran un poco y se limpia la palma de su mano libre en la pierna.

–Quería mostrarte.

–¿Mostrarme qué? –mantengo mi rostro sin expresión, sabiendo que necesita sentir que tiene el control de nuevo o ninguno saldrá vivo de aquí.

–Es difícil estar solo. Y tú te llevaste a la niña –me habla como si debiera entender. Oleadas de hielo y fuego se turnan para bañar mi cuerpo mientras él continúa–. Ahora necesito un reemplazo, y tú... tú tienes cicatrices.

No respondo, pero asiento y espero a que siga hablando.

–Lo necesito. Tú lo entiendes. Y nadie debería juzgarme. Ellos son pequeños y yo soy tan grande. Hago cosas que no pueden ni imaginar –sus ojos están muy abiertos y mueve la cabeza de arriba abajo, como invitándome a estar de acuerdo con él–. He escuchado que hay gente como tú... chicas a las que les gusta. Algunos me lo han dicho y lo entiendo. Tenemos apetitos distintos y necesidades diferentes, pero no está mal. ¿Quién demonios decide qué está mal?

No lo escuches, Piper. No te conoce.

–¿C-crees que yo elegí esto? –pregunto. Mi voz tiembla mientras le echo un vistazo a una de las cicatrices en mi brazo.

–Sé que sí. Debes haberlo hecho –Brothers se ve satisfecho y arrogante... casi seguro–. A los que no les gusta se mueren muy rápido.

En mi cabeza resuenan las palabras del Padre diciendo

lo mismo, una y otra vez. "No te rindes. Así es como sé que te debe gustar. Puedo verlo en tus ojos". Sus ojos azules atraviesan mi alma mientras me ata y toma su cuchillo favorito. La imagen arde en el fondo de mis ojos como si alguien estuviera grabándola para la eternidad. Sin importar si está muerto o en prisión, siempre estará ahí, en mi cabeza, atormentándome, provocándome. Siempre dijo que la parte de mí que era como él era la que me hacía fuerte, la que me mantenía con vida. De las muchas formas en que me torturó, son esas palabras las que se me enterraron más hondo.

Preferiría estar muerta que ser como él... pero ¿es esta locura la que me ha mantenido con vida?

–No no no –escucho mi voz gemir una y otra vez sin mi permiso. Envolviendo mi cintura con mis brazos, suelto la barra y me pongo en posición fetal mientras lucho por alejar los recuerdos, las pesadillas que rebotan por todo mi mundo. Cam golpea su pie contra mi zapato, intentando llamar mi atención. Pero estoy petrificada, ya no puedo moverme. En lo más profundo de mí, donde está tan oscuro que no me atrevo a mirar... ¿podría ser eso lo que oculto? ¿Que, en cierto sentido, comparto su locura? Me deslizo a la esquina negando firmemente con la cabeza. La necesidad de escapar de sus palabras y de estos pensamientos me abruma–. No, te equivocas. No me gusta.

Su sonrisa desaparece.

–Sí, te gusta. Seguro que no te das cuenta de cuánto. No te lo permites. Yo te lo mostraré –continúa, su voz se vuelve más desesperada cuanto más se acerca, deteniéndose junto a mí–. Después de que nos deshagamos de él.

–¡No! –grito, y obligo a mi cuerpo a obedecer mientras me pongo lentamente de pie. Escucho el tarareo conocido y no sé si viene de Sam o de mí.

–Desátalo –el rostro de Brothers se endurece mientras habla con los dientes apretados.

Lo miro confundida, temiendo las intenciones de Brothers. Sus palabras me han destruido por dentro de una forma que no había sentido hace mucho. Pero por más rota que me siento, reconozco que, sin importar qué, nuestras posibilidades de sobrevivir son mejores con Cam libre. Inclinándome, hago lo que me ordena sin decir una palabra.

–¿Estás bien? –me pregunta Cam mientras se frota las muñecas. Sus ojos me hablan, rogándome que me aferre a la verdad que conozco, pero apenas puedo verlo entre la niebla de mi propio miedo por su vida... y la mía.

–No –mi voz es baja, está perdida entre los terribles recuerdos en mi cabeza.

Dobla las rodillas, sus ojos buscan en los míos y veo mi miedo reflejado ahí.

–Yo tampoco.

Hay tanta bondad en sus ojos. Él es tan fuerte. Fuego y hielo recorren mi piel. No sé lo que quiere Brothers ni me importa. Solo tengo que encontrar la manera de sacar a Cam de aquí, pero mi mente es una densa sopa de confusión y negación. No puedo enfocarme lo suficiente para encontrar la manera de escapar del cañón que apunta directo a mi pecho.

—Ya lo desaté y ya hablamos —digo. Brothers está caminando de un lado a otro de nuevo y no estoy segura de que me escuche—. ¿Ya terminamos?

Clic... clic... clic... clic...

Brothers se detiene de golpe frente una de las repisas y murmura algo. Es como si se le hubiera olvidado que estamos aquí, pero cuando Cam se reacomoda, la pistola apunta directo a él antes de que pueda parpadear. La oscura sonrisa que juega en los bordes de la boca de Brothers me llena de miedo. Mete la mano en la caja más cercana a él y saca un envase viejo y empolvado. Hay algunas telarañas en su interior, pero fuera de eso, parece vacío.

Lo levanta hacia nosotros y sus labios se abren en una sonrisa completa.

—Veremos qué papel te gusta interpretar, pero uno de los dos tendrá que pagar.

—¿Ahora rimas? —claramente ha desarrollado un nuevo plan y el pánico se ha ido, pero por alguna razón siento temor, en vez de alivio. Tragando saliva ruidosamente, veo a Cam a los ojos antes de volver a hablar—. ¿A qué te refieres?

—Te niegas a verte con claridad, así que supongo que tendré que demostrártelo —suena como si estuviera conteniendo apenas una carcajada, y mi estómago se revuelve al entender. Pocas veces en mi vida he querido lastimar a alguien tanto como ahora, y eso en verdad es mucho decir—. Puedo ver el cuchillo asomándose de tu calcetín. Ahora úsalo. Húndelo hasta el fondo.

—Asqueroso psicópata —susurra Cam entre dientes.

—Te voy a dejar que escojas. Tú lo cortas —la mirada de Brothers pasa de mí a Cam—... o él te corta a ti.

27

La risa de Brothers rebota por la habitación mientras Cam y yo nos miramos fijamente.

—No va a pasar —mi voz suena como un susurro ajeno.

—Si quieres salir, si quieres que te deje en paz como dices, este es el primer paso para hacerlo realidad —no queda ni un dejo de humor. Su voz resuena con fuerza en la fría habitación, y mi cabeza vibra con sus palabras mientras apunta la pistola hacia Cam y luego la regresa a mí—. Hazlo sangrar o yo lo haré.

Presiono mis dedos contra mi frente. Tiene que haber una respuesta. Siempre hay alguna forma de escapar. He salido de peores situaciones... bueno, *peores* podría discutirse, pero similares.

Mi cerebro rebusca entre las posibilidades. Cam observa la pistola y su piel palidece. Es más probable que sobreviva a un corte que a un disparo. Intento pensarlo.

—Y nada de cortes pequeños —la voz de Brothers es alegre, casi cantarina. Pone el envase en el suelo y lo hace rodar hacia mí. Una pequeña araña corre por el suelo—. Llena el envase.

—Este tipo es realmente perverso —me susurra Cam. Sus ojos siguen pegados al cañón de la pistola en la mano de Brothers.

—¿Qué sabes del cuerpo humano? —tomo el mentón de Cam con mi mano y muevo su cara hasta que sus ojos al fin llegan a los míos—. Concéntrate. Tenemos que salir de aquí.

—¿En serio lo estás considerando? —frunce el ceño—. No puedes creer que va a cumplir su parte del trato.

—No lo sé. Quizás, quizás no, pero no veo otra manera que no incluya que nos dispare a uno de los dos o a ambos. ¿Tú sí? —no hay ventanas ni rendijas de ventilación grandes ni otras puertas. La única salida está al otro lado de Brothers y su arma—. Tengo que hacer algo.

No hay lugar para esconderse. Nunca hay lugar donde esconderse.

—No me ayudas, Sam —mascullo, y presiono los puños contra mis sienes.

—¿Sam? —Cam dice su nombre y yo cierro la boca con fuerza. Este no es un buen momento.

—Nada —niego con la cabeza.

Tenemos que llenarlo con sangre para salir. El envase parece crecer con cada minuto que pasa. ¿Una persona puede perder tanta sangre sin morirse? Brothers nos observa en silencio. Ha recuperado el control y se nota. Sus manos están firmes, su pistola preparada... espera.

–Si lo llenamos mitad y mitad, ¿nos quedaría suficiente sangre para mantenernos vivos?

Cam asiente.

–Sí, no es tanta si lo dividimos.

–¡No! –aúlla Brothers, y luego continúa más tranquilamente–. Solo uno.

Lo miro con odio.

–Nos estás pidiendo que nos matemos.

–No necesariamente –se encoge de hombros, en apariencia aburrido por mi comentario–. Depende de qué tan rápido sangres, qué tan profundo sea el corte. Demasiado superficial no es divertido, demasiado profundo se acaba muy rápido. Tienes que aprender cómo hacer que dure.

Me congelo y observo el suelo entre mis pies. Realmente no hay otra opción y lo sé. Aun así, mi cerebro y mi cuerpo se niegan a responder. Solo puedo ver sangre, tanta sangre, mi mundo está manchado de rojo. Ese envase es tan grande... demasiado para solo uno de nosotros.

–Charlotte.

Siempre sangre. La odio.

–Piper –Cam toma mi brazo y lo aprieta suavemente hasta que levanto la mirada.

—Es un monstruo. Las personas son monstruos –digo mientras parpadeo una y otra vez, pero mis ojos no logran enfocarse en él.

—No todos... te lo prometo. Está bien. Uno de nosotros puede hacerlo y sobrevivir, si el otro llama una ambulancia en cuanto salgamos.

—Tictac, Piper. No tengo todo el día. ¿Vas a cortar a tu novio, esperarás a que él te corte o debería dispararles a los dos solo por diversión?

—Dijiste que eras bueno para los primeros auxilios... –le recuerdo a Cam sus declaraciones de cuando mi costado estaba sangrando en su estudio. Mis manos se empapan de solo pensar lo que estoy por hacer–. Espero que sea verdad.

Un millón de pequeños rayos de miedo eléctrico me recorren desde la espalda hasta cada uno de mis dedos mientras me inclino, tomo el cuchillo de mi calcetín y lo saco del paño. Lo llevo a mi brazo e inhalo. Es solo un corte más, como cientos que ha habido antes. Solo una herida más, solo una cicatriz más. Puedo hacerlo. Lo haré... por Cam. Antes de que pueda hundirlo en mi piel, Cam tiene sus manos alrededor de mis muñecas, alejándolas.

Sus ojos color avellana están llenos de pánico y desesperación.

—¡Detente! ¿Qué haces?

—Le doy lo que quiere –lucho contra sus manos, pero es demasiado fuerte para mí–. Necesitamos salir de aquí.

Cam dobla las rodillas hasta que sus ojos están a mi altura y espera hasta que dejo de luchar. Su expresión cambia súbitamente, se vuelve sombría y determinada. Me confunde.

–¿Estás segura de que es nuestra única opción?

La desesperanza que hierve en mi interior se derrama con mi voz, y esta se quiebra.

–No voy a ver cómo te dispara.

–Bueno, rápido –Cam tuerce mi mano en la suya antes y, cuando me doy cuenta de lo que está haciendo, es demasiado tarde–. No tendré mucho tiempo.

–¡No! ¡Detente, Cam! –sosteniendo mi muñeca con tanta fuerza que me lastima, lleva mi mano con el cuchillo y lo entierra con fuerza, con demasiada fuerza, en su antebrazo opuesto. La sangre sale inmediatamente. Tiembla un poco antes de soltarme y tomar el envase con la otra mano.

–¿Por qué lo hiciste? Esto es mi culpa –tomo el envase y su brazo, queriendo hacer que pare, que regrese en el tiempo y que no lo haga. Pero no puedo. Echo mis manos hacia atrás y las aprieto contra mi estómago. El cuchillo ensangrentado repiquetea contra el suelo, olvidado–. ¿Por qué lo harías?

–¡No! –aúlla Brothers y la rabia enloquecida ha vuelto a sus ojos. Se acerca, sacudiendo su pistola hacia mí mientras me paro frente a Cam–. Eso no es lo que dije. ¿Por qué no pueden hacer lo que digo? ¡Lo arruinaron todo!

–¡Cállate! ¡Hicimos lo que nos pediste! –le grito, y me vuelvo hacia Cam. No puedo arreglar esto. Está mal. Lo único en lo que puedo pensar es que el cuchillo estaba en mi mano cuando lo corté... mía. No puedo deshacerme de esa imagen. Ya hay tanta sangre en el envase. El corte es muy profundo, demasiado profundo.

–Sé lógica. Es lo que tiene más sentido. No podrías ser tú. Soy mucho más grande así que puedo perder más sangre que tú y estar bien –Cam se apoya en la pared y, cuando me acerco, dirige su frente hacia la mía–. Y se equivoca respecto a ti. Odias todo lo que se te ha hecho. Y sé que nunca me herirías.

El envase se está llenando tan rápidamente que me siento mareada. Tanta sangre. ¿Cómo puede perder tanta sangre? Sostengo su codo con una mano.

–Creo que deberías sentarte.

–B-buen plan –se desliza por la pared hasta que queda sentado. Me arrodillo a su lado. Su piel ya se ve más pálida. Me aterra. Brothers está caminando de un lado a otro y hablando entre dientes, pero no me importa. Estoy demasiado asustada para quitar mis ojos de Cam. ¿Y si cuando vuelva a mirar ya no está?

–Tienen que mantenerse a salvo, tú y Sanda –las palabras de Cam se arrastran un poco y me hundo en un mar de miedo.

–Lo haremos. Los mantendré a salvo a los dos –dudo, luego inhalo profundamente y entrelazo mis dedos con los de su mano sana. Su calor me ayuda a disipar la nube de pánico en mi cabeza. Ignoro los clics de la pistola de Brothers mientras camina de un lado a otro junto a la puerta.

–Una chica que conocía murió –los ojos de Cam se encuentran con los míos, y parece despejado por un momento. Me pregunto si está hablando de la hermana de Lily–. Tú no puedes morir. Prométeme que no morirás.

–No soy yo quien está sangrando. Va a estar bien. Solo aguanta.

Su respiración suena diferente, más entrecortada. Mi cerebro lucha para enfocarse y pensar en una salida. Todas las ideas están manchadas de sangre.

Los recuerdos de mi hermano me atormentan. Su cuerpo no pudo recuperarse. No sobrevivió. ¿Cam puede hacerlo?

Tiemblo y me enfoco en la lógica. No puedo perder mi contacto con la realidad en este momento. Los hechos me tranquilizan cuando recuerdo las diferencias entre ellos. Cam es fuerte y saludable. El cuerpo de Sam nunca fue tan fuerte como el de Cam. Aún hay esperanza.

–¿Duele?

–Al principio, pero ya no.

Otra imagen de mi pasado llena mi mente, y sé que el hecho de que se vaya el dolor no es algo bueno. Una vez el Padre se pasó con un cuchillo. No había dolor al final, pero no desperté por tres días.

Echo un vistazo al envase. Aún no está lleno, pero no sé cuánto más puede soportar.

−Basta.

Metiendo mi brazo izquierdo dentro de mi camiseta, arranco la manga sobre el codo. Luego tomo los últimos centímetros de la camiseta de Cam y jalo hasta que se desprenden. Uso una tela para absorber y contener la sangre, el trozo más largo para apretarlo con fuerza, reducir el sangrado y mantener la venda en su lugar. No es tan bueno como un torniquete, pero hará que el sangrado sea más lento y hay menos posibilidades de que pierda su brazo.

Hace un gesto de dolor, pero luego suelta el aire profunda y temblorosamente.

−Gracias.

Niego con la cabeza, todo mi cuerpo es un gran nudo de miedo, confusión y temor.

−No me agradezcas por eso.

Los primeros auxilios salvan el día... espero.

Me volteo hacia Brothers.

−Tienes que dejarnos salir ahora. Tengo que llevarlo a un hospital.

−No −deja de caminar, retrocede y extiende su brazo, tirando uno de los anaqueles hacia la pared con un sonido metálico que rebota sin fin a nuestro alrededor. Sus ojos no se enfocan en mí cuando se da vuelta y grita−. Nunca sabrás. Con él nunca aprenderás.

Me alejo con un gesto de miedo. Ni siquiera en los Padres había viso tanta locura.

Sus ojos desorbitados se posan en los míos y niega con la cabeza, su voz se convierte en un quejido.

—Siempre me decepcionas.

—Por favor, él no puede... —terminar la frase es imposible. No puedo decir la palabra en voz alta. Hay un largo silencio antes de que Brothers responda, y quiero arrancarme el cabello o golpear a alguien. No puedo quedarme quieta y ver morir a Cam. La sangre ya está filtrándose por la venda. No aguantará mucho tiempo.

—Si quieres otra oportunidad, tienes que ganártela. Ya he intentado ayudarte lo suficiente —Brothers retrocede hacia la puerta—. O pueden pudrirse aquí los dos. Es su elección.

—¡No! —me pongo de pie y corro hacia él mientras pone sus manos en la perilla, pero me detengo de golpe cuando siento el frío metal de su arma contra mi frente.

—Tienes tanto potencial —habla suavemente con su boca no muy lejos de mi oreja—. No me decepciones de nuevo.

Un ansia que solo se controla por el delgado tubo de metal negro se levanta desde un lugar oscuro en mi interior mientras hiervo de rabia en silencio. Es más que un deseo, es una necesidad. La única forma de saciarlo es causarle dolor a Brothers, arrancarle la pistola de la mano y apretar su cuello hasta que drene su vida. Nada podría sentirse tan bien en este momento como el satisfactorio golpe seco de un bate que se estrella contra la cabeza de Brothers una y otra vez. Debo lastimarlo como él me lastima cada vez que veo a Cam. Cada esperanza, cada sueño que Brothers ha tenido en la vida debe ser demolido a mi paso, exactamente como él lo está haciendo conmigo.

–Por favor, Piper, no –la voz de Cam suelda mis pies al suelo. Evita que reaccione, que haga algo que me mataría y lo más seguro, a él también.

Brothers sale por la puerta y escucho el clic de los seguros al otro lado que se corren, rotundos, como una piedra sobre una tumba.

28

—Brothers, ¡espera! —golpeo la puerta con ambos puños. Está hecha de madera sólida, firme, no podrida como la mitad de este edificio. Sin llave, nunca podremos salir. Mi mente rebusca algo para hacer que vuelva y nos libere. Pero ya es demasiado tarde. Sus pasos se han ido y no escucho nada más que silencio.

Es solo otro ático, Piper. Otra prisión.

Mi mente busca cualquier otra salida, pero no hay ventanas. Paso mi mano por la puerta, limpiando un poco de polvo. Bajo la mugre, la puerta es nueva. Hasta la perilla brilla bajo la luz oscilante.

Un bloque de hielo se acomoda en mi pecho donde solía estar mi corazón. Él había planeado la posibilidad de encerrarme. Entré directo a su trampa y traje a Cam conmigo.

Caminando de un lado a otro por la habitación, examino todo y busco cualquier forma de escapar. Los anaqueles de metal se yerguen sobre mi cabeza. Podría treparlos, pero el techo es sólido. No me llevaría a ninguna parte. Las rendijas de la ventilación son demasiado pequeñas para que yo quepa, ni se diga de Cam. No hay más salida que la puerta.

Metiendo la mano en el bolsillo, saco mi teléfono, pero cuando lo abro solo hay una X negra donde deberían estar las barras de señal. Reviso también el teléfono que me dio Brothers... nada.

—¿Tienes tu teléfono? —manteniendo mi voz baja y tranquila es tan difícil que temo quebrarme. Cam busca en su bolsillo y el teléfono cae al suelo. Lo tomo, pero él tampoco tiene señal.

—Debe estar usando un *jammer* o las paredes son más gruesas de lo que parecen —haciendo un gesto de dolor, Cam echa la cabeza hacia atrás y cierra los ojos. Su piel normalmente aceitunada se ha vuelto casi transparente. La tela en su brazo está por entero empapada y ha comenzado a gotear creando círculos rojos en el suelo junto a él. Como los pétalos de rosa, otro regalo de Brothers.

No puedo respirar bien. Mis propios pulmones imitan cada uno de sus alientos superficiales. Anhelo ver el avellana de sus ojos, ver que su piel vuelve al color cálido y saludable que solía tener.

Pero no lo hará, no ahora, probablemente nunca.

Su vida se va frente a mí y no puedo detenerlo... tampoco pude con Nana, ni con Sam. Como Sam... se ve más y más como mi hermanito muerto a medida que cada momento pasa. Como Sam con su piel blanca como el papel y la herida y toda la sangre. Por un instante, no puedo recordar si estoy en la bodega o de pie bajo el árbol de Sam. El piso descascarado bajo mis pies se vuelve tierra y huelo el tabaco del aliento del Padre mientras me dice "entierra al Niño". No puedo respirar ni puedo pensar y quiero que todo se detenga. Antes de que Cam se vaya como mi pequeño hermano, antes de que esté sola de nuevo.

–No. Ya no –corro hacia la puerta y me lanzo contra ella. Golpeo con los dos puños y grito hasta que me lastimo la garganta–. ¡Por favor, alguien! ¡Ayuda! ¡Por favor, déjenos salir! –haré cualquier cosa, lo que sea, pero no hay respuesta. No hay ni un sonido al otro lado de la puerta, ni en las calles, ni en la ciudad. El mundo a nuestro alrededor contiene el aliento y me observa perder de nuevo a alguien que me importa. Como siempre, no hay nadie para salvarnos. Nadie más que yo, y esta vez, no tengo respuestas.

–¿Piper? –la voz de Cam es tan débil que casi no la escucho. Vuelvo a su lado y envuelvo su mano entre las mías–. Quédate conmigo.

–¿Por qué lo hiciste? ¿Por qué viniste? –mi voz se quiebra mientras levanto su mano hacia mi rostro, presionándola con fuerza contra mi mejilla. El mismo tacto que solía temer y evitar, ahora lo anhelo. Quiero tomar todo el calor de mi cuerpo y verterlo en el suyo, verter mi vida en la suya. Él podría hacer con su vida mucho más de lo que yo he hecho con la mía.

–Por ti. ¿No lo has entendido aún? –sus ojos se abren y se detienen en los míos, sus labios se curvan como la sombra de una sonrisa que tanto deseo ver–. Te amo, las amo... Charlotte y Piper.

Cierro los ojos y aprieto su mano con más fuerza. Las lágrimas corren por mis mejillas y hacia sus dedos. Nadie me había dicho que me amara, ni Sam ni Nana. Claro que Sam y yo nos amábamos, pero nunca nos lo dijimos. Nunca fue algo que consideramos hacer. Quizás Nana no sentía esas palabras o simplemente no era del tipo que las dijese. Cada palabra que nos daba era robada y secreta.

Pero aquí estamos, en esta habitación, bajo estas circunstancias, y este chico, que me vuelve loca tanto como me hace reír, ha dicho esas palabras. Me ama. Cam me ama, todo lo que soy. Con ese simple entendimiento, todo lo que usé para mantenerlo alejado se desmorona. Los escombros me entierran en sueños de lo que pudo haber sido si no hubiera sido tan obstinada, si hubiéramos visto antes lo que podríamos ser.

Bajo su mano a mi regazo, envolviendo mis dedos sobre los suyos y me aferro a lo único que me puede hacer olvidar a Brothers y mi pasado. Olvidar todo lo que amenaza con destruir el barco de mi vida y hundirme en las profundidades de un mar sin fondo.

Lo haya querido yo o no, él siempre ha sido mi ancla y ha calmado la tormenta. Y ahora lo estoy perdiendo.

–Debí ser yo. Debí ser yo.

–No –dice Cam con tanta firmeza como puede–. Eres la única que puede detenerlo. Ambos lo sabemos. No yo.

Cuando suelto su mano, cae sin fuerza sobre su regazo y mi corazón cae con ella. Me inclino hacia adelante, con el miedo y la desesperación luchando en cada centímetro de mi cuerpo. Con indecisión, presiono mis labios contra su nariz, sus mejillas, su frente. El calor que ya está abandonando sus dedos aún permanece en su rostro y necesito sentirlo, saber que aún no lo he perdido.

–Lo siento tanto, Cam. Esto es mi culpa –poder decirlo es bueno, como si me quitaran un peso. Nunca se lo pude decir a Sam. Nunca tuve oportunidad de salvarlo. Mi rostro está empapado de lágrimas por todos los que he perdido, por la vida que nunca ha sido realmente mía.

–Nunca vuelvas a decir eso. Prométemelo –Cam levanta su mano sana y roza mi mejilla y mi cuello con las puntas de sus dedos. Cuando no respondo, dobla mi mano en la suya y me sorprende lo fríos que están sus dedos. Lo mucho que quisiera que fuera yo en vez de él. De pronto su mano ya no es suficiente. Liberando mi mano de la suya, veo el dolor pasar por sus ojos antes de que lo disipe estirando mis brazos para rodear su cuello y acercarlo con fuerza hacia mí. Hundo mi cara en su pecho, acunando sus latidos contra mi cabeza como si, de algún modo, pudiera hacerlo aguantar si lo mantengo lo suficientemente cerca.

Besa mi mejilla y mi nariz, enterrando su cara en mi cabello. Lo acerco aún más. Cam mueve sus labios hacia los míos y me besa, lenta y suavemente. Por un momento no puedo respirar. Nunca esperé que se sintiera tan bien, tan cómodo. Con un beso sana partes dañadas en mí que nadie más había podido alcanzar. Lo beso yo también. Él devuelve mis besos frenéticos y llenos de miedo con otros dulces y suaves, calmando mis labios y mi alma con los suyos. No sé qué estoy haciendo, pero no importa. A ninguno de los dos nos interesa. Sus labios son lo único en él que sigue teniendo el calor de la vida y quiero aferrarme a eso. Como si mantenerlos tibios lo fuera a curar. Me inunda un instante de arrepentimiento por todas las veces que estuve con él y no lo abracé o no tomé su mano. Todo parece un trágico desperdicio ahora.

Se apoya contra la pared y sus labios se curvan en una sonrisa pícara.

—Lo siento.

—¿Por qué? —descanso sobre su hombro y levanto la mirada hacia él.

—Por no hacer eso antes —me guiña antes de que sus ojos se cierren y se quede inmóvil.

Las visiones de cuando enterré el cuerpo frío de Sam me inundan, solo que ahora veo el cuerpo frío y pálido de Cam en la tumba improvisada. Ahora es el cadáver de Cam el que debo cubrir con tierra mientras lloro por él con todo lo que tengo. Sabiendo que nunca más volveré a ver su sonrisa, ni escucharé su risa o sentiré el calor de su mano cubriendo la mía. Ahogo un sollozo y lucho por alejar las imágenes.

—No, no. ¿Cam? —aprieto su mano, pero solo gime como respuesta. Me va a dejar como todos. Como Nana y Sam. Mis ojos se llenan de lágrimas de nuevo y beso sus labios, pero ya están tan fríos que solo me llenan de miedo. De pronto no puedo respirar. No quiero que se vaya, aún no. No tuvimos suficiente tiempo.

Entonces no lo dejes ir.

¿Cómo? No tengo la respuesta. No hay salida.

Piper nunca se rinde.

Mientras Cam siga respirando, tengo que seguir intentando. No me detendré. Arrancando otro trozo de su camisa, ato un torniquete en la parte alta de su brazo. Perder una extremidad ya no es una preocupación. Si no encuentro una manera de salir pronto, perderá mucho más que eso. Me pongo de pie pesadamente y recorro la habitación. Hay que hacer algo. Con una mano temblorosa, saco mi teléfono del bolsillo. Aún no hay señal, pero sigo caminando. Quizás haya un lugar que no vi, quizás un espacio diminuto donde puedo conseguir señal. Si no me enfoco en intentar encontrarlo, comenzaré a gritar. Eso no ayudará a Cam. ¿Cómo puedo ayudarlo? De un lado a otro, en diagonal por la habitación, y de esquina a esquina, camino en silencio. Suena más débil con cada respiración y el insoportable temor se apila, enterrándome, palada tras palada.

Arrojando el teléfono al suelo, saco una caja tras otra de los anaqueles. Las tiro en una enorme pila en la esquina. Nada parece útil. La mayoría están vacías o tienen cosas de limpieza. Me repito que debo seguir buscando. Si me rindo, solo me quedaré quieta a ver a Cam morir.

No puedo hacer eso. No haré eso.

Tiene que haber algo, cualquier cosa, que pueda ayudarlo. Cuando me inclino para levantar otra caja, la veo. Debajo del estante más cercano, está una gran caja de herramientas.

Lanzándome al suelo, la saco, y mis dedos luchan contra el cerrojo. La parte de arriba contiene clavos, tornillos, arandelas y pernos. Levanto una tapa, aparto desarmadores y un martillo. En la oscuridad al fondo, veo esperanza en mi propio reflejo. La imagen distorsionada y con un resplandor plateado de mi propia cara en la cabeza de un hacha brillante. Tras sacarla con fuerza de su escondite, corro a la puerta, tomo impulso hacia atrás y la golpeo contra la madera con todas mis fuerzas. Al principio no pasa nada. Veo la figura inmóvil de

Cam por el rabillo de mi ojo y sigo golpeando. Tengo que hacerlo. Luego la puerta se deshace, astilla por astilla, mientras sigo atacándola. Los minutos se extienden como horas, mis brazos se duermen, pero al fin lo he logrado. He abierto un agujero lo suficientemente grande para sacar a Cam por él.

Sigue apoyado contra la pared, aún respira, con los ojos cerrados, a pesar de todo el ruido que estoy haciendo. ¿Es seguro moverlo? Quizás aún no. Corro al pasillo y finalmente tengo señal al otro lado del edificio. Pensando rápido, marco 911 y doy la dirección del cruce más cercano antes de que una chica diga la primera palabra.

Escucho sus dedos escribiendo en un teclado.

–Y, ¿cuál es la emergencia?

–Hay un chico. Tiene un corte en el brazo y ha perdido mucha sangre. Por favor, necesitamos una ambulancia.

–¿Está despierto y puede hablar?

–No. Por favor, apresúrense.

–La ayuda va en camino. Permanezca en la lí... –cierro el teléfono y reviso mi reloj. Sanda saldrá de la escuela en diez minutos. Solo hay una persona en la que puedo confiar para que la recoja. No dudo en marcar el número y ella contesta al primer timbrazo.

–¿Hola?

–Janice, necesito tu ayuda.

–¿Charlotte? –su voz es una mezcla de preocupación y sorpresa, pero no tengo tiempo para preguntas.

—¿Puedes recoger a Sanda cuando vayas por Rachel a la escuela, por favor? Tuve un problema, y con solo diez minutos para que salga no podré llegar a tiempo.

—Claro. No hay problema —tras una breve pausa en la línea, pregunta—. ¿Estás bien?

Mi garganta se tensa por los sentimientos y las lágrimas corren por mis mejillas. No puedo responder eso, no en este momento.

—Gracias, Janice —respiro profundo—. Te veré en el departamento en cuanto pueda.

Hay un momento de silencio.

—Bueno. Cuídate.

Cierro el teléfono y corro por el pasillo para volver con Cam. Está inmóvil, casi temo acercarme. Una docena de imágenes de Sam inundan mis sentidos y lucho para mantenerme de pie. No es él. No está muerto, aún no.

Veo el pecho de Cam luchando por elevarse con otro aliento y corro a su lado. Acomodándolo sobre su espalda, tomo los hombros de su camiseta y lo arrastro tan suavemente como puedo hacia la puerta. Apartando lo que queda de madera en el camino, lo aproximo al pasillo y hacia la puerta principal. Para cuando llegamos, escucho la ambulancia acercándose.

—¿Qué haces? —la voz de Cam es apenas un susurro.

Me estiro y toco su cabello.

—Está bien. Logré que saliéramos y la ayuda viene en camino.

—Deberías irte —sus ojos se niegan a permanecer abiertos.

—No. No puedo dejarte.

—Ve por Sanda. Asegúrate de que esté a salvo —presiona su cabeza contra mi mano—. No dejes que se la lleve de nuevo.

La ambulancia se detiene frente al edificio y corro a las escaleras, para hacerles señales. Dos paramédicos con los nombres M*ark* y A*lvin* cosidos en sus uniformes corren con una camilla.

—¿Qué pasó? —Mark espera mi respuesta.

Cam gime cuando lo mueven y me froto los dedos intentando encontrar la respuesta correcta.

—Se cortó él solo. Int-t-tenté vendarlo.

Alvin examina mis vendas improvisadas y asiente.

—Si sobrevive será gracias a ti.

Lo único que puedo pensar es que, si muere, también será gracias a mí.

—¿Se cortó él solo? ¿Cómo se llama? —Alvin se da vuelta para verme con un dejo de sospecha.

Antes de que pueda responder, Cam habla, y ambos paramédicos de inmediato se acercan para escucharlo.

—No la conozco. Me encontró. Soy Cam. Llévenme al Hospital Penn, por favor.

Me dio una salida. Sé lo que está pensando. Quiere que huya.

—Gracias por ayudar, jovencita. Hiciste lo correcto al

llamarnos –la sospecha de Alvin se ha ido, pero no puedo mirarlo a los ojos. Una patrulla se estaciona detrás de la ambulancia–. El oficial vendrá en un segundo para tomar su declaración.

El policía va junto a la ambulancia y les pregunta algo a los paramédicos mientras hacen rodar la camilla por la acera. Mis músculos se tensan con el impulso de huir. Cam tiene razón: lo último que necesito en este momento es una larga charla con la policía.

–Por favor, sálvate –susurro entre dientes. Luego me echo a correr para esconderme detrás del ángulo de un edificio antes de que el oficial termine de hablar con los paramédicos. Escondida en las sombras entre los edificios, arranco la tapa trasera de ambos teléfonos, saco las tarjetas sim, las parto en dos como Cam me enseñó, y echo todo por encima de una tapia.

–¿A dónde se fue? –la voz de Alvin suena tensa.

–No sé, pero él ya está inconsciente. Necesitamos llevarlo de inmediato al hospital si queremos que tenga esperanzas –responde Mark antes de cerrar las puertas de golpe. Con las sirenas aullando, se van.

Espero hasta escuchar que el oficial entra al edificio a buscarme antes de salir de mi escondite. Arrancándome los restos de mi camiseta rasgada, me quedo temblando bajo el sol con solo la blusa sin mangas que llevaba debajo. Lanzo los restos ensangrentados en un basurero a unas calles.

Mientras detengo a un taxi que pasa en la primera esquina, le echo un último vistazo al frente del edificio donde Brothers había intentado que nos matáramos uno al otro. Mis manos están heridas y astilladas por sostener el hacha. Mi alma está herida por el dolor. Lo único que quiero es lastimar a Brothers, hacer que se detenga el sufrimiento para siempre.

Y lo único que siento es la soledad.

29

Un miedo denso llena cada sombra, cada puerta, cada calle a mi alrededor mientras mi taxi me deja a una cuadra de casa. Mi mente está con Cam en el hospital. Tiene que estar bien, tiene que estar bien. Recogeré a Sanda e iremos a verlo al hospital. Luego, encontraré un lugar donde ella esté segura y me entregaré a la policía. Renunciaré al futuro que había esperado para asegurarme de que la gente que quiero ya no sea lastimada. Sanda estará mejor con una familia desconocida que huyendo de un psicópata, aunque huir signifique que puede quedarse a mi lado. Le diré todo a la policía. Les contaré sobre los Padres y sobre Brothers. Estoy dispuesta a ser castigada por lo que he hecho, siempre y cuando encierren a Brothers también.

Es la única manera en que valdrá la pena.

Incapaz de esperar más, me detengo en un teléfono de pago antiguo, para llamar al hospital. Me toma un minuto entender qué pasa y maldigo en voz alta cuando me doy cuenta de que la ranura de los billetes está rota y que solo acepta monedas, monedas que no sé cómo contar y me niego a cargar conmigo. Un chico toca la guitarra en una esquina cercana. Puedo ver las monedas en su estuche abierto brillando bajo el sol. Corro hacia él.

–Necesito tu ayuda.

–Yo, eh, intento evitar otros... – observo que apenas levanta la mirada.

Saco un billete de veinte dólares de mi bolsillo.

–Te doy esto si me das lo mismo en monedas, para hacer una llamada en ese teléfono.

Su mirada va del billete a mi rostro y así otra vez, antes de que se estire y tome unas cuantas monedas del estuche. Puedo escucharlo hablando entre dientes, pero no me interesa lo suficiente para intentar entender qué dice. Estoy viendo las monedas. Pueden ayudarme a saber si Cam sigue respirando.

Suelto el billete en cuanto me da el cambio y corro hacia el teléfono. Marco el número donde dice *Información* en un directorio maltrecho y me comunican con el hospital. Solo pasa un momento antes de que me transfieran a la sala de emergencias.

–Enfermera de Emergencias, ¿en qué lo puedo ayudar? –parece aburrida.

–Quiero saber sobre un paciente –le digo.

–¿Es su pariente?

–No, es un amigo, pero...

No me deja terminar.

–Lo siento, no damos información, a menos que sean miembros de la familia. Por favor, contacte a su familia y ellos podrán informarle.

–Uh, bueno –digo, frustrada, pero no tiene caso discutir con ella. Alejo el teléfono de mi cara y mi mano tiembla mientras lo cuelgo. No podré respirar en paz hasta que sepa que Cam está bien. Puedo sentir al tipo de la guitarra observándome mientras camino a la esquina y me echo a correr, perdiéndome de vista.

Sé que algo está mal desde el momento que doy vuelta hacia nuestra calle. Janice camina de un lado a otro frente al edificio y Rachel está sentada en las escaleras, observando a los niños en el parque. No puedo ver a Sanda por ningún lado.

Mi miedo se entierra bajo el terror al darme cuenta de que, muy dentro de mí, sabía que él la encontraría primero.

Cuando Janice me ve corriendo por la calle hacia ella, se apresura a encontrarse conmigo.

–¿Dónde está? –pregunto.

–No estaba ahí –dice Janice. Su cabello está aún más esponjoso de lo normal, como si se lo hubiera estado agarrando. Sus manos están unidas con fuerza cuando me acerco, como si se hubieran congelado a media oración–. Intenté llamarte, pero siempre me mandaba al buzón. Consideré llamar a la policía, pero dijiste que se la llevarían y... y no supe qué hacer.

Mi teléfono. No pensé en que Janice intentaría llamarme cuando lo destruí.

–Está bien. Dime lo que sabes.

Rachel me mira con los ojos muy abiertos y llenos de lágrimas.

–Estábamos esperando en la acera a que llegaran la abuela y tú, y era mi turno para jugar. Conté y mis ojos estaban cerrados y luego ella ya no estaba. Desapareció.

–Está bien, Rachel. La encontraré. Lo prometo –le doy unos golpecitos en el hombro mientras Janice la abraza. Mi mente sigue en shock por Cam. Se salta el miedo y va directo al modo de soluciones. Revisa los detalles, intentando descubrir adónde se llevaría Brothers a Sanda.

Encuentro la mirada preocupada de Janice.

–Tú y Rachel entren. Les avisaré si necesito ayuda.

–Ten cuidado –se ahoga con sus sentimientos y asiente antes de ponerse una sonrisa valiente para su nieta e ir adentro.

Lily dobla la esquina y puedo ver las líneas negras de las lágrimas de rímel corriendo por sus mejillas desde aquí. Su chaqueta negra solo cuelga sobre un hombro y el resto cae junto a ella como una cola oscura. Nunca la había visto tan desaliñada.

—Te he estado llamando. ¿Te deshiciste de tu teléfono?

—Sí. ¿Qué pasa?

—¿Has visto a Cam? No puedo encontrarlo por ninguna parte y... —sus ojos están llenos de preocupación.

Me duele el corazón al pronunciar las palabras.

—Se lastimó, Lily. Está en el Hospital Penn.

—No —un susurro lleno de horror—. No, definitivamente, no puede ser cierto.

—¿Qué? ¿Qué pasa?

—No lo sabía. Creía que eras tú, lo juro. No sabía —Lily se dobla de dolor sobre las escaleras del edificio y su cuerpo tiembla con cada sollozo.

Tomándola por el codo con más fuerza de la necesaria, lo sostengo hasta que levanta la cabeza.

—¿De qué hablas? ¿Qué creíste que era yo?

—Él la tiene, ¿verdad?

Un escalofrío baja por mi espalda, pero me obligo a formular la pregunta cuya respuesta temo ya conocer.

—¿Quién?

—Steve.

Parpadeo y susurro:

—¿Qué Steve?

Todo mi cuerpo espera a su respuesta. Mi corazón ha dejado de latir, mis pulmones no funcionan, incluso mi cerebro está en un vacío sin pensamientos mientras espero a que pronuncie el nombre que temo.

—Steve Brothers.

Todo se siente como si estuviera en cámara lenta. Él siempre ha estado un paso delante de mí, cinco pasos... hasta diez. Cam es el único que fue capaz de sorprenderlo. Brothers sabe lo que haré y él actúa primero. Sabía dónde capturar a Sanda y estuvo ahí, esperando. Se ha llevado todo por lo que estoy dispuesta a luchar, intentando doblegarme, romperme. Ahora Cam está en el hospital luchando por su vida y Brothers tiene a Sanda.

–¿Cómo sabes que él la tiene?

Lily se vuelve un ovillo de miseria y casi siento lástima por ella hasta que me responde.

–Porque lo he estado ayudando.

–¿Qué? –mi cabeza se llena con las imágenes de la piel de Cam palideciendo, de Sanda atada en el clóset de Brothers... de todas las personas en el mundo que me importan. Los dos están en riesgo porque Lily ha estado ayudando a un lunático.

Me abalanzo sobre ella, la intensidad de mi furia me mueve. Una mano está en su cabello, jalándolo, la otra en su garganta, y necesito cada milímetro de autocontrol que hay en mi cuerpo para evitar apretarla. Robarle los alientos que le quedan como Brothers me ha robado a todos los que amo.

Lily solloza, pero no lucha. Ni siquiera me empuja. Sus lágrimas tibias caen por sus mejillas hacia mi brazo, lentamente dejo de apretar su tráquea.

–¿Lo ayudaste? –mi voz es débil y suena herida. Inhalando profundamente, la suelto–. Dime lo que sabes.

Sus ojos desorbitados parpadean algunas veces antes de que comience a hablar tan rápido que apenas puedo seguirle la pista.

–Me dijo que Sanda era su sobrina y que tú se la robaste. Que secuestrabas niños, les hacías creer que ibas a cuidarlos para que no te dieran problemas y luego se los vendías a mercados de esclavos en otros países. Me dijo que así es como conseguías tu dinero. Incluso me contó del accidente donde ella se hizo la cicatriz en la mano izquierda.

–Porque él le provocó esa cicatriz y no fue un accidente –me siento en el escalón junto a ella y restriego mi palma sobre mi bolsillo, donde desearía con tantas fuerzas que estuviera mi perno en este momento–. Eres una idiota.

Sus mejillas se ruborizan como si fuera a discutir, pero luego sus ojos se dirigen a la acera frente a nosotros. Todo en ella se desinfla y se encoge visiblemente frente a mí.

–¿Todo fue mentira?

–Sí. Tenía prisionera a Sanda y la torturaba. Me la llevé para salvarle la vida.

Sus hombros se desploman y respira débilmente.

–¿Y Cam?

–Es una larga historia, pero Brothers nos atrapó. Cam

se lastimó y perdió mucha sangre –cierro los ojos con fuerza y me obligo a decir las palabras que espero en Dios que no sean verdad–. No estoy segura de si la ambulancia llegó a tiempo.

Los grandes ojos color café de Lily están rojos por el llanto. Mete una mano temblorosa en su bolsa y saca una caja negra: la tarjeta de presentación de Brothers.

–Dejó esto en el restaurante. La tarjeta decía tu nombre, pero no sabía por qué Brothers te dejaría un regalo después de todo lo que dijo que habías hecho. Cuando le pregunté, respondió: "La gente sufre cuando llamas a la policía. No cometas ese error". Lo cual no tuvo sentido hasta que abrí la tapa y luego Cam no regresó y... –al final ya solo está balbuceando. Mi mano clama por golpearla. En vez de eso, levanto la tapa.

Adentro veo las palabras que me hielan la sangre.

AHORA TODOS PAGARÁN

Presiono mis dedos contra mis párpados, intentando asegurarme de que el martilleo de mi corazón no haga que mis globos oculares salten de mi cabeza.

–¿Cómo lo ayudaste exactamente?

–Le dije todo lo que sabía sobre ti. Tu antiguo nombre, dónde vives –toca mi hombro y me alejo de inmediato–. Lo siento tanto, Charlotte. No sabía... Solo estaba intentando proteger a Cam.

Una rabia enardecida hierve en mi estómago, y tomo la caja negra y la lanzo al suelo. La rosa roja en su interior explota sobre el cemento. Se siente destructivo, liberador. Las calles de esta ciudad deberían mancharse de rojo después de hoy.

–¡Buen trabajo, Lily! Sí que lo protegiste. Ahora está en el hospital y a Sanda se la llevó un lunático al que le gusta jugar con cuchillos.

Lily me mira con odio, pero parece más triste y humillada que enojada.

–¿Sabes dónde podría tenerla?

–Ni siquiera sé por dónde empezar –me levanto, cruzo los brazos sobre mi pecho y pateo la rosa desnuda en el suelo hacia ella–. ¿Por qué lo hiciste? ¿No podías meterte en tus propios asuntos? ¿Por qué eres tan posesiva con Cam?

–Pensé que eras como ella.

Me doy vuelta para mirarla y espero. Estoy cansada de pedir explicaciones.

–La primera chica que Cam ayudó hace dos años... como te ayudó a ti. Siempre ha tenido debilidad por los casos perdidos –dice Lily y pone las manos sobre sus rodillas–. Se enamoró perdidamente y ella lo jodió. Le robó su dinero, la mitad de su equipo y de cualquier modo ella terminó flotando en la bahía un mes después.

Me deslizo contra el pasamanos y me siento en el escalón. Por primera vez desde que la conocí, Lily dice algo razonable. Recuerdo que Cam mencionó a la chica que murió. Ha perdido más que a la hermana de Lily. Cam tiene más secretos dolorosos de los que yo creía.

—No quería verlo destruido de nuevo, ¿sabes? Es como mi hermano. Desde que mi hermana murió, él es todo lo que tengo —sus grandes ojos color café se llenan de lágrimas de nuevo—. Y ahora...

—¿Cómo murió tu hermana? —interrumpo.

—A Anna la atropelló un borracho. Fue la segunda vez que había matado a alguien manejando alcoholizado.

Un millón de conversaciones con Lily giran en mi cabeza y algo finalmente hace clic. Lo único que puedo pronunciar es *lo siento*.

Tenemos más en común de lo que había pensado. Compartimos el dolor y la pérdida.

—Ahora necesitamos trabajar juntas. Lo has estado ayudando. ¿Tienes idea de dónde podemos encontrar a Sanda? —pregunto mientras me restriego la cara con las manos e intento no entrar en pánico—. Piensa, Lily. ¿Brothers dijo algo más?

—No —se limpia las lágrimas y me ve—. Lo he pensado un millón de veces desde que me di cuenta de que Cam no había regresado a casa.

Entonces algo hace clic en mi cabeza. Este es Brothers. He pasado la mayor parte de mi vida a la sombra del Padre, y por una vez, eso puede ser de utilidad para mí. Brothers tiene los mismos gustos perversos que él. No la matará... no todavía. No sería tan divertido sin mí viéndolo.

Quiere que la encuentre.

Moviéndome hacia adelante, levanto la caja y la rosa destruida del suelo y encuentro lo que esperé que estuviera ahí: su mensaje, una pista. Hay una tira de papel blanco torcido sobre el tallo. Cuidándome de no romperlo, retiro suavemente el papel:

ELLA MORIRÁ DONDE TÚ FUISTE CREADA

La sangre corre a toda velocidad por mis venas y me pongo de pie de un salto. Recorro media calle antes de que Lily me alcance.

—Espera. ¿Qué dice? ¿Adónde vas?

—Ella morirá donde yo fui creada.

Lily frunce el ceño, pero se lleva el bolso sobre el hombro y sigue caminando conmigo.

—Ah no, yo le dije eso. Voy contigo.

Ni siquiera me detengo para discutir.

—No. Tienes que ir con Cam.

—No puedo hacer nada ahí —toma mi brazo y giro para mirarla. Su voz es suplicante, frenética—. No puedo hacerlo de nuevo. Me quedé en la habitación por horas esperando a que mi hermana despertara y nunca lo hizo. Después de todo lo que he arruinado, tengo que ayudarte. Por favor, déjame hacerlo.

Sé por su expresión que no tiene caso discutir, pero aun así lo dudo.

Sus ojos van de un lado a otro antes de continuar.

–Podría ser más útil de lo que imaginas –abre su bolsa y me hace una señal para que me asome.

Ahí, entre maquillaje, goma de mascar y una billetera, veo el brillante metal negro de la pistola de la caja fuerte en Angelo's. Ahogo un grito.

–¿Por qué andas por ahí con una pistola en tu bolsa? –digo con furia.

–Me asusté al leer el mensaje en la tapa –Lily cierra su bolsa y termina–: Tenerla me hace sentir menos miedo.

Las pistolas nunca me han hecho sentir segura, pero apresurarme me ha metido en problemas con Brothers más de una vez. Quizás esta vez, debo ir preparada.

Obligo a mi voz a mantenerse tranquila mientras respondo. Ya no hay lugar para dudar de mí misma, no cuando Sanda me necesita:

–Bueno, pero yo llevaré la pistola. No te interpongas.

30

La antigua barbería es más ominosa cuando sé que él podría estar ocultándose en su interior. El poste deteriorado de barbero es como un símbolo de los días perdidos y tiempos más felices. Tiemblo mientras el sol de la tarde se hunde en el horizonte. El mundo sabe que este lugar debería estar escondido en la oscuridad, no bañado de sol. El hecho de que haya una pesada pistola de metal metida en la bolsa de Lily me tranquiliza. Odio necesitarla, pero al mismo tiempo me siento mejor por tenerla aquí. Con el gusto de Brothers por los cuchillos, más el arma que tenía en la bodega, esta podría ser mi única esperanza de estar en terreno parejo con él.

Le echo un vistazo a Lily. Sus ojos están fijos en la barbería. A pesar de todo, me alegra que esté conmigo. No quiero ir sola, pero me lastima no poder evitar el deseo de que Cam esté conmigo, en vez de ella. Él siempre sabe qué hacer, qué decir.

−Entonces, ¿estás segura de que no debemos llamar a la policía? −su voz es delgada y frágil.

−Sí −conozco a Brothers lo suficiente para estar convencida de que cumplirá su amenaza−. En el mismo instante que escuche las sirenas acercándose, ella estará muerta... y él habrá desaparecido. Tienes que confiar en mí respecto a esto.

La escucho ahogar un grito y asiente con fuerza.

−Sí, sí, de acuerdo.

−¿Lista?

No me contesta, así que comienzo a caminar. En unos cuantos metros me alcanza.

−¿Cómo puede estar listo alguien para esto? −pregunta. Sus manos tiemblan mientras se acomoda la chaqueta.

Me encojo de hombros y abro la puerta.

Todo adentro está oscuro. La puerta se cierra silenciosamente detrás de nosotras y lo único que puedo escuchar es la rápida respiración de Lily. Haciéndole una seña para que se quede quieta, meto la mano en su bolsa y saco la pistola, apuntando al suelo. Me digo que es simple, solo apunta y jala del gatillo. No importa que nunca en mi vida haya usado una. No están diseñadas para ser difíciles. Es la forma más sencilla del mundo para matar a alguien... tan distante, casi clínico. No se parece en nada a la intimidad de un cuchillo, donde tienes que estar lo suficientemente cerca para ver el terror en los ojos del otro.

Reprimo un escalofrío y avanzo con sigilo, manteniendo mis ojos sobre cada sombra y cada esquina. Lily toma mi brazo izquierdo con una mano y su piel está muy fría y sudorosa.

Pero no hay nadie. La barbería está desierta. Mi espalda se encorva por la frustración. Estaba tan segura de que este era el lugar que la nota describía. Aunque, aquí es donde fue creada Charlotte... no Piper. ¿Pude haberme equivocado?

Lily levanta una mano temblorosa y señala hacia el pasillo al fondo de la habitación. Cierto. Casi se me olvida que hay más habitaciones aquí. En cuanto avanzamos hacia el pasillo, lo escucho.

–Trajiste a una amiga. Qué bien. Parece que estás perdiendo demasiados hoy –su risa hace eco por el pasillo, grave y divertida.

Lily solloza junto a mí, y me duele el alma por las implicaciones de sus palabras, pero no tengo miedo. Ha ido demasiado lejos, ha hecho demasiadas cosas. No le permitiré que lastime a nadie más que amo. No puedo.

Apuntando la pistola hacia la oscuridad del pasillo con ambas manos, respiro profundamente y obligo a mis brazos a que no tiemblen. Aun en el área de la barbería, las ventanas hace mucho que fueron tapiadas con madera y la iluminación es débil. No hay luces ni ventanas siquiera en el pasillo. Mi dedo se siente peligroso en el gatillo. Aunque sé que la traje para protegerme, se siente más como si estuviera cargando explosivos. La cosa en mis manos podría matar a Sanda tan fácilmente como a Brothers en esta oscuridad.

Pasamos junto al salón de las máquinas de Cam hacia la única puerta que queda en el pasillo. La bodega en el fondo es más grande de lo que esperaba y la única luz en el lugar viene de las franjas que se cuelan por las pequeñas ventanas cubiertas de polvo en lo alto de la pared. Entrecierro los ojos, intentando encontrarlo.

–Hola, Piper –la voz de Brothers viene de tres metros a mi izquierda. Giro para quedar frente a su imagen y él enciende un foco frente a mí. Parpadeando varias veces, retrocedo dos pasos. Me centro en la dirección de su voz, intentando enfocarme en la figura oscura sentada en una silla. Casi aprieto el gatillo antes de darme cuenta de que es Sanda. Se ve más alta porque está sujetada a una especie de caja. Sus manos están atadas frente a ella. Tiene los ojos tapados y una delgada cuerda mantiene un trozo de tela dentro de su boca.

Mi corazón late con fuerza en mis oídos al darme cuenta de lo que pude haber hecho. La cabeza de Sanda está inclinada a un lado y un pequeño riachuelo de sangre corre por su mejilla. Me congelo mientras observo su pecho, esperando el movimiento de la respiración.

Cuando su pecho se mueve con un aliento completo, suelto el que yo había estado conteniendo.

Mis ojos se focalizan finalmente, y veo un ligero movimiento en las sombras detrás de ella antes de que Brothers avance cojeando y apunte su arma a la cabeza de Sanda.

–¿Ves? Somos más parecidos de lo que crees.

Mantengo mi arma apuntada hacia él e intento decidir qué hacer después, y después y después.

¿Ves? Las pistolas son malas, como él. Odio las armas, se queja Sam en mi cabeza.

–Shh –susurro mientras Lily avanza y se detiene junto a mí. Está temblando, pero intenta ser valiente. Mi rabia hacia ella comienza a desaparecer.

–No sabes cómo usar una pistola, Piper. Lo sé por la forma en que la sostienes –Brothers habla lentamente y eso solo me irrita más, pero ver su arma presionada contra el cabello de Sanda es como si echaran un recipiente de agua helada sobre las llamas de mi ira. Me quedo chisporroteando mientras lucho para encender el fuego de nuevo.

La rabia es una emoción mucho más útil que el miedo.

Entrecierro un ojo y lo observo.

–Sé dónde está el gatillo. Eso es lo único que debería importarte.

–Muy bien –su tono imita burlonamente al mío, pero necesito que siga hablando. Comprar unos cuantos minutos más para pensar en un plan–. Solo una cosa:

el gatillo también podría lastimar a mi juguetito aquí presente tanto como a mí. De hecho, es mucho más probable que la lastime a ella porque, si tu tiro no me alcanza de inmediato, ella se muere.

Brothers avanza hacia un rayo lleno de polvo del sol que se apaga, y noto una nueva cojera cuando carga su peso en la otra pierna. Me pregunto qué la causó hasta que da otro paso y el movimiento es extremadamente conocido. Debió haber sido Sanda. Uno de los movimientos que Cam más practicó con ella involucraban aplastar el pie del oponente y luego atacar sus rodillas. En una lección golpeó a Cam con más fuerza de la que ambos esperaban y él caminó así por el resto del día. Veo que un largo rasguño por la mejilla de Brothers gotea sangre, pero es demasiado grande para haber sido hecho por las pequeñas uñas de Sanda. Mi perno. Lo atacó con lo único que tenía. Definitivamente le dio un mejor uso que yo. Me llena de un extraño orgullo saber que luchó contra él como yo esperaba.

—Ay, no —Lily ahoga un grito a unos metros a mi derecha. Su voz es apesadumbrada y me acerco para ver qué la perturbó. Desde su ángulo puedo ver que la espalda de Sanda está desnuda y hay sangre fresca que sale de dos nuevos cortes en su piel. La ira se enciende y tengo tantos deseos de dispararle a Brothers que, de hecho, levanto mi dedo del gatillo por un instante para asegurarme de no hacerlo.

–Bastardo –la única palabra que puedo encontrar.

Él suelta unas risitas, profundas y suaves.

–Sí, me aburrí de esperarlas y nos divertimos un poco.

–¿Qué quieres? –escupo cada palabra, comenzando a perder la razón.

–Me robaste algo que me pertenecía, y lo recuperé.

–No algo –respondo. Inhalando, lucho para controlar la tormenta en mi interior–. Alguien.

–Es mi juguete favorito –sonríe, disfrutándolo realmente.

–Ella *no* es un juguete.

–Ahora ya lo recuperé, y a nuestra nueva amiga, Lily –dice Brothers. Sus ojos brillan al inclinarse hacia adelante y empujar su arma con más fuerza contra la cabeza de Sanda. Ella no se mueve, pero escucho un ligero gemido que se escapa por la mordaza–. Esta vez deberías ponerme atención cuando te dé instrucciones, Piper. O aún más gente morirá.

Quiero dejar salir mi furia. Apretar el gatillo un millón de veces hasta que él quede cubierto por su propia sangre. Quiero matarlo, destruirlo. Lo único que me da cordura es Nana. En algún rincón de mi mente, aparece un recuerdo de ella. Me decía que yo era más fuerte que los Padres porque podía controlar la rabia en mi interior.

Más vale ser la calma que la tormenta, Piper. La calma sabe dónde termina y dónde comienza, y controla lo que pasa entre una cosa y otra.

La calma. Seré la calma.

Brothers tiene el poder aquí. Tengo que encontrar la manera de quitárselo. Quiere sentirse fuerte, inteligente y al mando. Es como el Padre, pero en la bodega vi las formas en las que no es como él. Brothers necesita de mí en una forma en que el Padre nunca me había necesitado. Está solo. Extraña a Sanda porque ella es vulnerable y él necesita a alguien a quien controlar. Cierro los ojos por un instante y sé lo que tengo que hacer. Brothers tiene una debilidad.

La usaré en su contra.

Exhalando una vez más, confío en mis instintos y bajo el arma.

—Los dos sabemos que esto no es lo que quieres.

Por primera vez, Brothers parece sorprendido.

—¿De qué hablas?

—No te gustan las armas. La gente muere demasiado rápido —intento mantener una expresión neutral, pero temo que parezca más un gesto de desagrado.

Brothers asiente, pero no baja el arma.

—Estoy segura de que trajiste algo que te parecerá más interesante —levanto las cejas e ignoro la expresión confundida de Lily mientras espero a que él me responda.

Distiende su brazo y sé que he ganado este round. No quiere usarla.

—Baja la tuya primero.

Pongo la mía en el suelo, la suelto y doy un paso

atrás. De cualquier modo, solo me da ventaja si él no tiene una. En cuanto mi mano la suelta, Brothers mete la suya en la parte trasera de sus pantalones. Se ve más feliz con sus manos libres.

Me acerco unos pasos, esperando obligarlo a tomar las riendas de la conversación.

—Recibí tu última caja. Querías que estuviera aquí. Estoy aquí. ¿Y ahora qué?

Va hacia una mesa a unos metros detrás de él y ahora veo que está cubierta de cuchillos, punzones y cuerda. Su voz derrama emoción por lo que está por venir mientras los acaricia con sus dedos.

—Depende de qué juego quieras jugar.

En el momento que su atención se desvía, me lanzo tan silenciosa y rápidamente como puedo hacia él. Otra arma en sus manos fastidiará seriamente mi plan. Casi alcanzo a llegar cuando me escucha, toma lo más cercano que encuentra —un martillo— y gira para quedar frente a mí.

—Nada de ataques silenciosos esta vez, Piper.

—No fue un ataque silencioso lo de tu departamento. Sabías que estaba ahí. Me viste —mantengo su poder sobre mí como el centro de nuestra plática. Alejándome de su alcance, espero, esperando a que se confíe demasiado, que me dé pie a atacar. Recuerdo todas las cosas que Cam me enseñó: ojos, nariz, orejas, cuello, ingle, rodillas y piernas. Si vas a lastimarlo, haz que valga la pena. Es más fácil distraer que destruir–. Y por cierto, nunca supe cómo lograste sobrevivir al incendio.

–Dudaste –sonríe con suficiencia y sostiene el martillo con ambas manos–. No me golpeaste lo suficientemente fuerte. Error de principiante. No pasé mucho tiempo inconsciente y desperté a tiempo para salir de la casa con unas cuantas quemaduras.

Me encorvo un poco, observando cada una de sus respiraciones, cada movimiento para reacomodar su peso sobre sus pies, buscando su debilidad.

–Tienes razón. Soy una novata.

Asiente y parece complacido de que le estoy mostrando más respeto. Mi estómago se revuelve de asco.

–¿Cómo te metiste en mi departamento después de que instalamos los seguros nuevos? –doy unos cuantos pasos rodeándolo, lenta y pacientemente.

–Es bueno conocer un cerrajero –sonríe.

Me tambaleo a medio paso cuando entiendo lo que está diciendo.

–Tu amigo del bar... Brady.

–Él también piensa que te pareces a tu marioneta –dice Brothers.

Inhalo profundamente. Ambos se metieron en mi departamento. Me pregunto por un instante qué otros intereses podrían compartir, y la idea me da náuseas.

–Eres muy inteligente –digo.

–Tus clases podrían haber ayudado en este momento

si no estuviera tan preparado –Brothers estira su brazo libre detrás de él y toma el mango de un largo cuchillo–. Qué mal que tu maestro ya no estará para enseñarte más cosas.

Mis manos se cierran en puños y casi pierdo el control cuando menciona a Cam. Noto un movimiento en un costado y me doy cuenta de que Lily está desatando las cuerdas que atan a Sanda a la silla. No puedo permitir que Brothers lo vea.

–Cam va a estar bien –no tengo que fingir el temblor en mi voz, y mi rostro se tensa con la esperanza de que mis palabras sean verdad.

–Niña idiota –Brothers niega con la cabeza y gira para mirarme de frente mientras doy un paso a un lado, manteniendo a Sanda y a Lily fuera de su campo de visión–. No seguiste las reglas. Arruinaste el juego.

–Es difícil seguir las reglas si no me las dices todas –mi voz suena débil entre mis dientes apretados.

–No eres muy buena para poner atención –la mandíbula de Brothers se tensa y hace una mueca de desprecio–. Además, el chico era una distracción. Ahora que ya no está, tengo planes para mantenerte ocupada.

Necesito comprarles unos minutos más. Por más que odio todo lo que sé sobre Brothers y los Padres, tengo que hurgar más en ello, llevar esto aún más lejos, si voy a sacarnos de aquí. Tragándome una nueva oleada de asco, bajo los brazos a mis costados. Intento parecer nerviosa y pequeña, como si no fuera una amenaza para él.

–Comienzo a sentir que quizás no tengo esperanza de vencerte. Por favor no me lastimes.

Brothers se congela con un gesto de sospecha, intentando descubrir mi plan.

–¿Q-qué quieres de mí? –tartamudeo y dejo que mi voz tiemble. El extremo de su boca se levanta, pero no dice nada.

»Ya he visto lo que puedes hacer –continúo. Dejo a un lado todo el miedo, la repulsión, el asco, e intento pensar como él, entenderlo, y luego alimentarlo de su deseo, hacer que baje la guardia. Las mentiras salen con facilidad y el miedo en mi voz las hace sonar más reales, incluso para mí–. Las cicatrices de Sanda son p-peores que las mías. Eres más fuerte que quien me las causó a mí.

En su rostro aparece un destello de placer que es casi nostálgico y él baja su martillo.

–¿Me estás pidiendo que no te lastime?

Me encojo de miedo y doy medio paso atrás. Cuando levanto la vista, prácticamente está babeando.

–¿Por favor? –digo, observándolo con un gesto asustado, reaccionando con miedo cuando cambia de posición, sabiendo que necesita el miedo, sentir el asqueroso poder.

Relaja su postura, pero se mantiene entre la mesa de armas y yo. Tengo que dejarlo pensar que sigue teniendo el control hasta que pueda estar en la posición correcta para envolver mis manos sobre su cuello.

Las navajas brillan frente a mí. Veo sangre fresca en

una y sé que la ha usado para cortar a Sanda. Mis manos se contraen en puños tan apretados que mis uñas se entierran en mis palmas, así que las meto en mis bolsillos y doy otro paso nervioso hacia atrás. Soy lo suficientemente fuerte para hacer esto, tengo que serlo. Si no dejo de repetirme eso quizás no me desmorone. Quizás mi asco y mi horror no me destrozarán. Brothers es mucho más grande que yo. En un mano a mano él ganaría, pero yo soy rápida. Si deja de aferrarse al cuchillo, está muerto.

Y esta vez, me aseguraré de que sea verdad.

–Sé que tu nombre no es Brothers. Los dos tenemos que esconder quiénes somos en realidad –susurro, encontrando un tema en común. Él asiente y sus dedos comienzan a relajarse alrededor del cuchillo–. Es difícil estar solo. Nadie lo entiende.

–Pero ¿tú sí? –da un paso hacia mí.

Retrocedo ligeramente con la esperanza de que avanzará conmigo alejándose de las armas.

–Eres peligroso.

–Puedo serlo –sus ojos brillan al mirarme en la oscuridad.

La silla en la que Sanda está sentada se mueve y hace un ruido. Brothers gira la cabeza. Intentando tomar su cuchillo, mis dedos solo consiguen jalárselo de la mano. Salto, pero está en guardia de nuevo y responde más velozmente de lo que esperaba.

—¿Estás intentando tomarme por tonto? –ruge, y retrocede un paso.

—¡No! –me echo a un lado, tratando de acercarme lo suficiente para alcanzar su garganta–. ¡Estoy intentando matarte!

Da media vuelva y yo me inclino, pateándolo bajo, buscando su ingle. Mi pierna no es tan larga como sus brazos y le pego en el muslo. Gruñe, pero no fue el golpe que yo estaba buscando. Me acerco, aplastando su pie y estirándome para alcanzar su garganta tanto como Cam me ha enseñado.

Pero él reacciona demasiado rápido. El costado de su martillo me golpea en un lado de la cabeza y caigo al suelo como una bolsa de basura. No puedo escuchar, no puedo ver, no puedo pensar. Todos mis sentidos se eclipsan mientras una explosión de dolor me recorre en una vibrante ola de nada.

31

Me obligo a abrir los ojos, sabiendo que no puedo desmayarme, no ahora. Bajo la tenue luz, veo imágenes borrosas de Brothers persiguiendo a Lily alrededor de la mesa al otro lado de la habitación. Sanda se ha caído de la silla, pero sus brazos y piernas siguen amarrados y la escucho llorar mientras intenta alejarse rodando del sonido de la pelea. Lily es rápida, pero es claro que este enfrentamiento terminará pronto.

La adrenalina me ayuda a voltearme, y logro callar mi gemido cuando el suelo se mueve de manera extraña hacia un lado. Mis ojos caen en la única cosa que puede salvarnos: la pistola de Angelo's, aún tirada en el suelo donde la había dejado. Está a mitad de la habitación, pero es algo. Me arrastro hacia ella, manteniendo mis ojos en la espalda de Brothers. Lily corre a un lado y luego al otro, manteniendo la mesa entre ella y Brothers. Decide arriesgarse y se lanza hacia la mesa de los cuchillos. Casi logra alcanzar uno cuando Brothers le lleva el brazo hacia la espalda y la lanza al suelo y contra la pared más cercana. Toma de la mesa un cuchillo largo y de apariencia mortal y gira hacia Sanda.

Me congelo, sabiendo que no puedo seguir moviéndome sin que Brothers me vea, pero aún no puedo alcanzar la pistola. No importa. Cuando él da su primer paso hacia Sanda, sus ojos caen directamente sobre mí. El entusiasmo que antes había visto en sus ojos ya no está; solo queda furia salvaje y sed de sangre.

Con una risilla oscura, se tambalea hacia mí, pero Lily logra ponerse de pie con lágrimas y con sangre que corren por sus mejillas. Toma un cuchillo con una mano temblorosa. Puedo ver los pensamientos de Brothers dibujados en su cara. Yo lo ataqué con mis propias manos mientras ella corrió. Claramente ella es más débil, menos amenazante. Cuando la ignora y se voltea hacia mí, escucho la voz de Lily quebrando el silencio.

–¡No! Detente. N-no dejaré que le hagas daño –dice mientras se acerca, pero no ataca. Aun desde aquí, puedo ver que está aterrada. Manteniéndome en su campo de visión, se mueve hasta poder vernos a las dos. Lo observo considerándola: el cuchillo tembloroso, el estremecimiento en sus hombros, el rostro manchado de sangre y mugre... no es exactamente intimidante.

–*¿No me dejarás?* –Brothers se ríe, negando con la cabeza, y le da la espalda–. No te preocupes, ratoncita. Sigues tú. Primero tengo que encargarme de la serpiente.

Mis ojos observan cada detalle en la habitación. Dándome cuenta de que no puedo alcanzar la pistola a tiempo, me deslizo hacia la derecha, esperando a meterme bajo la mesa más cercana, para protegerme. Ya está muy cerca de mí cuando disminuye la velocidad de sus pasos. Sus ojos se abren de par en par mientras murmura algo y se da vuelta. Veo a Lily detrás de él y a su cuchillo saliendo de la parte baja de la espalda de Brothers.

–Dije q-que te detuvieras –ya no está llorando, y se detiene pegada a él mientras Brothers cae de rodillas. Puedo ver en los ojos de Lily la lucha de emociones. Horror, miedo y triunfo... las he sentido. Desearía haber podido salvarla de esto.

Nunca volverá a ser la misma.

Mientras Brothers se inclina hacia adelante, la pistola metida en la cintura de sus pantalones se sale y cae al suelo frente a mí. Veo los músculos de su espalda tensarse y veo lo que está haciendo.

–¡Corre, Lily! –grito. Mi voz retumba y el tiempo se detiene de golpe. Tomo la pistola, apunto y jalo del gatillo con tanta fuerza que temo haberlo hecho mal hasta que al fin dispara, y no estoy preparada para el sonido de la explosión ni para la forma en que sacude mi brazo. Hay un zumbido en mis oídos, así que sé que se disparó, pero él aún se está moviendo, aún la está siguiendo, así que levanto mi otra mano para prepararla y miro fijamente el centro de la espalda de Brothers. Mis latidos son ensordecedores. Es como si alguien hubiera reemplazado mi corazón con un bloque de hielo seco, y con cada latido, un humo helado recorre mis venas. Aprieto el gatillo dos veces más, esta vez preparada para el culatazo, antes de que Brothers finalmente comience a caer. El aire se asienta y un aroma metálico a quemado llena mi nariz. Me sorprende su distancia mecánica, no se parece en nada a un cuchillo que se entierra en la carne, ni siquiera me ha salpicado sangre. Cuando cae al suelo, veo que he llegado demasiado tarde. Una vez más, demasiado tarde para salvar a alguien.

El cuchillo ya está enterrado hasta el mango en el estómago de Lily. Su espalda se dobla mientras cae al suelo, y estoy a su lado en un instante. Tomo su mano en una de las mías y uso la otra para buscar en su bolsillo y tomar su teléfono.

—Está bien, Lily. Voy a pedir ayuda —apenas puedo entender mis propias palabras en mis oídos que siguen zumbando mientras marco 911 con dedos temblorosos.

Lily estira su brazo y toma el teléfono antes de que pueda hablar.

—Me secuestraron y me acuchillaron. Estoy sangrando... m-mucho. Por favor, vengan a ayudarme.

Escucho sin poder hacer nada mientras les da la

dirección. Tiene razón. Hay tanta sangre; la suya y la de Brothers se mezclan en el suelo entre ellos. La imagen es tan terrible.

Intentando tranquilizarme, hago lo único que parece correcto en el momento. Reviso si hay pulso en el cuerpo inmóvil de Brothers... nada. Puedo ver los tres agujeros de bala, pero el primero solo lo ha rozado en el hombro. Los últimos dos son los que hicieron el trabajo. Pienso en moverlo. No merece estar cerca de Lily, ni siquiera en la muerte.

Sanda lloriquea y la habitación gira un poco mientras corro a su lado. Puedo escuchar a Lily hablando con la operadora del 911 mientras desato las cuerdas de las manos de Sanda y le quito la venda de los ojos. En cuanto le extraigo la mordaza, me rodea con ambos brazos y llora sobre mi blusa. Me cuido de no tocar ninguna de sus heridas nuevas mientras la acerco a Lily.

—Nos encontró, Charlotte. Nunca estamos a salvo. Nunca estuvimos a salvo —dice Sanda entre sollozos—. Lo siento.

—No es tu culpa —le respondo. Quiero que todos dejen de sufrir, pero no puedo. Nadie tiene ese tipo de poder—. Ya no podrá regresar por ti. Está muerto.

—No es suficiente —murmura Sanda, y llora con más fuerza. Froto sus brazos fríos y la sostengo con fuerza, sabiendo que no hay nada que pueda hacer para que se sienta mejor, no aquí.

Lily cierra el teléfono, aunque aún puedo escuchar a la operadora hablando.

–Por favor, ayúdame, Charlotte –su voz es agitada, pero se va debilitando–. No dejo de sangrar. ¿Deberíamos sacar el cuchillo? –cierra los ojos y vuelve a poner la cabeza sobre el cemento.

–No –tomo una bufanda de su bolsa y la pongo alrededor del cuchillo y contra la herida. Ella se encoge de dolor y su piel palidece–. No lo toques. Sangrará más si lo sacas en este momento.

–¿Charlotte? –la voz de Lily es suave y me acerco para escucharla–. Me equivoqué respecto a ti. Lo siento tanto.

–No, Lily. No tienes que pedir perdón, nunca –mis ojos se mojan mientras acaricio su cabello.

–Algún día te arrepentirás de decir eso –su voz tiene un ligero toque de humor que me da esperanza.

Sonrío.

–Ya veremos.

Pongo a Sanda sobre mi regazo. Apoya su cabeza contra mi pecho y su llanto aminora un poco.

La sirena de la ambulancia aúlla a lo lejos, y Lily parpadea lentamente.

–Cuida a Cam. Asegúrate de que esté bien.

–Lo haré, y tú también –tomo su mano y la aprieto–. Sigue respirando. Es todo lo que quiero.

Ella asiente lentamente, y luego sus ojos se dirigen

a Sanda y vuelven a mí. Sus jadeos se vuelven más entrecortados con cada palabra y cierra los ojos.

—Tienes que sacarla de aquí, viene la policía.

—Basta, Lily. Aguanta. Ya no hables más —niego con la cabeza.

—Limpia la pistola con tu camisa y pónmela en la mano —su voz tiembla, pero está decidida.

—¿Qué?

—Rápido. Ahora.

Cuando hago lo que me pide dispara dos veces contra la mesa cercana. El llanto de Sanda se hace más fuerte. Lily hace un gesto de dolor, suelta la pistola y cierra los ojos.

—¿Qué haces? —pregunto, y se escucha más bien como un grito, pues mis oídos aún no han dejado de zumbar.

—Residuos de pólvora —susurra cuando me acerco para escuchar—. Lo acabo de matar. Debería estar en mis manos.

Un intenso escalofrío recorre mi cuerpo y niego con la cabeza.

—No, Lily. No puedo permitir que hagas eso.

—Relájate. Mira a tu alrededor. Claramente es en defensa propia —observo el estado de la habitación y me doy cuenta de que es cierto. Con su herida, las armas de la mesa y la obvia lucha, es bastante claro lo que ha pasado aquí. Al menos en un programa de televisión lo sería. Espero que los programas tengan razón.

Las sirenas suenan como si estuvieran sobre nosotras.

—Las dos tienen que correr, ya. Sanda no está más segura con la policía que tú.

Sus palabras me empujan a que me vaya. Claro que tiene razón. Me pongo de pie y corro al pasillo mientras escuchamos las sirenas deteniéndose afuera.

—Vayan por el salón de las máquinas de Cam. Hay una salida en la parte trasera ahí. Nadie las verá —Lily lucha para pronunciar las últimas palabras y puedo ver el dolor en su rostro.

—Gracias —son las únicas palabras que se me ocurren mientras salgo corriendo de la habitación con la mano de Sanda segura en la mía.

32

Vamos a casa a bañarnos, curarnos y a cambiarnos antes de ir al Hospital Penn. No decimos ni una palabra.

Janice toca a mi puerta y, cuando la abro, sus ojos se abren tanto que temo que se le puedan salir. Ni siquiera puedo comenzar a responder el millón de preguntas que me lanza.

–Lo siento, pero estamos vivas, exhaustas y necesitamos ir al hospital a ver cómo está Cam. ¿Puedes venir a conversar mañana?

–Claro, pero por favor avísame si puedo hacer algo, ¿de acuerdo?

Cuando asiento, nos da un abrazo a cada una y cierra la puerta tras lanzarme una mirada triste al salir.

Cada algún minuto, Sanda comienza a llorar de nuevo. Si no estuviera tan cansada y sin emociones, haría lo mismo. No puedo encontrar lágrimas que representen el sufrimiento que exuda cada parte de mí. A juzgar por el dolor punzante en mi cabeza y las ocasionales oleadas de náuseas, estoy bastante segura de que tengo una contusión cerebral, pero es ligera y nada comparado con las heridas de Cam y de Lily.

Todas las personas que me importan estuvieron en peligro hoy. Algunas aún podrían no liberarse de él. Cada persona que muere se lleva consigo un trozo de mí que nunca recuperaré. Con tanto de mí perdido, ¿cómo puedo ser algo más que un cascarón sin ellas?

Cruzamos las puertas del hospital con la mano de Sanda en la mía. No puedo estar segura de cuál de las dos está temblando más. Cuando encuentro el escritorio de urgencias, me congelo, aterrada de dar un paso más y hacer la pregunta que he estado esquivando por horas. ¿Cam sobrevivió?

Salto cuando un estruendo sale de una puerta al final del pasillo, y luego la voz de Cam grita: "¡Cómo que políticas del hospital! No me pueden obligar a quedarme".

Sus gritos son lo mejor que he oído en mucho tiempo. Una sonrisa se extiende en mi rostro mientras mis miedos son reemplazados por una sensación de paz. Es como si alguien hubiera tomado mi ciudad esta mañana y la hubiera agitado, como con los enormes globos de nieve de los *souvenirs* que vi en gasolineras y en tiendas en mi paso por el país. Todo el día he estado recomponiendo en mi interior, intentando poner un poco de orden en el caos. Con solo escuchar la voz de Cam, la gravedad vuelve a mi mundo, la cordura a mi ciudad. Todo va a estar bien de nuevo. Sanda mira hacia la puerta de Cam con los ojos muy abiertos. Sus lágrimas se han calmado. Aunque parece temerosa de hablar, me enorgullece que sea tan valiente.

Caminamos hacia su habitación y escucho a un doctor hablando: "Lo mejor que puede hacer por ahora es descansar. Por favor, recuéstese antes de que nos veamos obligados a sedarlo".

Cam está sentado en la orilla de la cama y una de las enfermeras sostiene una bolsa de ropa para protegerla de él. Veo a otra enfermera recogiendo una bandeja del suelo. Eso debió ser el estruendo que escuchamos.

No nos ha visto aún, y observo su cara. Su piel sigue estando pálida, pero nada como antes. Un anhelo desesperado por mirar la calidez en las vetas verdes y color avellana de sus ojos me llena de nuevo. Tengo que ver su sonrisa antes de creer que logré salvarlo cuando no pude hacerlo con Sam. Entramos a la habitación y todos se dan vuelta para vernos.

Parece que una de las enfermeras está por decirme algo, pero Cam nos hace una seña y ella cierra la boca y espera.

–Hola –dice Cam, pero sus ojos dicen mucho más. El millar de emociones que estoy sintiendo, pero no sé cómo expresar, me miran en el reflejo de sus ojos. Intenta levantarse, pero se tambalea, y la enfermera lo empuja de regreso a la cama.

–Hola –me acerco más, aún temerosa de que, en cualquier momento, pudieran quitármelo. Una ola de alivio me devora con cada una de sus respiraciones. Va a estar bien. Un peso enorme se evapora de mis hombros, y las lágrimas llegan de pronto. Me limpio la mejilla con el dorso de la mano y sonrío–. Me alegra que estés bien.

Cam me devuelve la sonrisa y se estira para tomar mi mano, envolviendo sus dedos sobre los míos. Están tibios de nuevo, y esa calidez recorre mi brazo y llena mi pecho con un calor conocido. De pronto me vuelvo demasiado consciente de las dos enfermeras y del doctor, que nos observan en la habitación.

–Diles que vas a ser bueno y que vas a descansar –susurro, y él asiente, deslizándose sobre la cama hasta que está recostado contra su almohada y su pierna está metida bajo las mantas.

–He entendido lo errado de mi conducta –su rostro podría quebrarse si sonriera más, pero puedo ver el cansancio detrás de su mirada–. No hacen falta sedantes.

El doctor y las enfermeras le echan algunas miradas desconfiadas y salen de la habitación, cerrando la puerta tras ellos.

–¿Adónde ibas? –aprieto sus dedos–. ¿Tienes un buen plan para la noche?

–Sin duda lo intenté –sus ojos van hacia Sanda y su alivio es evidente–. Está a salvo.

–Sí –asiento, sabiendo que el resto de la historia puede esperar para después–. Ambas estamos a salvo.

Sanda se acerca a la cama, besa su propia mano y la pone suavemente sobre el brazo vendado de Cam.

–La primera vez es la peor –dice como si nada.

–No habrá más veces, Sanda –Cam cubre con su mano la de Sanda y la mira directo a los ojos–. Para ninguno de nosotros. Lo prometo.

Parece desconfiada, pero no discute. Requerirá algún tiempo adaptarse a una idea tan extraña y maravillosa para las dos. Pero con Cam aquí y seguro, es difícil creer que hay algo imposible.

Tomo dos sillas y las pongo junto a la cama de Cam. Sanda se acurruca en una y pone su cabeza sobre mi regazo. En menos de un minuto, sus ojos se cierran.

–Te ves como si la hubieras pasado muy mal –sus ojos me estudian, aunque parece más cansado con cada segundo que pasa.

Mi carcajada es suave y ligera.

–Mira quién lo dice.

–Me alegra tanto que estés aquí y que estés bien –sus ojos brillan por la humedad, pero no caen lágrimas–. Estaba tan preocupado.

–¿*Tú* estabas preocupado? –la sorpresa en mi tono pone una sonrisa en su rostro–. ¿Es broma? La última vez que te vi... la última vez que te vi... –mi voz se atora en mi garganta y no puedo terminar.

Suelta unas risitas que suenan dulces y suaves en mis oídos.

–Estoy bien. Me salvaste.

Estoy negando con la cabeza aun antes de que termine de hablar, pero pone su dedo sobre mis labios hasta que me detengo. Luego suplica:

–Solo por esta vez, por favor, no discutas, ¿sí? Estaría... No lo hubiera logrado sin ti.

Tiene razón, ¿sabes?

Quizás en parte, pero no te pude salvar a ti, Sam. La verdad atroz se levanta desde lo más profundo de mi interior y trae con ella un dolor brutal.

¿Esperabas que yo te salvara?

Claro que no.

Bien, porque no podía, ni tampoco tú. Pero salvaste a Cam, a Sanda y a Lily cuanto pudiste. Eso es lo que importa.

El vacío en mi interior tiembla con sus palabras y se hace aún más pequeño cuando veo que el color vuelve a las mejillas de Cam. Quizás lo metí en problemas, pero también lo saqué. Esa minúscula tajada de redención es como un rayo de sol que sale de mi pecho.

–Una ambulancia trajo a Lily. La operaron y Jessie está con ella ahora. Hubo algo de daño en su espalda, pero no sabremos cuánto por un tiempo –sus ojos pierden toda emoción y se endurecen mientras observa con rabia la pared frente a él–. ¿Fue Brothers?

Asiento con dolor.

–Sí. Le dije que no fuera, pero no me hizo caso.

Cam frota sus dedos suavemente sobre el dorso de mi mano, pero no puedo evitar ver la tensión en su rostro cuando pregunta:

–¿Lo atrapaste?

Asiento.

–Está muerto. El resto de la historia puede esperar para después.

Suspira con fuerza, lleva mi mano a sus labios y la besa en el dorso.

–*Después* suena bien.

–¿Crees que Lily va a estar bien? –mi voz es suave y escucho a Sanda lloriquear dormida.

–Es una guerrera. Supongo que la has visto esta noche –levanta sus ojos hacia los míos y me duele ver la pena que hay en ellos.

–Más de lo que te imaginas –mi mente absorbe lo mucho que se ha desordenado su vida desde que llegué a ella, y desearía poder arreglarlo–. Lo siento tanto, Cam. Por todo –las palabras no bastan para compensar la manera en que he descompuesto todo en su mundo. Se sienten débiles en mi boca.

–Basta –pasa su pulgar sobre mis labios y apoyo mi mejilla en su mano. Se queda en silencio por unos minutos, y no quiero romper el hechizo. Cam dijo que me ama. Sabe que maté a Brothers esta noche y no me ve como si fuera un monstruo. Sanda está viva y durmiendo junto a mí. Incluso hay esperanza de que Lily se reponga. Pude haber vivido con las personas que se suponía eran mi familia antes, pero esta es mi familia real.

Deseo por millonésima vez que Sam hubiera vivido para escapar conmigo, que los hubiera podido conocer. Los dos pudimos haber encontrado nuestro lugar aquí. Por primera vez desde que tengo memoria, la paz se posa sobre mí como una manta tibia. Sobreviví a tanto horror que se me debía un poco de paz desde hace mucho. Pero ese es el punto, ¿no?

Sobreviví.

Quizás Nana tenía razón. Quizás soy la fuerte.

Siempre serás Piper. Siempre serás fuerte.

Las palabras de Sam resuenan en mi cabeza y de pronto me lleno de vacío. Sé que nunca fue él en realidad, que nunca estuvo ahí, pero parece que habla menos y menos. Quizás llegará un momento cuando ya no necesite escuchar su voz para resistir otro día, pero nunca llegará un día en el que no lo extrañe. El dolor en mi pecho es tan fuerte que me quedo sin aliento mientras el rostro de Sam pasa por mi mente. Su cabello rubio, sus ojos azules, su sonrisa de lado y el hoyuelo en una sola mejilla... Me alegra aún poder verlo tan claramente. No tengo fotografías suyas para refrescar mi memoria. Inhalo despacio, pero dejo los caminos de lágrimas en mi mejilla. Sam merece ser recordado, que alguien lo llore.

No. Sigo sin arrepentirme de lo que he hecho.

–Necesito saber –la voz de Cam me saca de mis pensamientos. Su expresión está llena de dudas–. Cuando dije que lo sentía, lo dije en serio. ¿Me puedes perdonar? Porque estoy loco por ti, y no puedo imaginarme pasando otro día contigo huyendo de mí.

Sin decir una palabra, me deslizo para separarme de Sanda, poniendo su cabeza suavemente sobre el almohadón de la silla. Envuelvo mis brazos sobre el cuello de Cam y entierro mi cara en su pecho. Su brazo sano me rodea instantáneamente y acaricia mi espalda con su mano derecha. Esto es lo que he precisado desde siempre. Necesitaba a alguien que viera lo que soy y no lo que he hecho. Cam puede verme, puede ver todo lo que soy, y aun así me ama. Es la mejor sensación del mundo.

Sus brazos ponen mi mundo en orden de nuevo, y apoyo mi cara contra su cuello. El calor de su piel es irreal y tan fuerte. Aprieto mis brazos y lo acerco más a mí, disfrutando la forma en que calma el dolor de mi corazón.

Pongo mis labios sobre los suyos y solo me separo para susurrar las palabras que nunca le he dicho a otro ser sobre esta tierra:

–Yo también te amo. Y nunca volveré a huir.

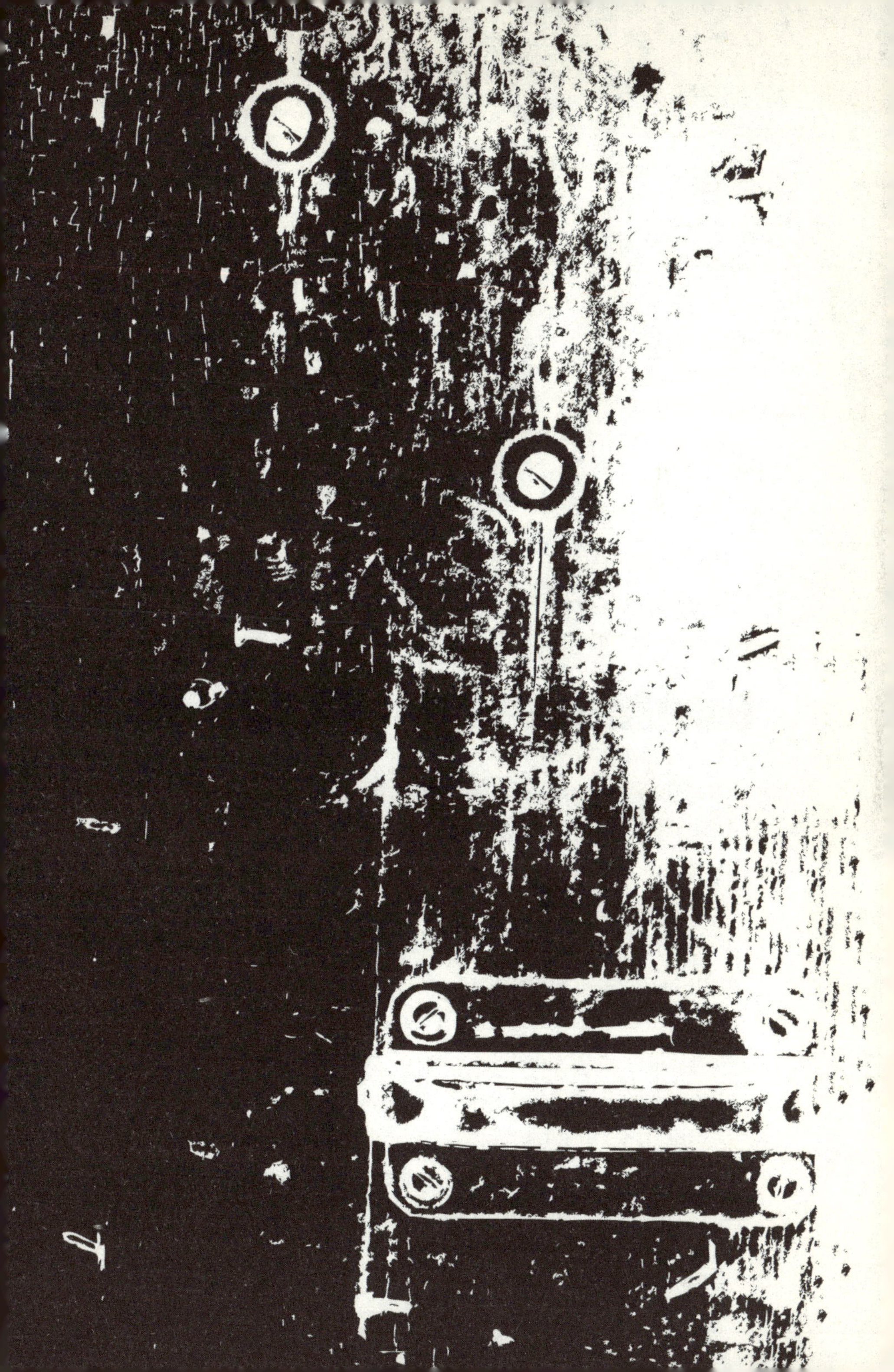

Agradecimientos

He escuchado que algunos autores se refieren a ciertos libros como el "libro de mi corazón", y creo que la historia de Piper es mía. Hay algunas personas a las que debo agradecerles porque *Prisionera de la noche* al fin haya salido al mundo.

Primero, tengo que agradecerle a mi familia. A mi mamá y a Krista, gracias por sus comentarios y por amar a Piper lo suficiente para animarme a seguir trabajando en ello, aun cuando era difícil. Gracias a Bill, Eric, Amanda y Matt por leer y apoyarme en este loco camino que elegí. Y a mi esposo, Ande, y a nuestros hijos, Cameron y Parker, gracias por bendecir cada uno de mis días con su risa y su amor. Gracias a que ustedes me han dado una vida tan maravillosa, Piper tuvo la voluntad de luchar por algo más.

A mis chicas: gracias, L. T. Elliot, por ser la primera en ver la belleza en la historia de Piper. Y gracias a Michelle Argyle, Natalie Whipple, Kasie West, Sara Raasch, Renee Collins, Candice Kennington y Bree Despain. Me ayudaron a sobrellevar la locura que es publicar. ¡Soy la chica más afortunada del mundo por haber encontrado a amigas como ustedes!

Muchísimas gracias a mis escritores-familia de todas partes: Nichole Giles, Jessica Brody, Jennifer Bosworth, Morgan Matson, Michelle Gagnon, Jessica Khoury, Marie Lu, Brodi Ashton, Emmy Laybourne, Jennifer Lynn Barnes, J. Scott Savage, Leigh Bardugo, Kendare Blake, Gretchen McNeil, Jennifer L. Armentrout, James Dashner y Julie Berry. En conferencias, retiros o simplemente en línea, ustedes hicieron que este viaje fuera mucho mejor con solo formar parte de él. ¡Los quiero a todos!

He tenido la suerte de integrar algunos fabulosos grupos de autores que han sido tan buenos conmigo. Gracias a todos los Lucky 13 por todo su apoyo y por hacer que el camino del debut fuera más fácil de recorrer. Gracias a los Friday the thirteeners (Natalie Whipple, Kasie West, Ellen Oh, Erin Bowman, April Tucholke, Elsie Chapman, Shannon Messenger, Megan Shepherd, Mindy McGinnis, Alexandra Duncan,

Brandy Colbert y Renee Collins) por recibirme y ser un lugar seguro en tiempos aterradores. Y gracias a las YA Scream Queens (Lindsay Currie, Lauren Roy, Sarah Jude, Courtney Alameda, Trisha Leaver, Dawn Kurtagich, Hillary Monahan, and Catherine Scully) por hacer que lo que escribo parezca tan increíblemente *cool*.

A mi agente, Kathleen Rushall, eres mi amiga y mi vocera. Gracias por luchar mis batallas y celebrar mis victorias. ¡Eres la mejor!

A mis fantásticos lectores, sé que tienen muchas cosas que hacer y me alegra tanto que se tomen un momento para leer mis historias. Cada e-mail suyo que recibo alegra mi día, ¡y estoy tan agradecida de que sigan leyendo!

Y, por supuesto, gracias a mi brillante editora, Janine O'Malley, gracias por ayudarme a pulir esta historia hasta que la verdad pudo revelarse. ¡Me emociona tanto trabajar contigo!

Gracias a Simon Boughton y Joy Peskin por siempre hacerme sentir maravillosamente bien recibida. A Angie Chen, ¡gracias por soportar mis preguntas locas y siempre tener respuestas! Gracias a Andrew Arnold por capturar la perfección en esta brillante portada y tener la silla más *cool* del mundo en la oficina (¡algún día espero que me heredes la tapa!). A Nicole Banholzer, Katie Fee y Caitlin Sweeny, muchas gracias por ayudar a los lectores a encontrar a Piper y su historia.

Y gracias al resto del equipo de *Prisionera de la noche* en FSG, gracias por traer la historia de Piper al mundo. Estaré por siempre agradecida por todo lo que hicieron y siguen haciendo.

Sobre la autora

J. R. Johansson tiene dos hijos increíbles y un esposo maravilloso que la mantienen ocupada y feliz.

De hecho, de no ser por la compañía de su gata, estaría rodeada de testosterona.

Viven en un valle entre montañas enormes y un hermoso lago donde el sol brilla más de trescientos días por año.

Le encanta escribir. Adora los juegos de mesa y tomar baños de inmersión calientes. Su sueño es poder hacer algún día las tres cosas a la vez.

¡QUEREMOS SABER QUÉ TE PARECIÓ LA NOVELA!

Nos puedes escribir a vrya@vreditoras.com

con el título de esta novela en el asunto.

Encuéntranos en

facebook.com/vreditorasya

twitter.com/vreditorasya

instagram.com/vreditorasya

COMPARTE
tu experiencia con
este libro con el hashtag
#prisioneradelanoche